わが文学生活

yoshiyuki junnosuke

吉行淳之介

講談社文芸文庫

目次

わが文学生活

一

吉行　もう二十年以上前から、安岡章太郎がしばしばすすめるんだ。父と母のこととか、祖父母ぐらいのことから、ずうっとぼくの家のことを書くといい、と。安岡は『流離譚』でそれに似たことをやったわけだけど、まあ、ちょっと違うけど。要するにそれを書けば、日本の家庭が近代化されていくプロセスがよくわかって、おもしろいものができるという。それはそのとおりだけど、気が進まない。それでほとんど書いてない。だけど、そのへんのディテールだけちょっと、最初に出してみたらどうかな、とおもうんですよ。

——そうですね。『私の文学放浪』ではいろいろ文学的経験のことはお書きになっていらっしゃるわけですけれども、御両親のことなどはあまりお書きになっていらっしゃらない。

吉行　まあ、先祖までいかなくてもね。そもそも、四代前の資料はもうほとんどないし。将来もそれは書かないと思う。そこで、いまはストレートにディテールを出してみたい。北海道の畜産大学の教授で千葉宣一という人がいましてね、世の中にはおそろしい人がいるもんで、どんな本でも持っている。

——吉行さんのをですか。

吉行 いや、あらゆる……。全部持っているということはあり得ないんだけど、近代文学の研究でこれはというポイントのものは持っている。その人が、ぼくのことを書いてくれまして、そこに大正十一年……、ぼくの生まれる二年前にオヤジがつくった「ダダイズム」という個人誌の中の詩を引用してあった。さっき『日本近代文学大事典』というのを引いてみたら、オヤジは一九〇六年生まれなんだが、その十六歳のときの詩がぼくの「月光」という詩にとても似ている。ぼくはそれまで読んでないんですよ、「ダダイズム」の創刊号って見たこともなかった。読んでじつに驚きましたけどね。そのころの詩はいいですよ。もっとも、凝結をギケツなんて読み違えている。その片仮名のところは漢字にしてやりましょう、十六の少年だから。それを、ちょっとここに引用します。

疎林の夜更け
蒼白に数多ある手をふるふ疎林の
さびしさにしよんぼり居眠りする樹々に

月光はたゞ一筋蒼白く
この林に静止する。

たましひは黙塔をぬけ出でて
その生活にすゝけた肉体を
疎林に憩めて
凝結した月光を
睫毛に見る。

吉行　ぼくの「月光」に似た感じを与える。

——ええ。この字の感じとか、全体のイメージ……。

吉行　その後における娼婦に対する関心も非常に似ている。やっぱり遺伝というのはあるんだよ。でもね、勘定してみると、ぼくは十八のときの子なんです。戦後だったら処理されていて、水子だね。戦前の性に対する道徳によって、ぼくはこのキビシイ世の中に出てきたんだね。だから、道徳を憎むんです。

——なるほど（笑）。

吉行　この間、谷崎賞の授賞式の帰りに「海」の宮田毬栄編集長が、「お父さんの写真がここで出てましたね」と言う。で、「何のことですか」、「『海』に載りました」、「このごろあらゆる雑誌の目次しか見ないもんでね、申し訳ない」、「目次にも大きく載りました」って。もう謝っちゃって、送ってもらった。海野弘氏が「日本の一九二〇年代」という連載をして、竜胆寺雄とオヤジとの項目が出ているわけ。

――それで、お読みになったと思ってた。

吉行　ぜんぜん知らなかった。その文章の中におもしろいデータがある。竜胆寺雄氏が最近『近世遊戯派』という本を出されているんですね、ぼくは未見なんですけど。それにいろいろ当時のこと書いてあって、市ケ谷の駅の前に斬新な三階建の美容室があって、そのビルが三角形で、窓が丸かったり楕円形だったりして船みたいな感じだった、という。いまだったら、そのくらいでは話題には到底ならない。建ったのが昭和四年で、そのころの東京というのは、馬が荷車曳いて歩いていたり、町全体の背が低かったから三階建でも目立ったんですよ。当時、映画のロケーションの舞台なんかになっている。その坪数が、いま坪で言っちゃわかりにくい、畳の何畳敷きの敷地があったかというと、六畳と八畳くらいの広さしかない。それが目立つ、という時代だった。

その建物について、初めて知ったことがあるんだ。その三階のいちばん上の部屋に、それを建てたとき、エイスケが自分のための部屋を一室確保して、そこで若い小説家たちが集まっていろんなことをワイワイやってたと。

——小島信夫さんに「市ケ谷駅界隈」というエッセイがあって、若いときの吉行さんのところにみんな集まっていることが書いてありますが、親子で同じ場所で似たことをしていたんですね、時代は違っても。

吉行　その部屋をよく覚えている。ムキ出しの鉄骨の非常階段が外側についていて、そこを上るのは子供としてスリルがあったけど、じつはあれは当時の若い小説家たちが美容室の中を抜けて三階へ行くのもへんなものだから、外側から入って行くためのものだったんだ。それもね、四畳半ぐらいのスペースで細長い部屋ですよ。ぼくの記憶では空き部屋で、何でこんな部屋があるんだろうなと思って……。

——いくつぐらいのときにですか。

吉行　小学校のときに、ときどき非常階段から上って屋上へ行ってみたり。その部屋の隣に、八角形で全部周りが鏡の部屋があった。これは着付け部屋で、鏡がおもしろくて、よく入り込んだものだけれど、あの空き部屋がモダニストたちの集会場だとはまったく知らなかった。その海野さんが書いたもののごく一部を紹介しましょう。

（略）新興芸術派が集った吉行エイスケの家を、プロレタリア派の村山知義がかつてつくっているのが特に興味をそそられる。

『吉行エイスケ作品集Ⅱ』（冬樹社）に付されている年譜によると、吉行夫人は、一九二六年に美容術結髪について習いはじめ、一九二九年に市ケ谷に美容院を開いたとある。それは、「薄緑色の二等辺三角形の建物に、丸いのぞき眼鏡のような窓のくりぬかれた、船のような建物であった」(神谷忠孝編年譜)。コルビュジェ風ともいわれたこの美容院について、楢崎勤は「『表現派の舞台装置』のような、『奇抜』な印象を人々に与える家」と表している。

一九二〇年代後半の文学状況は、旧芸術派とモダニズム派、プロレタリア派の三派鼎立時代とさわがれるが、モダニズム派とプロレタリア派の関係は、吉行と村山の例に見られるように、非常に近いところがある。ともかく、市ケ谷の一角には、村山知義のつくった、二〇年代のアヴァンギャルド建築がそびえていたのであった。それが、美容室であることに私は興味を感じる。なぜなら女性の化粧こそ最も二〇年代的な現象の一つであり、メークアップとパーマネントは新しい女を象徴しており、したがって、美容室というのは、当時、最も尖端的な職業であったはずだからである。

吉行エイスケもそのことを意識していて、自分たち夫婦を一部モデルとして、「職業婦人気質」(一九三〇)に書いている。(以上引用おわり)

そのパーマネントウエーブが後年パーマ屋さんになったのですが、パーマネントをかける料金は、初任給六十円のときの二十円くらいで、とても高価だった。それをオヤジは吸い上げて遊んでいた。髪結さんは美容師になったけれど、「髪結の亭主」は昔のままで存在したわけだ。ところで、このごろふと気がついたことがあるのは、祖母のことです。つまりエイスケの母親で、父親は岡山にいる土木建築業の吉行組社長……、社長というより親方かな、親方でもないんだな、代議士の黒幕みたいなことをやったりしていたから。

――ボスですね。

吉行　祖母はそのボスと別居して東京へ出てきたあと、足が立たなくなった。市ケ谷の駅で転んで、そのときとても高価な置時計を持っていた。その時計はいまでも僕は覚えている。それをかばったためにもろに腰をぶつけてしまった。だけど長いこと何の病気かわからなくて、あのころの医学では「ぎっくり腰」はまだわかっていなかったんだ。ひょっとしたら、そのぶつけたときにそういうのになって、それがこじれたのかもしれない。

――椎間板ヘルニアかなんかになっちゃって。

吉行　そうそう、椎間板ヘルニア、つまりぎっくり腰。その祖母がですね、別居はしてる、足は立たない、ヒステリーの塊になっているので、ぼくに当たり散らす。ぼくのことをおまえは怠け者だ、怠け者だとおこる。ぼくも当時としてはまだ医学的に解明されていないアレルギーという病気を持っていて、だるくて動けない。医学でまだ解明されていない病気の持主同士が、怒り怒られているのは、なにかおかしいね、いま考えると。

――お父さまはたいへんお若かったわけだから、おばあさまはそのときにはそんな年ではないでしょう。

吉行　そうですね、足が立たなくなったのが四十五ぐらいですね。それで、それから十年たって死んだけど、四十前におばあさんになっていた。

――若いですねえ。

吉行 でも、ぼくの印象ではおばあさんだな（笑）。なんかみんなその気になっちゃっていて、ふけてたよね。化粧なんかもしやしないし、やはりおばあさんでしたね。

――吉行さんの作品を読むと、おばあさまはいつもひっそりとしているというかな、イライラしているけれども、動かないでじいっと家にいるというイメージが強いんですけれど。

吉行 動けないで。

――動けないけど、ちょっとこう、君臨というのもあれですけれども、ちゃんと存在があった方ですね。

吉行 君臨ではないんだ。それならまだらくなんだ、こっちは。君臨してるかと思うと、急にクーデターが起りかかったり。そういう危うい立場にいるものだから。

――政情不安定で。

吉行 そう、八当りされて。まあ、女性にヒステリーというものがあるということがわかっていれば、納得できたんだけど。そういうこと知らないから、何でこんなに、きのうニコニコしていたのに、今日同じこと言って、おこられなきゃいけないんだろうというような。いま考えると、ヒステリーとの闘い。その後の人生も……。

――さっきの二等辺三角形の家を建てましたね、その前はエイスケさんとあぐりさんは別のところに住んで……。

吉行　ぼくもいっしょにいて、ぐるぐる回ってた。代々木上原へいって、その前に東中野にいたらしい。そのころは記憶がない。で、親父が「カフェー・ダダ」というものをつくった。それも洒落の一種で、つまり儲ける必要はないんだ。で、大正十三年に出ている「売恥醜文」という同人雑誌の裏ページの広告……、場所も書いてないんだけど。それを見ると、『奇怪なる女将・辻潤の細君、カクテルの調合人・辻潤、牛太郎・高橋新吉、コック・エイスケ』なんて書いてある。そんなことを遊び半分にやっていたんですよ、東中野で。それから代々木上原へ引っ越して、まもなく池尻へ引っ越した、このへんは記憶がある。それから幼稚園に入る直前に市ケ谷にオヤジが来たわけです。そのころすでに祖母と祖父は別居してたけれど、まだしょっちゅう岡山のほうへ帰っていたんだね。ぼくも連れていかれて、まだ、丹那トンネルができてなくて、目が覚めると、崖がずうっと見えて、御殿場線だよね、あっち回って。

――当時はそうなんですね。

吉行　いつも祖母の前の座席を二人分つかって寝てるわけです。そのうち何だか窮屈になってきてね、ばかに座席が狭くなったのを覚えてますよ。こっちが背が伸びたんだ(笑)。それが暫くわからなかった、何でこのごろ窮屈なんだろうと思って。

――それは、おもしろい話ですね。それほど頻繁に行き来していたということなんですね。

吉行 ええ。

――髪結の亭主の話がさっき出ましたけれども、池尻とか東中野にいるころもそうだったんですか。

吉行 だからね、廃嫡って、つまり勘当の上のクラスのをされて、まとまった金をもらって東京へ出てきた。オフクロは山野千枝子という美容家の大家のところへ習いに行ったんだが、そのころは二年間は住み込みで勤めなくてはならない。そのあと家から通っていた時期もあるわけです。渋谷の池尻のころだから、ぼくが四つですね。だけどオヤジが作戦として、いま美容室やると儲かって自分が濫費できると、そうしたのではないかとおもえるフシがあるな。

――なるほど。非常にモダンなところに目をつけてですね、そういうところへ、行かせたか、自発的に行ったか、そこがちょっと……。

吉行 そこが、よく分らない。

ここらで話を変えて、最近の状態について話したいわけです。このごろ何だかわけわからないですよ。

――もうちょっとそのへんを、わけがわからないなんて……。

吉行　何かねえ。胸突き八丁という言葉、いまわかるかなあ。要するに急な山道を上っているという感じでね。なんだか辛いね、毎日が。

——頂上が見えてきたとか……。

吉行　頂上というのは死ぬことじゃないか。人間というのは、雑学もいっぱいもってて、判断力も観察力もきちんとしていなきゃいけないと思い知らされたことがこのごろあってね。泉鏡花賞の選考のときに迎え車が来て、その車がやたらに早く来ちゃって、会場の前に着いたらまだ四十分ぐらいあるんですよ。会場のすぐ傍にゲームコーナーと書いてあるネオンサインのついた一角があって、「じゃ、運転手さん、僕はちょっとあそこで十五分ぐらい時間つぶしてから行く」と言って、車を降りた。そうしたら、りっぱなネオンがついているのに倉庫みたいで、その中に一歩踏み込むと擂鉢型になってて、いちばん底に勝手口の開き戸みたいなのが一つある。

ぼくの行くつもりだったのは、西洋式のパチンコ、ピンボール。ああいうのをやって十五分ぐらいつぶそうと思っていた。これ、何かのまちがいかなと思ったら、張紙があるんだよ。近づいて見たら『当店は店内では両替はいたしません』と書いてある。そのときにもまだ僕の判断力が弱くてね、千円札が百円玉に換えられないんだなと思って。百円玉が二枚ぐらいあるから十五分はつぶせる、と戸を開いたら、左のほうにテーブルゲームが三つばかり置いてある。あと何もない。入口の中のすぐそばにテーブルがあって、「いらっしゃい」というんだね。いかにもヤクザとしか思えない声がそばでして、その瞬間にいろいろなことがパーッとわかってきて、つまり、まずゲームセンターとゲームコーナーは違うんだよね。

―― なるほどねえ。

吉行 ゲームセンターはピンボールがあるかもしれないけれど、ゲームコーナーは差しで、むこうの人とトランプのコンピューター遊び、ルーレットのコンピューター遊び。そういう場所で、その声がまたすごいんだね。「あ、違った」と言って戸を閉めて出て行ったら、後ろからさっと飛び出してきたよ。それで、そのとき思い出したのは、帝国ホテルのそばで大道将棋やってて、それをのぞいていたら、「兄さん、見るなら見料よこしな」といってね、二千円払うときに、なにか一万円札の束を見られたらしい。で、ジワジワと因縁つけられて二十何万円取られたという話がある。だから、ドアを開けて覗いたじゃないかと言って、うしろから肩摑まれてやられる可能性だってあるわけね。だけど、こっちの年齢とか態度とか、それからうしろを振り向かない感じとか、逃げ足でない感じとかで、インネンをつけられないで済んだらしい。その張紙は一万円札を千円札にくずさないよということなのかな。

―― はア……。

吉行 ここは考え過ぎかもしれないけれど、手持ちの千円札がなくなってもあとはくずさない、単位は一万円だぞと。ま、想像で確証はないけど、新聞によく出ている、違法でバクチやってるとこがあるでしょう、それも暴力賭博場だな。来たやつは全部取ってまき上げてしまう。そういうことがジワジワわかってくるわけだ、歩きながら。

――怖いですね。

吉行　ジワジワわかっててよかったんだよ。あまりわかりすぎるとさ、ちょっと肩に怯えが出てきて、むんずと摑まれたりする。覗いたからには、落し前をつけろとかね。

――そうなんでしょうね。

吉行　それで、話がまた過去にさかのぼることになるのですが、京都の南座の裏のゴミしたところの連れ込み宿風のうちへ行ったときに、洗面所に張紙がやっぱりあるんですよ。で、『お連れの女性がお帰りになっても当旅館は責任は持ちません』と書いてあった。なぜ僕はそこへ行ったかというと、南座の裏をウロウロしてたら、割烹着をかけたおばさんが、兄さん何とかかって誘うから、こっちも酔っぱらってて、じゃ、行ってみようかと言って、そこへ連れ込まれて、木造のきたない旅館ですよ。ひょっと見たら、張紙があった。そのときは勘がいいのね。あ、これは怖いところに来たと。つまり、かご抜け専門の旅館なんだ。かご抜けという意味は、女が連れてきて……、ぼくのときはポン引きだったからそれはなかったけど、金だけ取って逃げちゃう。

――そのための張紙ですね。

吉行　そう。だからぼくは、博打《ばくち》よりも女性関係のほうが勘がいいということが証明されたわけなんだ（笑）。その張紙を見たときは笑ったね。声出して笑うわけにいかないけど、おもしろいもの見たなと思ったよ。

――で、来たわけ……。

吉行　ロートレック描くところの娼婦がいるでしょう、牛みたいなのが。ああいうのが来た。いくら何でもこれはという、それで車代だけ渡して引き取ってもらった。そしたらベニヤ板越しにあっちからね、「なにィ、帰したァ」という男の声が聞こえてくる。「しょうがねえからもう一人だけ見せてやれ」というのが聞こえてくるわけよ。聞こえよがしに言ってるんだな、あるいは地声かもしれないなあ（笑）。これはいかんな、と思った。もう一人見たときは、これはもう、帰したら危ないな、怖いだろうなと思った。そしたら、さっきよりもっとすごいのが出てきた。

――え、ほんとですか。

吉行　うん、昔の話ですよ、二十年ぐらい前だろうな。どんなにヒドイのだってあとに引かないという信念があったけど、さすがにもう、金だけ払って勘弁してもらって。このゲームコーナーで、あとになってそのときの張紙を思い出しましたね。張紙見ただけでは、千円を百円にくずしてもらえないと思った、これではいけないね。

――でも、まあ、そこでジワジワわかったから。

吉行　まだ許されるけど、しかし、もっと反射神経が鋭くなくてはいけない。深く反省しなくてはいけない。

――まだ至らないと。

吉行　うん、至らないと。あるいは衰えたと。衰えたということで、胸突き八丁になる。

――でも、ゲームセンターとゲームコーナーが違うなんて知らなかったですね。

吉行　そういう人は、最初からそんな場所に近寄らないから、それでいいんですよ。

二

吉行　去年だったかな、フトふしぎなことに気がつきましてね。三十数年間なぜそのことに気づかなかったのか、ふしぎなんだけど。昭和二十年五月二十五日に、大空襲で五番町三番地の家を焼かれたわけです。区名町名改正の前には麹町区土手三番町十九番地というところで、同じ町に……、歩いて五分くらいだけど、内田百閒が住んでいた。当然、同じ日に焼け出されて、百閒先生が鳥籠と飲みかけのお酒の一升瓶だけ持って逃げた、という話は有名ですね。ぼくはドビュッシーとショパンのSPアルバムと詩のノートを持って逃げたわけだけど、あっちのほうがはるかにオトナだなあ。

――それは、じじつ内田百閒のほうがオトナなんだから。それで、フト気づいたのは、なんなんです。

吉行 うん。それで、百閒先生が戦後に書いたもののうちに、『焼けると焼けないでは、王様と乞食ぐらいちがった』とあって、まったくその通りでしたね。「買出し」といったって、物々交換の時代で、農家に行って着物かなんかと食料を取り替えるわけで、そのモトになる品物が焼けちゃっちゃ仕方がない。もっとも、その言葉は、敗戦後の状態が予想外におだやかだったことでもあるな、アメリカの占領政策が。シベリアの使役みたいにやられたら、焼けようが焼けまいが、同じことだものね。

――それは、まあ、そうですね。それで、フト気づいたふしぎなことは。

吉行 そうそう。昭和二十一年の三月に創刊号を出した「葦」は、まあ、ぼくがつくったといっていいとおもうけど、その同人が八人いて、家を焼かれたのはぼくだけなんですよ。それから、四月に参加して七月に創刊号を出した「世代」のその時期の同人も、八人おもい出してみたけど、誰も焼け出されていない……、そのことに気づいた。つまり、文学を志すのは「王様」のやることで、「乞食」はほかのことで精一杯だったのか、まったくの偶然か……。もっとも「王様」といったって、敗戦後の王様だから大したことはないけど。

――しかし、それはおもしろい視点ですね。

吉行　家を焼かれたあと、母親は山梨の奥で妹二人が疎開をしていた場所へ行ったきり、二年以上東京に帰ってこれない。ぼくだけ下宿してずっと外食券食堂にたよって生活していたから、焼跡・闇市に二年以上深くかかわっていたわけだけど、そのことはほとんど書いていない。それにしても、あのころは眼に入るものが、みんな茶色だったなあ。風景も食物も。

――なるほど、茶色ねえ。そのころ外食券食堂というのは、どういうものを食べさせたのですか。

吉行　まず食器がみんな古びたアルマイトで、黒ずんだ竹の箸でね、盛り切りのめしには芋の茎とかフスマ（小麦の皮）が混ぜてあったから茶色っぽい。オカズは、タラとか鮫とかニシンの煮付けなんかで、これも黒っぽい。タラは魚へんに「雪」と書くんだけど、当時悪名高かったスケソウダラというのがあって……。米の替りに、ザラメという茶色い砂糖が配給されたりして、これにダニがわいていたり。

――「茶色の時代」ですね。ピカソの「青の時代」。

吉行　それが、何年もつづいたな、会社勤めをするようになってからも。あのときは澁澤龍彥が一緒だったとおもうけれど、昭和二十四年ころ有楽町に「マルセーユ」という小さいスタンドバーがあってね。当時としてはシャレた店で、横山泰三の大きなおもしろい油絵が壁にかけてあったり、美人のマダムがいたり、そういえば入口のドアに『△△新聞の記者お断り』と貼紙があったりしたな。きっと、勘定を払わなかったんだな。その店で、牡蠣と豆腐の吸物が酒の肴に出たことがあって、スタンドバーでそういうものというのは今ではヘンなもんなんだけど、「そういえば、こういう食物もあったなあ」と椀の中の豆腐の白さが眼に染みたのを、覚えている。

そのころのあとですよ、赤線地帯に行き出したのは。それまでは、酒を飲むまでで手一杯でね。ところが、この赤線の女たちも、みんな茶色かったなあ、軀が。「茶色の時代」はつづくわけです。

――それは、なぜでしょう。

吉行 女たちは疲れていたんだろうな、それにあの町の生活の滓みたいなものが蓄《たま》るんでしょうね、そこがまた良かったんだけど。一度、白い女に会って、驚いたことがある。白い、というか、あの町にない皮膚というか、その女はすぐいなくなったけど。

――それは、なんでしょう。

吉行 さあ、あれはねえ……。

赤線地帯の廃止は、昭和三十三年三月三十一日で、三が並んでいて覚えやすいんだけど、今や赤線について語る気はあまりなくなりましたね。そういえば、廃止のあと「赤線哺乳瓶」という広告がしばしば眼についたけど。

――それは、なんですか。

吉行　「アカセン」という表記だったかもしれないけど、つまり哺乳瓶ですよ。赤ん坊に瓶に刻んである赤線のところまで飲ませると、それが一回分というわけです。あの会社は、いったいどういう考えだったのだろう。

――哺乳瓶はともかく、赤線という道場とか修業とかいう意味が、もう一つ分らないのですが。

吉行　その答として、適当な文章があります。「世代」のころからの友人の日高普が「仰げば尊し吉行の恩」というユーモラスなタイトルで書いてくれたものがあるので、その全文を引用させてもらいます。「砂の上の植物群」までのことは、「私の文学放浪」にすでにかなり精しく書いたので、重複しないようにコラージュの手法なども使わなくちゃ。

●ぼくは学校教師でもあるし、教育欲が旺盛な方である。それを吉行は、そんな欲望が人間にあるとは信じられない、日高の教育欲は変態性欲の一種なのではないかとからかった。

　だからぼくは、いやそんなことはない、吉行だって教育欲はあるし、げんにぼくはその対象になったことがある、と抗弁したのだが、かれは思い当らぬようであった。そこで、むかし新宿二丁目に行ったときのことを話したのである。

　新宿二丁目が赤線地帯であったころのことだから、大分むかしになる。何かの会合の帰りであったろうか、吉行とぼくは偶然つれだって、深夜の二丁目付近を通りかかった。そのとき突然、二丁目に行こう、とかれが云いだしたのだ。かねを払うことには何によらず小心なぼくは躊躇したが、あがらないから、とかれはいう。絶対にあがらない、二丁目というものを、おまえに教えてやるだけだ、というのだ。そのときかれは、それまでみたことがないほど酔っていた。ふだんは「おまえ」などと云ったことがないのに、その夜はさかんに「おまえ」を濫発したのが記憶に残っている。

あがらないというのでぼくは安心して、おずおずとかれにしたがい、二丁目に足をふみいれた。並んでいる娼家の前に、それぞれ三、四人の女がたむろしている。そして、遊んでいきなさいよというような嬌声が、ぼくたちをとりまいた。すると吉行は、初めの娼家の女たちに向って、言葉をかけた。その言葉をここに再録することができないのは、何としても残念なことだ。かれがそのとき何と云ったのか、ぼくはおぼえていない。ただそれは、ひやかすような、ばかにするような、そんな調子の言葉だった。

ぼくはそれをきいて、ずい分失礼なことを云う、と思った。あがるのなら、よい。あがる気もないのに、相手を侮辱するようなことを云うのは、心ないしわざだ、と思えたのだ。

吉行の言葉をきいて、女たちは猛然とやり返す。その悪口雑言をあびながら、かれはさも得意そうな、どうです、と云わんばかりの、いまにもよだれを流しそうな表情で、ぼくをみやった。むずかしい数学の問題を、四苦八苦している劣等生の前で、さっと鮮やかに解いてやった優等生のような表情であった。

　そして次の娼家の前にいき、同じことを始める。女たちはもう、あがる気がないことを知っているから、初めからよってたかって悪口の集中砲火だ。このようにして一軒一軒やりあって、一つの通りがすむと、小路にはいって別の通りに出、また同じことを始める。

　そのうちにぼくは、思いもよらないものに気づきだした。悪口のやりとりをしている吉行と娼婦たちの間に、それを通じて、何かしら暖いものが流れているのだ。女たちは、まるで吉行の悪口の順番が廻ってくるのを待ちかまえていたかのように、楽しげであった。

　やりとりのひとくぎりがすむたびに、吉行はぼくを得意そうにみやって次の家へすすむ。そして、宿題を一つ一つ片づけていくときのような丹念な義理堅さで、そこらの通りにある一軒一軒をしらみつぶしに相手にしていった。

　それまで見知らぬ者同士が、互いに罵詈雑言をなげつけあう。なげつけあうことで、そこに暖い心が通じる。そんなことは、ぼくには想像もつかないことであった。ずい分失礼なことを云うと思っていたのが、とんだ見当ちがいであったことがわかってきた。そして、吉行がぼくに、おまえに教えてやるといったのは、このことなのかと気がつきだした。

　そのようにして二丁目の娼家街をくまなく通り終ると、二人はその一角を出た。出るとき、かれはふとまじめな顔になって、ひとこと、な、といった。ぼくも、む、と答えた。

このへんは阿吽《あうん》の呼吸というものである。

娼婦にたいする吉行のせりふはひとこともおぼえていないが、かりに、そのときのせりふを一言一句おぼえていて、同じ場所で同じ相手に同じようにやったとしても、同じような結果を生まないであろうことは、目にみえている。また吉行にしても、自分の教育がそうした成果をあげるとは、まったく予期しないだろう。そうだとすると、この教育は何をもたらしたのだろうか。吉行としては、ぼくを相手にちょっと得意になってみせたかっただけなのであろう。ただ、この夜のあとあじは快い、さわやかなものであった。（引用おわり）

――なるほど、なにか分ってくる文章ですね。

吉行　つまり、こうなるまでには年季が必要で、道場で鍛えなくては、ということなんでしょう。もっとも、日高の文章を読むまで、まったく忘れていたことだったな。思い出してみると、たしかに彼の言うとおり「ちょっと得意になってみせたかった」わけだけど、あやうく失敗するところだった。というのは、相手の反撃があまりにも猛烈で、返事に窮しかかった。

――修業不足ですか。

吉行　そうねえ、二丁目で一番いさましい女たちの揃っている路地からスタートしてしまった。そこは、舗装がなくて黒い土がむき出しでね。なんと言い返したか全く覚えてないけど、ぼくはアドリブは上手だから、相手の女が笑い出したところをみると、しかるべきことを言ったんでしょう。それからあとは、ラクだったのを覚えている。

――その会話が残っていればおもしろいけど、アドリブはすぐ忘れますね。

吉行　酔っぱらって、冗談半分に言った小説のタネを、「小説現代」の宮田（昭宏）さんにあとで教えてもらって、掌篇を書いたことがある。宮田さんといえば、新宿の赤線の跡へ行ってみて何か書くという仕事がらみで、二丁目を一緒に歩いたことがある。昨年（昭和五十七年）のことで、村松友視も一緒だったな。「幻の女たち」とタイトルをつけたその作品の一部を引用しますが、当時の娼婦はその文中にとうとう一人も登場させなかった。

◆赤線廃止の日から五年くらい経ったころは、その話題をなるべく避けるようにした。自分が蒼古《そうこ》たる老人になった気分に陥るためである。そのうち、その地域を語ることが懐しのメロディ風になってきたので、その数年後からまた口にするようになってきた。しかし、「懐しのメロディ」というのは当時の実情を知っている人にとっては大きなプラス・アルファがあるが、それより若い人には古い音楽にすぎない。

赤線の話をすると、面白がる様子はしてくれるが、どこかにフリが混る。当方も警戒して控え目にしているのだが、つい口にしてしまう。

女性の論評をする場合にも便利で、Ａ子は二丁目の「赤玉」風だが、Ｂ子は同じＡクラスでも「銀河」で、C子となると「ホームラン」（Cクラスの娼家の名）程度だな、といえば、たちまち納得がいく。ただし、その店を実際に知っている相手にかぎるわけで、知らない相手には迷惑をかけることになる。

しかし、一時間のあいだ飲んだビールが効いてきて、そういう配慮は薄くなってきた。M氏も村松友視も、ほとんど赤線時代に間に合っていない。いま中年の年齢で、すでにそうなっている。

「これから、この地域のあちこちで七ヵ所立止るところがある。その立止ったところに在った娼家の女とかなり突飛《とっぴ》な関係があったから、その話をしたい」

政見発表のようなことを言ってみたが、それらの話はすでに活字になっているので、話に身が入らない。七ヵ所を回ってしまったとき、気付いたことがある。

新宿二丁目の遊廓は、記憶の中にあったよりも、ずっと狭い地域だった。プロ野球の球場を四つ繋いだくらいのスペースだと記憶していたのに、後楽園球場の内野より少し大きいくらいの広さに過ぎないのであった。このことには愕然とした。

なぜ、こういう錯覚が起ったのか。当時、一つの店の前に、三、四人の女が立って、道行く客に声をかけていた。客のほうも、洒落を言ってからかったり、あるいはその一人一人を慎重に選んだりしていたので、なかなか前に進めない。そのために、この地域を路地から路地へと一まわりするのに、一時間はかかったので、ずいぶん広い場所だという錯覚が起っていたわけだ。

広さについての錯覚とともに、これまで立止った七ヵ所のうちの幾つかは間違った場所のような気がしてきた。この点、後日M氏にその場所が今はどうなっているか地図をつくって調べてもらったので、せっかくだからM氏の記載どおりに記してみる。

長春館の前の広い通りを斜め右に渡ったところが第一の地点で、ここは「新宿大通り商店振興組合事務所」であり、その前の歩道を靖国通りのほうへ歩くと、広い駐車場（数年前はゴルフ練習場）でそのすぐ角に在った和風の店が第二の地点、大通りへ出て市ケ谷のほうへ数メートル歩いた右側の「トルコ秘花」が第三の地点、そのまま歩いて靖国通りから斜め右へ仲通りに切れ込む途中の右側の「沖縄料理・西武園」が第四の地点……、とこう書いていっても、その場所場所のエピソードを紹介する気にならないのだから、面白くもなんともないだろうが、一応紹介しておく。

駐車場のところのやや広目の通りが仲通りに直角にぶつかっていて、これを「柳通り」といい、ここで酔っぱらった娼婦が大暴れしていて、遠巻きに人の輪ができた。その娼婦をうまく宥《なだ》めて拍手を浴びた話は、何度繰返してもいい気分だが、もうやめる。当時は二十六歳くらいだったろうか。その店の場所は、いまはハイヤー会社になっていた。（引用おわり）

――　その文章は、やはり当時の女の話を、すこし入れたほうが生きてきますね。この際、一人か二人くらいどうですか。もう四分の一世紀たっているわけですから、かえって新鮮かもしれませんよ。

吉行 そうねえ。宮田さんの地図の「沖縄料理・西武園」のところにあった店でね、きのうまで銀座の「おそめ」にいたという女に会ったことがある。

―― 昭和三十年代のはじめ……、三十二年ですね、川口松太郎さんが「夜の蝶」という小説を書いて、ずいぶん話題になった……。

吉行 これも二十五年ほど前のことだから、それ自体すこし解説がいるな。銀座の超一流バー「エスポワール」と、京都から進出してきた「おそめ」のマダムの女の闘いを描いて、映画にもなったなあ。「エスポワール」のマダムの役を京マチ子、「おそめ」が山本富士子だったかな。

―― 「おそめ」のマダムが、京都の店と東京とを飛行機で行き来したので、「ヒコーキ・マダム」といわれたりしましたね。

吉行 よく覚えてるね。当時、われわれは金のない最中だったけど、近藤啓太郎が「ひとつ出かけてみようじゃないか」とぼくを誘ってね、まず「エスポワール」に行ってみた。近藤は大物に気に入られるタイプでね、マダムの川辺るみ子が自分の胸をポンと叩いて、「二人とも出世払いでいいから遊びにおいで」なんて言われちゃって（笑）、破格の安さで出入りできるようになった。これが、小説家の「銀座学割（学生割引）」のはじまりなんだ。次は「おそめ」だと出かけて行くと、若い客は珍しいから女の子たちが喜んで、そこらの金持の客のほうに勘定の半分くらいをくっつけてくれて、ここもずいぶん安く飲めた。マダムの上羽そめさんは日本調の大美人で、おもわず見惚れてたら、近藤が「おまえがおそめか、おそめじゃなくて、おかめだなあ」と言う（笑）、さすが相手は大物で笑っているだけだったけど。

いまは、「おそめ」はなくなるし、「エスポワール」の川辺るみ子は引退するし、さびしくなった。

——ところで、新宿二丁目の女の子はホンモノだったんですか。

吉行　さあ……、マッチを持っていたけど、かなり古びて毳立《けばだ》っていたなあ。その女が「おそめ」の解説をしてくれて、「銀座のね、エライ人しか入れない会員制のクラブなのよ」。そう言われると、行っているとも言えなくなってね。そのころは京橋寄りの小さい店で、女の子もそう多くなかったけど、見覚えがなかったなあ。それよりも、娼婦の商売がはじめてという点については、これはたしかなところでね……。というのは、ベッドでの身のこなしの違いで、やはりバーのホステスはシロウトなんだなあ、とおもったわけだけど。

——ベッドでの身のこなしの違いというのを、すこし具体的に教えてください。

吉行　それが、説明しようのない微妙なところでねえ……。

一週間経ってまたその女のところへ行ったら、もうすっかり娼婦の反応になってる。軀が白から茶色になったわけだ。

もう一つ、この話の女のいた店は、宮田さんの地図の第二の地点なんですよ。相手の女の訛に聞き覚えがあるので、「きみ岡山生まれか」とたずねたら、ぼくの生まれた同じ町内だった。とても狭い町なので奇遇におどろいたわけです。商家の娘で、屋号まで教えてくれた。丁度、エリザベス女王が即位したころで、その女が女王に似ている……、いや、似ているような気がしてね。翌日の昼間、新宿の喫茶店でデートの約束をした。シロウトの女性とのデートはセックスまでいくかどうかが問題になるが、遊廓の女性とはお茶だけ飲むところに、味があるわけで。それで、見物させてやる、といって三浦朱門を連れて行った。

——三浦朱門さんを、ですか。

吉行 赤線の中まで彼を連れて行ったこともあるけど、ついに登楼しなかった。それでね、約束どおりその女がきたんでね、「きみ何か買ってあげようか」と言うと、「白檀の扇子」という答なんだ。当時、あれは高価でね、五千円した。

——買ってあげたのですか。

吉行 冗談じゃない、月給がそのくらいだったから、考えるまでもない。返事もしなかった、いや、「あ、そう」くらい言ったかな。

――あ、そう、ですか。今日出海さんに、「天皇の帽子」という作品がありますが……。

吉行　「五千円の天皇」といったところか。以来、白檀の匂いでゼンソクになるようになった。

――なさけない。

吉行　まったく（笑）。ずっとあとで、亡父の弟つまり叔父ですね、その叔父に町内のその商家のことをたずねてみたら、「あの家には、アイノコみたいな不良少女がいたな」と言っていたから、本当だったようですね。アイノコみたいというところが、エリザベス女王に多少つながるかなあ、「五千円の女王」だな。

三

吉行　「宝石」の新年号（昭和五十八年）に、梅原猛さんとぼくの対談が載っているんだけど、何の話をしたか見当がつきますか。

――さあ、この取り合せの接点は……。

吉行　四十年ほど昔のことを、もっぱら話題にしたわけ。

――梅原さんとのつき合いはあるのですか。

吉行　いや、一度立ち話しただけで、そのとき戦争末期に出遇っているのを教えられたのだけど……。このごろ、今思い出せないことが、明日になるとくわしくその情景を思い出すことが多くてね。

こういうことがあった。ぼくは読者には会わないことにしてるけど、その日はなんだか会ってもいいという気になって二人の女子学生に会ってみた。そのうちの一人が自信ありげに、私の父は昔同人雑誌で一緒だったSと言います、って言う。ぼくはSという名前を思い出せないで、悪いなと思って、……もう一人の友達の手前もね。五十を過ぎると記憶の戻り方がおかしくて、明日はきっと思い出しますと言っても、向こうはそんなの単なる言いわけだと思ってる。そしたら翌日、すっかり思い出してね。Sという人は田園調布に住んでて、同人じゃないけど、ぼくに手紙くれたことがあって、それが感じのいい手紙で、彼の家に行って……。どんな顔してて、どんな部屋へ通されて、どういうことをしゃべったかを全部思い出した。こんなに思い出すんなら、あのとき思い出したら、と思ったけど、住所もわからない。

梅原猛さんと対談して、最初に会ったときの様子を聞いたら、やはり翌日になってかなり鮮明に、そのときのことを思い出したのね。五分くらいの立ち話だったんだけど、そのときの梅原猛の風貌も眼の前に出てきた……。思わせぶりになるから、とにかく、その対談のごく一部を再録します。

吉行　今日が梅原さんとの初対面も同様なんだけど、何年か前に出版社主催のパーティで、梅原さんに声をかけられたでしょう。そのときの話では、お互いがまだ高等学校の学生だった戦争末期のころ、野尻湖で会ったことがある、ということでびっくりしたんだけど、今日はそのへんをまずおたずねしてみたいと思って。

梅原　あれは昭和十九年ですよ。ぼくが八高（旧制第八高等学校）にいて、あのころと言えば皆赤紙を待ってるころで、どうせ人生は短いのなら、その間に自由な時を持とうじゃないかというので、八高ですから中央線に乗って行けばなんとか野尻湖に着くわけですよ。途中いろいろ乗り継いで行きました。今、静岡大学の教授をしている五井（直弘）という男と二人で行って、野尻湖に着いて散歩してたら、ちょうど吉行さんに会って。

吉行　ほう。

梅原　それで五井がね、吉行さんに声をかけて……、君は静高（旧制静岡高等学校）ですか、って。そしたら、ええ、ぼくは吉行と言います、と。そんなやりとりを、ぼくは田舎者やからそばに立って見ていて、こんな粋な格好してる男にはとてもかなわんな、という気で。

吉行　粋、って言ったって、旧制高校でしょう。

梅原　いや、旧制高校でも粋なんですよ、態度が。こちらはそれで恐れをなしまして一言も話さなかったけど、五井がしゃべってね。

吉行　立ち話したんですか。

梅原　ええ、湖のほとりで……。

それで、名古屋へ帰ってきて、玉木、田代に実は湖で吉行という男に会った、という話をした。あの二人は麻布（中学）で一緒だったそうですね。

吉行　ええ、玉木とはとくに仲がよかった。

梅原　その二人にあれは吉行エイスケの息子だという話を聞いてね、ぼくはそのころもう、いろんな小説を耽読してましたから、あなたのお父さんの小説も読んでたからね、それで吉行淳之介という存在を、ぼくは十九歳ぐらいですでに知ったわけです。

吉行　そういうわけでしたか。

パーティで声をかけられたのは、五、六年前ですね。もっと以前から梅原猛という存在は知ってたけど、なぜ一方的にぼくがあなたに知られてるのかというと、野尻湖で、……それもオヤジのせいで覚えられてたことになるんだけど、オヤジというのはぼくにとって作家じゃないのね。

梅原　いやいや。

吉行　新興芸術派というのは、すぐ消えてしまって、息子のぼくが作品を知らなかったし、友達にもオヤジのことを言ったことはなかったんだけど。

梅原　はあ……。ぼくは子供のときから中学三年までは数学少年だったんです。数学ならば五年生に負けない、というくらいのね。それが突如として文学に憑かれまして、そこでいちばん愛読したのが新感覚派、新興芸術派の作品が出発点なんです。しかしあなたのお父さんの作品は中学生が滅多に読みませんよね。

吉行　読まないねえ、滅多には。新感覚派のほうならあのころに読んだけど、オヤジはもう過去の人だったな。

梅原　ぼくのほうが吉行さんより文学青年になるのが早かったわけです。

吉行　で、梅原さんは野尻湖は一度だけですか。

梅原　そうです。あなたはここ一週間くらい来てるんだって言って、……あのころ勤労奉仕さぼって行くんですから、相当勇気がいるんですよね。われわれだってさぼって行くのは勇気がいったのに、まだ凄いやつがいるじゃないかって。

吉行　うーん。ぼく一人でしたか。

梅原　ええ、一人でした。

吉行　友人を宿に残して、一人で散歩していたんだな。不思議な縁ですねえ。われわれにとっては野尻湖というのは不思議な場所で、何度も行ってます。四度くらいかな。なぜ行くのかよくわからない。

梅原　そういう学生が多かったですか。

吉行　いや、ある限定されたグループですね。一緒に行った友人が、一人は長崎の原爆で死んだ。あのころ文科から理科に転ずると、徴兵猶予があって、それで長崎医大へ行って、結局、死んだんですね。もう一人は、昭和二十三年に……、そのころ戦争未亡人というなつかしい言葉があったでしょ、そういう女性に青酸カリを一服盛られて無理心中ということになった。野尻湖によく行ってた三人の友人のうち、二人は、あえない最期を遂げています。

梅原 はあ……。

吉行 野尻湖へ行くためには十二時間、駅へ並ぶんです、切符を買うのに。で、向こうへ着くでしょ。梅原さんとお会いしたときは一週間かもしれないけど、大体三日ぐらいするともう二日目ぐらいに、あれは柏原（現・黒姫）でしたか、あの駅に朝から夕方まで並ばなきゃいけないんですね。何のために来てるのかよくわかんないんだけど、なぜか行ってしまう、へんな場所でした。あそこへ来てた人はそんなのが多いんじゃないのかな。

梅原 そうでしょうね。私のところは名古屋ですから、中津川まではすぐ買えるんです。そこから途中はバスで行ったり泊まったりして、野尻湖へたどりつきました。いつも死のイメージがチラチラしている中をやっとの思いで……。

吉行 同世代で、野尻湖へ行ってたという親しみがあるな。あのころだっていろんなタイプがあったでしょう。梅原さんはそのころからリベラルのほうでしたか。

梅原 ええ、戦争嫌いで、できるだけ戦争から逃げようとしてました。

吉行　そういうのは旧制高校に何割ぐらいいたのかしら、五割かな。
梅原　そう、もっと少なかったと思いますね。
吉行　かくれ軍国主義というのがいたね、きっとね。
梅原　運動神経がぼくなんかダメですからね。それで戦争が嫌いだったんじゃないかな。
吉行　ぼくは運動神経はよかったんだけどゲートル巻いて行進するのがさまにならなくて、怒られる。そういうことも関係してるのかもしれないな。ぼくたちのころ体力章検定というのがあったでしょう。
梅原　はあ、あれどうだったですか。
吉行　喘息なんで長距離を除けば、みんな上級でしたよ。
梅原　私は反対なんだ。長いのだけいいんだ。
吉行　ああ、それは感じあるね。
梅原　今でもそうじゃないかな。ぼくは一万メートルくらいじゃないと調子が出てこんし、三十枚、四十枚ですごいのを書く吉行さんのようにはいかない。
ぼくは、吉行さんの小説にもっとも感じるものは懐疑ですね。だまされない、という……。これは戦争中の体験がないとなかなか出てこないと思う。
吉行　いつも疑ってかかるという、ね。

梅原　そういうテーマのがありましたねえ、何でもハヤリのものを信じてしまう女が出てくる……。

吉行　「流行」というのね。

梅原　大変おもしろかったです。吉行さんの精神のあり方がよくわかるみたいで。

吉行　梅原さんの仕事というのも、それまでの定説を必ず疑うというところから出発する。疑わないと気がすまない。

梅原　そうです。

吉行　あの時代、人間の言うことを全部信用できなくなってたでしょう。ぼくはこれ半ば洒落だったんだけど、相手がなにか言っててもその言葉を信用しちゃいけないというんで、骨相学習うとこまでいっちゃってね。

梅原　ぼくは電車に乗って、向かいのあの男はなにを考えているんだろう、ということを友達と徹底的に議論してました。それなんか、吉行さんの骨相学と似てますね。普通、高等学校に入るとペダンチックな気分になって本を読むんだけど、そんなのダメだ。人間というのは言ってることと考えてることは違うんだから、見て分析しようというんで、同じようなことをやってたんですねえ。人が言ってることは全部信用できない、ということから出発して、当時の哲学者も政治家も全部自分たちを死へ駆り立てる……、俺たちに死んでいけと言ってる人たちに不信を感じました。

吉行　あの軍国主義というのはお粗末でしたね。もう少しうまくだましてくれればと思った。ヒトラーというのは、日本の軍部よりかなりうまくだましたんじゃないのかな。ヒトラーのあの演説の天才ぶりは集団催眠の効果があったし、洋服のデザイン一つにしても。

梅原　日本のは論理が幼稚ですね。あんまり幼稚な論理にだまされたくないんでもう少しまともにだまされてやろうと思って、私は保田與重郎とか、いわゆる京都学派の哲学者の主張する世界史の哲学を読んだ。読んでるうちに、だまされたほうが楽だと思いました。

吉行　そのとおりですね。死ななきゃいけないんだから。

梅原　どうせ死ぬんだったら、だまされて死ぬほうが楽で、死にたくないと思って死ぬのはつらいですからね。だから、だまされたいという欲求があった。

吉行　それは本当にそのとおりね。（以下略）

四

吉行　「男と女の子」という作品は、自尊心というものについて考えた作品でもあって、そのうしろには貧乏出版社に足かけ七年勤めたときの体験がある。もっとも、最初の二年ほどはまだちゃんとした会社だったのだけど。

——編集者の仕事をずいぶん熱心になさっていた印象がありますが。

吉行 編集の仕事が好きで。小説のほうは、自分の書き方では一年にせいぜい二作くらいだとおもっていたから、職業にするつもりはなかったわけです。

——編集者としての勤めと同人誌時代とが並行してあることになりますね。最初に貰った原稿料のことを覚えていますか。

吉行 昭和二十二年の秋に、「世代」の第三号に「盛夏」という詩が載って、五十円貰った。いまの物価でいえば、五千円くらいかな。当時の「世代」は、「学生のつくる総合雑誌」ということで、商業誌みたいなものだったから。ぼくは書いたものが活字にならないと、次を書く気になれないというゼイタクな同人誌作家だったなあ。昭和二十三年秋には、「藁婚式」が「文学会議」に載って、一枚百円で三千円もらった。そのとき、文芸家協会の会費を差引かれて、協会員にされてしまった。

——あれは会員に入ってほしいという要請があって……。

吉行 いや、何にもない。

——推薦もないんですか。

吉行 「文学会議」に載ったことが、つまり推薦されたことになったのかな。そうだ、あの雑誌は「文芸家協会編集」となっていたからだな。

――登録という感じもありましたか。

吉行　うん、ありましたね。

――プロになったと。

吉行　いや、それはないんですね。「群像」ならあったろうけどね、「文学会議」じゃ、まだちょっと。

――それが二十四歳。若いですねえ。

吉行　それで、今度は「群像」なんかに書きたいなあなんて思っていて。二十五年に庄野潤三と知り合って、その経緯は「私の文学放浪」に書いた。庄野が大阪から出てくるたびに一緒に遊んでて。で、東京駅の正面、いま地下鉄があるでしょう。あのほうの地下道を歩いてたら、庄野が女性と立ち話して別れてから、あれが「群像」の松本道子さんという人だ、と教えてくれた。それがとても印象に残っている。それでね、早く「群像」に載るようになりたいものだと思った。そのころ庄野は一作載せていた。そのときの松本さんの印象がいまと変んないわけ、つまりおおざっぱな印象を言えば、なにか、こう。

――私ね、その庄野さんと吉行さんが二人ね、東京駅のほうから出て来られて、バス停のほうへ向ってね。

吉行　ぼくとしては、それは二度目のときだな。二度とも東京駅なんだね。

――それでね、いかにも文学者同士の友人関係、文学的青春という感じね。二人とも新進というか、新人作家で、それがじつにいい感じだったのね。で、「庄野が」とか「吉行が」とかと相互におっしゃってるようなイメージがね。

吉行 うん、そうそう。たしかに文学的青春だったな。

――そのとき、私は吉行さんが「庄野が東京へ出てきてね」とおっしゃったのを憶えてますよ。

吉行 二十八年ぐらいですね。庄野が出てきたというのは、移転してきたという意味だから。

――細かったですね、体が、吉行さんね。

吉行 ええ、もう、栄養失調でね。いや、二十八年なら結核発病の翌年か。二十一、二年ころは、いいだ・ももがよく書くけど、栄養失調で危なくなってくると顔に白い粉が出てくる。そうなっててね、ぼくは。なおかつ、「世代」の会合でろくでもない話ばかりして、そこが迫力があったと。その白い粉はアレルギーじゃないってのはね、マムシの粉を手に入れて飲んだら、たちまち消えたんだ。

――あ、それはぼくも同じ経験あります。

吉行 顔が荒れたらマムシの粉を飲みゃいいんだ、と思い込んでたとこがある。そしたら、暫くたってからそうなったとき、ぜんぜん効かなかった。それはアレルギーだったんで、第一次の白い粉は栄養失調。ここらで、同人誌から離れて、編集者のときの話にしましょうか。ただ、いくらでもあってね、話が。

――当時、編集者で作家をお訪ねするのは本当に足で、もう、歩き回ったわけですよね。

吉行　電話のある家というのは少なかったし。仮にあったとしても、どう行けばいいんですかって電話で聞くっていうのは失礼だという……。

――ほんとにそうですね。

吉行　なかなか見つからなくてね。あのころ、一日十軒歩いたことがある。二人だけで一冊本を作ってたから。手伝いの女の子もいないんだ。

――もう一人というのは……。

吉行　名和青朗という人物で、後年NHKで「お笑い三人組」の台本を十年つづけて書いた。青朗ってペンネームは、日本で最初に漫才を書いた人の名前なんだって。ぼくと一緒のころは、名和左膳というペンネームをつけていた。

――姓は丹下、名は左膳ですね。

吉行　そのとおり。そうだな、彼の話をちょっとしたいんだ。この間亡くなった中原淳一氏が社長をしていた「それいゆ」の編集長をしていて、労働争議でクビになった人物でね。大井廣介さんの紹介で入社して、ぼくよりだいぶ年上なんですね。それで彼は「モダン日本」という伝統ある雑誌社に入って、それが間もなくつぶれて、苦労がはじまるわけです。

——それは「私の文学放浪」に出てないでしょう。

吉行 そう。それで、「別冊モダン日本」というわりに品のいいエロ雑誌をつくったわけね。彼は劇作家志願なのに、なんだか情ない状態が続いているしね。ときどき白いページが二ページぐらい出ちゃうと、それをすぐ埋めなきゃいけない。名和青朗、津久井柾章という。

——本名が。

吉行 その津久井さんが、「漫才でも書いてみようか」って。まあ、デスペレートな気持で言ったんだろうね。ところが、書いてきたのを読んだらおもしろくてね、「これ、イケルじゃないか」って、だんだん本人もその気になってきてね。ただ、とっても気の弱い人でね、結局ぼくがNHKと縁の深い人に話つけて、津久井さんが台本書く道をつけた。

——ほう。幾つくらい年上の人ですか。

吉行 六つくらい。それでね、時代を感じるのは、都電の中でその漫才原稿を読んでて、思わず吹き出して困った覚えがあるんですけどね。それはね、原子爆弾というのを、ハラコバクダンというギャグね。「ハラコじゃない、ゲンシ爆弾だ」って相棒が言って、そのやりとりがおもしろかったけど、いまだったら問題だろうね。あの時代というのは、原子爆弾で死んだのも焼夷弾で死んだのも同じだったんですよ。電車の中で笑いが止まらなくなっちゃって、そのハラコ爆弾でね。

で、昭和五十二年くらいかな、新聞を見たら名和青朗の小さい写真が出てて、心臓麻痺で死んでてね。住所も中野のほうへ引っ越していて、家を探して、お通夜に行った。来ている人たちが不思議がってね、どういう関係だって。

――要するに原稿取りも依頼も、すべて二人でやってたわけでしょう。

吉行　うん。依頼、原稿取り、挿絵取り、割付《わりつけ》、校正、印刷所の交渉、借金の言い訳。

――たいへんなものですね。どのくらいのページ数だったんですか。

吉行　二百四十ページぐらいでしたね。これは「モダン日本」の倒産間際のことだけど、牧野英二社長てのは、あのころ四十二、三だったかなあ、ずいぶん貫禄があっていかにも社長という感じだったけど。それがね、原稿料を払って原稿を取るならだれだってできる。金を払わないで原稿を取ってくるのが本当の編集者だ、なんていうんだ（笑）。ご乱心になっちゃって。

――私もあのときの雑誌を見たことがありますけれど、あるトーンがあったという印象はありますね。

吉行　「別冊モダン日本」というのを十三冊作ったんですけど、これには愛着があって、編集室の机のヒキダシに真新しいのを一冊ずつためといた。「モダン日本」がつぶれて「別冊モダン日本」になったときの話ですが、牧野社長は前社長という感じで新会社にいて、新しい金主は紙屋なんですよ。ヤミの紙なんか動かして儲けたような。「別冊」が儲かりだしたんで、牧野前社長が欲出して独立しようとしたんだ。そしたら紙屋のおやじのほうは、せっかく儲かりだしたのに、独立させるもんかというので、要するに非常に混乱したんだ。「モダン日本」の本当の社長は馬海松という韓国人で、この人は文芸春秋社に勤めていて、菊池寛さんに可愛がられて、「モダン日本」をもらい受けて独立した人なんだ。それが昭和二年か三年で、牧野さんは社長代行というわけです。馬海松氏は戦争中に韓国に帰っちゃったきり日本にこれない。それでその紙屋のおやじが……、話がややこしくなったなあ。むかし書いたもので、そこのところが分りやすい文章があるので、すこし引用します。

その争いが、どういう具合にして起ったかといえば、口火を切ったのは前社長M氏である。金主のO氏にこのまま雑誌を任せておくと、まるごとO氏の雑誌社になりそうだ。べつの金主を見つけて雑誌を出したい、「モダン日本二十年の伝統は守らねばならぬ」と申入れしたわけだ。

O氏としては、せっかく黒字になりかかったときに、他へ持って行かれてはたまらないという腹で、M氏の言を聞こうとはしない。それにたいしてM氏は、O紙店にたいする旧社の未払い金を回収すればO氏としては十分の筈だ、O氏が社長のごとく振舞うのは筋違いだ、という言い分である。

私としては、どっちもどっちだ、と思った。O氏はこの一年間「赤字だ、赤字だ」と言いつづけ、常識以下の給料しか払わず、原稿料は払いしぶり値切ることに一生懸命だった。それほど「別冊モダン日本」に執着することは必要はない筈だが、やはりなかなか旨《うま》味《み》のある商売とみえた。

一方、M氏にはこの一年間、「モダン日本二十年の伝統を守る」ような動きは、まるでなかった。くわしく説明しても楽屋おちになるだけだからやめるが、私たちとしてはうらみつらみの数々があった。

どっちもどっちだが、二者択一《たくいつ》をしなくてはならぬ。O氏はにわかに好条件を並べて、自分側につくように勧誘しはじめた。しかし、どちらかをえらぶということになれば、やはりM氏の側である。腐れ縁ともいえるし、また「二十年の伝統」のためにはM氏につくしかない。T氏と私は、その旨をO氏にあきらかにした。

ここで「モダン日本二十年の伝統」という、かなりナンセンスな事柄が、クローズアップされてきた。O氏も「M氏にまかしておいては伝統は守れぬ」と言い出したのである。私たちが態度を明らかにすると、その翌日から編集室が封鎖されて、入れないようになった。O氏は新しく編集者を雇い入れて、雑誌続刊を強行することにした様子である。

さらに、O氏は「モダン日本発行権はM氏にはない」と言い出した。旧社の社長はB氏という韓国人で、戦争中M氏に後事を托して帰国していた。M氏を信頼してのことだが、口頭でのことで証拠はない。

O氏は韓国青年団に連絡をとり、M氏がB氏の財産を乗取っている、と訴えた。そのため、事態は国際的になってきた。また、O氏は「モダン日本の伝統を守る」本筋は自分にある、と大義名分を主張し、右翼とでもいうのであろうか、頑丈な体格の人物が出入りするようになった。

M氏のほうは韓国在住のB氏に手紙を出した。いわゆるお墨付《すみつき》をもらおうというわけである。ちょうど、朝鮮戦争の最中で、手紙が届くかどうかさえ危ぶまれていたが、韓国青年団が介入して間もなく、B氏から信任状が届くというドラマチックな一幕もあった。M氏と私とが、新宿河田町の韓国青年連盟（名称は記憶が曖昧である）へ行き、挨拶して話をおさめた記憶がある。

このように、何やかやと揉《も》めたあげくに、O氏もM氏も「モダン日本」は出さないということでおさまりがついた。

そして、「二十年の伝統」をもつ「モダン日本」は姿を消したわけだが、一度は赤字のため休刊、次は黒字のため休刊という二つの場面に、私は立会う羽目になった。

ところで、O氏が編集室に私たちを入れず、新しく雇い入れた編集員はみな旧社社員であった。私としてはいまだに口惜しいことがある。ごたごたが片付いて編集室に入ったとき、机のヒキダシに入れておいた十三冊の「別冊モダン日本」が、全部なくなっていたこ

とだ。（引用おわり）

つまり、そういう成行きでしてね。

――それは残念でしたねえ。

吉行　じつに口惜しかった、同じ編集者でありながらね。これから作る雑誌の参考にしようと思ったんだろうけど、取ってっちゃうというのは、あれはちょっと……。で、また次の金主を見つけるわけね。それは牧野さんが見つけてくる。ヤミ紙屋の次の金主は屑紙屋というか。つまりゾッキ本屋ですよ。ゾッキ本というのは、安売り新刊本のこと……。

――まあ、屑バーゲン。この説明は案外むつかしいですね。

吉行　モダン日本社ってのが戦争中に横文字はいけないというので新太陽社にされて、「別冊モダン日本」までは新太陽社だった。それがそのゾッキ本屋が社長になったとき、社名を変更しろ、と言い出した。で、その新しい金主が「三世社」とつけた。この人物は、ぼくの育った千代田区五番町の近くに二の日と七の日に縁日の出る二七通りというのがあって、そこの下駄屋に小僧で住み込んで、それがふり出しで金持になった。浪花節が好きなタイプでね、親子は一世、夫婦は二世、主従は三世だ、だから三世社だという（笑）。

――でも、そういうタイプの人が出版をやろうと思うところね、それはどういう意味なんでしょうかね。

吉行　ゾッキ本屋から、ちゃんとした出版社の社長になりたい、と思ったんじゃないかな。

――時代ですね、ひとつの。

吉行　そう。愛すべき男だと思ったのは、キャデラックを持っているんですよ、中古の。自分でそれを運転して、女の子がいると窓を開けて「ハロー」なんて言う。

――その時期の雑誌事情というか、出版事情の、感じはなんかありますね。

吉行　そう。ああ、そのおやじはやはり文化的なものが好きだったんだな。二十年くらいたってね、銀座の「眉」という小説家の客の多いクラブに行ったら、三世社の社長が入口のすぐそばの席に坐って酒飲んでる。「あ、おめえ、おめえ、おれはいま『SMセレクト』というのをやってんだけど、どうも新しい書き手がなくて困っているんだ、おめえ、ひとつ書いてくれ」と言うんだ。「SMセレクト」というのはサドマゾ雑誌でね、ぼくの「砂の上の植物群」の噂でも聞いて、サディストだとおもっていたのかな。でね、「へえ、かしこまりました」って、主従は三世だから（笑）。何年か前に亡くなった。結局、なんか憎めなかったね。こういうのは、ぜんぜん自尊心が傷つかなかったし、相手をばかにしてもいないんだ、こういう男なんだと判断して、ちょっと可笑しいぐらいでね。やっぱり自尊心というものは……、たとえば睡眠薬自殺でも、量が多すぎると吐いてしまうとか、適量というのがあるのかね。あんまり大量に入れられると別なものになっちゃう。ちょうどいいころかげんの毒というのが効くのかな。

―― そうですね。あまり大量すぎると、笑い出したりしましてね。

吉行 だけど、自尊心というのはしょっちゅう傷つくもので、とくにそういう雑誌社にいるとね。で、その三世社の社長が一週間に一回ぐらい、帰りにうちに来いやと言って、編集部の何人かを連れて行って、スキヤキをやるわけ。スキヤキは嬉しいんだけど、延々と自分の生い立ちからの自慢話を二時間ぐらいしゃべる。このスキヤキの替りに小遣いくれないかなあ、というぐらい金に困っていたね、あのころは。どうもそこまでいくとちょっと困る、金のなさというのも。情ないね、男の苦界だ。男の苦界っていうのは何だろうっていってみんなで話合ったとき、昭和二十五年ぐらいかな、やっぱり焼芋にどうにもならないくらい食欲を感じるようになるのが、これが男の苦界じゃないかっていう結論に達したことがある。それにかなり近い、そのスキヤキを金にしてくれりゃいいというのは。

―― なさけない（笑）。月給なんていうのはいくらぐらいだったんでしょうね。

吉行 えーとね、昭和二十七年ぐらいの月給は……。

―― また、あの時期は……。

吉行 物価の変動がはげしくてね。

―― ぼくは講談社に入ったのが三十三年で、そのときの給料が一万三千八百円。二十七年は、七、八千円……。

吉行　初任給の計算とはちがうけど、そのくらいはくれていた。そういえば、徳島（高義）さんは入社してすぐぼくの担当になって、「男と女の子」以来のつき合いですね。直接原稿を渡したのは、「鳥獣虫魚」が最初だけど。

——ええ。この前、たまたまそのときの「群像」を、目次を見たんですよ。これ、コピーとってきたんですけどね。

吉行「鳥獣虫魚」の号には、大井廣介さんが小説を書いているのか、すっかり忘れてたな。さて、話を戻して、月給が安いので、社内原稿を書いて、帳簿を任されていたので、ちょっと枚数を増やしたりして。

——十枚分の内容を十五枚で書いたと。

吉行　そうそう。編集というのを熱心にやってましたね。三人分くらいを一人でやってたから、もっとたくさん貰って当然、とおもってた。ところが、小説家になって、編集者の体験があるというのはマイナスになるのね、相手の編集者がいやがるんだ。それに、どういうことをすると編集者がおこるかって全部わかるでしょう。それがやりたくなる。それでね、いろいろやってしまう。たとえばA社から返されたものを、B社に持っていく。安岡なんかに聞くと、もう、おまえの評判の悪さというのは驚くべきものだと。三浦朱門が慰めてくれて、あと十年たってその次の世代が出てきたらラクになるなんて……。

――それは正しかったわけですね。

吉行　だからね、編集者時代の体験をしゃべるときにはブレーキがかかる。いまはもう、気楽にしゃべっているけどね、還暦が来年だからね。ぼくは、「モダン日本」のときに過大評価されたんですよ、社長や重役なんかから。それでしょっちゅう一緒に酒飲みに連れていかれて。それで、あるときビアホールに行って、変な爺が一人いて、社長と重役と知り合いなんだ。その人がね、「自分はなにかやる気になればすごい実力があるんだけれど、いまはそういう力を出す気のしない時代だから、こうやって無名のままでいる」というようなことを言う。で、とっても腹が立って、「そんな変に恰好つけるんじゃないよ、実力があるなら出しゃあいいじゃないか」とからんだ。そうしたらそのお爺さんが怒って青くなっちゃった。荒々しいやりとりがあって、「おれは帰る」ってその人が席を蹴って帰ってった。要するに、実力もないくせにプライドだけ高くしていい顔するな、と言いたいんだ。そういうことで、相手の自尊心を傷つけたわけだ。そしたら社長なんかは、「おまえが悪い、ああいう老人を傷つけちゃいかんのだ」、「ああいうやつは傷つけなければいけないのだ」と言い争いをしたことがある。ぼくが自分の身に引くらべて、傷ついていたのかしれないけれど。

――傷ついて、傷つけた……。

吉行　傷つけたんだけど、やはりそういう形のプライドの持ち方というのは、不愉快だよ。

――最初に言われたように、「男と女の子」の作品の背景には、やはりそういうシチュエーションがだいぶダブるところがありますね。

吉行　そうね、つまり自尊心の在り場所というのを移行させなくちゃいけない。つまり、心臓に置いといちゃいけない、足の先とか、肘とか、そういうところに移動させて堪えていかなければいけないとか。自尊心を突かれて血だらけになって、瘡蓋《かさぶた》がしだいに硬くなって、そのうち針が刺さらなくなるようにしなきゃいけないとか、そういうことをずうっと考えてた。「男と女の子」のテーマの一つはそれですね。赤堀というしぶとい男もぼくの分身で、すぐ傷つくほうの自分を主人公にして、やりとりさせていることになるな。

五

吉行　「風景の中の関係」というのは昭和三十五年の四月号の「群像」なんだね。東京新聞に連載した「街の底で」は、同年の五月十九日から二百五十回なんですよ。だから「風景の中の関係」が出て、それから間もなく新聞連載が開始になっている。「群像」のほうは、徳島さんが担当だった。

――そうです。

吉行　「風景の中の関係」っていうのは、編集部へ持参したような気がする。

――ええ。だいたいあのころは、吉行さんは書きあがるとご自分で来社くださるということが多くて。ただし、ぼくの記憶じゃ「鳥獣虫魚」のときはそうじゃなくてね……。

吉行　あれは上野の乃なみ旅館に徳島さんが……。

――で、興奮して、お電話したんですけどね。

吉行　あれ、締切ぎりぎりだったからね。「風景の中の関係」のほうはどこで書いたか思い出せなくて、ひょっとしたら千葉の鴨川かもしれない。

――近藤啓太郎さんのところの近くの旅館というのがありましたね。高見順さんも利用してた。

吉行　それですぐに「街の底で」でしょう。ぼくは連載前の「著者の言葉」っていうのがすごくうまいんだ、なにを書いていいかさっぱり分らないのにね。スタートのとき十回分ぐらい渡しておかなければいけないんだけど、あのときは題もつかない。「街歩き」というのをつけたら、中野重治さんに「街あるき」があるって、これはやっぱりまずい。結局これになったんだけど。それでもまだ書くことがわからなくてねえ。そのころは、家を出て、一人でモーパートっていうところに住んでいた。一階が車庫になって、二階、三階と部屋があるという、新様式のものだった。いまから思えばお抱え運転手の住むアパートなんだけど、それにしては家賃が高かった。近所の様子なんかを観察するだけの気持の余裕がないときで、あとで知ったことだけど……。コの字形に建物がなってて、小学校の建物みたいに。まん中が庭になっていて、そこで車が動きやすくなっている。ちょうど真向いの二階に、竹腰美代子さんという、体操……。

――美容体操ですね。

吉行 その女性が妹と住んでたんだって。ずいぶんあとで対談したときに言われて、はじめて知ったけどね。そこに一人でいて、安物の机を買ってきて、そこで書こうとすると、手ざわりが粉っぽいとってもいやな感じがしてね。木じゃないような、アルミサッシみたいな感じの机なんだよ。あんまり気持が悪いからガラス屋へ行って、机のサイズに合してガラスを切ってもらって。そんなことは、ぼくにとっては大仕事ですよ。あのころ、ぼくがどういう感じだったか、記憶にありますか。

――なんかねえ、あのころ吉行さんが書く短篇というのがね、そのちょっと前の「娼婦の部屋」「寝台の舟」とか、非常にこう調子が出ていてね。やっぱり一作ごとにこっちが読んでいかないといけないという気持と、読むたびにいいなあというふうに感嘆する……。

吉行 不思議な時期だった。

――だからそういう感じで接していたんでね、常に。なんかね、颯爽としているという感じだったんですよ。

吉行　ああ、そういう食い違いはおもしろい。私生活でヒーヒー言いながら辛うじて書いている時期だったのにね。つまり、作品の印象のほうが強かったわけか。

――作品の印象だけじゃなくてね、おそらく吉行さん自身は実生活はヒーヒーしてたかもしれないけれども……。

吉行　エネルギーはあったわけだね。

――要するに文学的に……。小島さんだったかなあ、何か前に言ったことありますよね。

吉行　あの悪口しか言わない小島信夫が、「鳥獣虫魚」の評をしたんだよ。作者の青春が復活したとか書いてくれて。

――われわれから見ましても、そういう実生活のたいへんさというものがなくて、もっと文学的に充実しているという感じでしたよ。

吉行　あのころは、「男三界に家なし」という感じでね。「街の底で」というのは、わざと東京新聞の編集室のデスクを借りて、電話がジャンジャン鳴るようなとこで書いていた。ぼくは電話というような雑音は気にならないたちで、三分の二は東京新聞のデスクで書いた。車を運転して東奔西走で、あのころはまだどこにでも駐車できたんですよ。だから新聞社の前に駐車して、こう編集室に行って……。

――車を運転する小説家はフシギなもののように見られてましたよ。

吉行 そのときに百瀬和男さんという人が担当記者で、同年配で気が合ってね、ずいぶん精神的に助けられた。彼が最近訪ねてきて昔話になったんだけど、二百四十回で連載が終る予定でその二百三十回目くらいのときに、じつは次に連載予定の大家がまだスタートできないから十回延ばしてくれと、百瀬さんが言ったことがあったそうだ。そのことはもうぜんぜん覚えてなくて……。そのときは部長も、ここまできていては言いにくいから、君なんとかしてこい、と言われて……。そのころぼくは山の上ホテルで仕事をすることが多かったけど、そこへ百瀬さんが重たい気分でやってきて、十回延ばしてくれといったら、さすがにムッとして黙ってて、しばらくして気を取直すように、まあステーキでも食おうじゃないかって言ったっていうんだ。それでホテルのレストランでビフテキかなんか食って、「どうすればいいんだ」って言ったら、百瀬さんが「いままでの総括をちょっと、一章やったらどうでしょうか」って。うまいことを言ったものだ。で、「売春問答」というのをつくって、十回分入れたんですよ。新聞から中央公論社版の本になるときに、五十枚削ったんだけど、そのときはその章が残っていたんで、百瀬さんは安心した、と言っていたな。二百五十回だから正味七百五十枚なんだけど、それからいろんなかたちで、改装本が出たりするたびに読み直して削って、いまは四百五十枚ぐらいになっていますかね。

――　そうですね、そのぐらいでしょうね。

吉行　室生犀星の「杏っ子」とか、梅崎春生の「つむじ風」、戸板康二の「松風の記憶」とか、新聞を意識しないで自由に長篇を書くような気で書いていい場所なのね。でもやっぱり毎日書くと、何書いていいかわからなくなるときがある。あのベテランの獅子文六でも、新聞に書いてて次がわからなくなることがあるんだって。そういうときは、めしを食わす、登場人物に（笑）。中国料理屋かなんかへ行ってメニューを選んだりなんかすると、三、四日かせげる。その間に考える。で、この「街の底で」はね、主人公のアシスタントみたいな、少年のような青年がいるでしょう。あれが推理小説狂で、推理小説についての御託を並べるところがいっぱいある。行き詰るとそれをやる（笑）。前に自分の書いた推理小説まがいの作品なんかを使って、何日かを凌《しの》ぐわけです。そこはまず全部削ってしまった。いろいろやって、もういいだろうと思って今度見たら、やっぱりかなり手が入りましたね。

――　しかし、書くのもたいへんですけれども、削るのっていうのも……。

吉行　いや、削るのは一種の快感。ぼくはね、白い紙がこわいんだ。手を入れたり削るのは、自分じゃ苦痛じゃない。真っ白い紙に書いていくのがいやなんだ。もっとも、いちばん元の本は別のおもしろさがあるかもしれないね。

――ええ、そうですね。

吉行 だからそのへんは、あまり比較してもらいたくないんだ。現在あるものでいいですよ。初めての新聞小説「街の底で」の材料の話になるんだけど、村島健一という、このごろあまり書いてないけれど、インタビュアーとしてひとつの文体をつくった人だね。静高、東大と一緒で、ずっとつき合いがある人物です。彼が街娼と交わりを結んで、その街娼に惚れられて追っ掛けられたときの怖さの話をしたので、それをくれと言って。で、御社の加藤さんという、いま重役になっている……。

――加藤勝久ですか。

吉行 その加藤さんが「キング」の編集部にいて、終刊号に小説を書いてくれって言うんだ。終刊号に小説を書くっていうのは、ほんとにいやなもんだね(笑)。笑っちゃうぐらいいやだよ。で、村島にもらった材料を「後姿の町」という三十枚ぐらいの短篇にして、それがこの核なんですよ。

――ああ、そうですか。

吉行 それで、三十枚を七百五十枚に延ばしたんだ。村島健一が実際に体験したものに、ずいぶんいいデータがいくつもありますよ。夜中にね、やりすぎて……、やりすぎてって言い方はまずいな。街娼の部屋で気を失っちゃって、気がついたら医者がいて、自分の名前の書いた薬壜が枕もとに並んでいて、なんか一種のショックを受ける。そういうデーたっていうのは、やっぱり強いね。でも、彼のデータだけじゃやっぱり七百五十枚書けない。それで、作品と実生活と同時進行のところがあって、そのころコールガールにぼくは凝っててね。コールガール宿の品のいい、お琴のお師匠さんと称する女将がいて、それが異常な情熱をコールガールをスカウトしてくることにかけているわけよ。その人物がおもしろくて、そこへずいぶん行ったなあ。それですっかり信用されてね、もうこうなりゃ私の一生を洗いざらい話すから書いてくれっていうところまでいったわけよ。これはしめたと思って……。自分の恩人の娘とか、職業安定所に並んで地道に生きていこうとするのもスカウトしている。だけど、一目見て、落せるかどうかっていうのはわかるんだってね。絶対だめだっていう感じの人もいるんだって。堅くても、これはどっか隙があるというのは、すぐ分る。どういう調子で、女将がスカウトするのかっていうのを、コールガールのほうからもくわしく聞いた。それで、いよいよもうこれから話を聞くっていうときに、早稲田出た息子がいて、「お母さん、もうこれ以上やめてくれ」って言われたっていって。やっぱり母性愛ってのは強いらしくて、断るだけならいいんだけど、そのあとけんもほろろになってね。あのときね、馬鹿息子めがいなかったら、人間性の機微の奥深いところに触れたものができたと思うよ。

――惜しいことでしたね。その女将さんというのはもともと何を……。

吉行　わからないんだよ。お琴の師匠を実際にやってたことがあるんだろうと思うよ。

そのへんから始まっているんだと思う。そのうちにだんだん、まあ、そのへんを聞きたかったわけだよ。それから色の黒い、二十歳ぐらいの女の子で、一見素人風のがいて、それはすごいベテランでね。その女の子ときょうは新宿あたりへ飲みに行きましょう、と女将がぼくを誘ったりする。商売が終ったあとでね。トリスバーあたりへ行くと、バーテンがその女に一所懸命になっているのが分る。変に惚れた感じになっている。それ見ていると、ちょっと不思議な気がしたよ。女は女で令嬢風に受け答えしてるんだ。いっしょに飲みに行きましょうなんていわれるとこまでいくのは、たいへんだからね。金がなくて困ってたころに行っていたんだから、上客ではないわけで、かなり「仲間うち」の気分だったとおもうけど。この女将というのがなんともしたたかで、言葉づかいもひどく丁寧で、そこがかえって恐いんだけど。「うちにはファッションモデルのかたも、ニューフェイスのかたもいらっしゃいますのよ。この前お昼のテレビを何気なく見ておりましたらね、みどりちゃんが出てきたじゃありませんか。みどりちゃんて、ファッションモデルのかたですの。おそろしい世の中でございますねえ」、なんて言う。てめえのほうが、よっぽどおそろしいんだ(笑)。いま考えると、ご当人はまだ五十くらいだったような気がするけど、もう実践のほうはとっくにやめた感じで、その情熱をコールガール宿のほうにそそいでいたようで、そこがまたよかった。

―― そう聞くと、ますます惜しいですね。

吉行　もっとも、そのおかげで警察から電話がかかってきて、もう連載が始まっているときですよ。警察はね、本人が出ると、むかしの友達でちょっと上京してきたものだから、とか言う。本人以外の者が出ると、警視庁の何のだれと言う。そのコールガール宿の名前を言って、それにご記憶はありませんか、なんて言うんだ。「ああ、あります、あります」ってね。そうすると、「恐れ入ります、ちょっとご足労……」って言って。それ、断ることできるんですよ。参考人なんだから、犯罪を犯しているんじゃない。だけど、「街の底で」のためには、これは行ったほうがいいと思って、これでずいぶん材料ができた。今度は、調書をとられるところはずいぶんカットした。

――あ、そうですか。

吉行　この調書の取り方のところがおもしろくてね。中央公論社版から再録してみよう。

「それで、そのとき、サックを使いましたか」

刑事の質問の声が、聞えてくる。

「さあ、どうでしたか」

佐竹は、ちょっと思い出す素振りをした。

その瞬間、照子のさまざまの姿態が、一斉に佐竹の脳裏に浮び上ってきた。

あの路地の家で、ユカタの袖をまくり上げて、陶器の洗面台の内側を洗っていた照子の姿。最前そこで洗面した女がバイドクを持っているからといって、佐竹を押しとどめて、タワシで洗面台を磨き立てている姿である。

あるいは、最前の客が病気を持っているような気がするから、と、佐竹にペニシリンの注射を打たせようとした照子の姿。ペニシリンを打てば、バイキンが死ぬから、彼に移す心配がない、という愚かな考えなのである。

その姿態が、一瞬浮び上って消え、佐竹は答えた。

「そうでした。使いませんでした」

刑事は顔を上げて、佐竹の顔を眺め、

「ほう、そうですか」

そして、調書に書き記すのである。

答「サックナシデ一回、カンケイイタシマシタ」。（以上、引用おわり）

そういうユーモラスなところがあった。また、よくしたもんで、そういうことをやっていると材料が寄ってくるというところがある。あれは不思議で、ある仕事に集中してると、都合のいいものが磁石についてくる鉄みたいに寄ってくることがある。

——新聞と同時進行させるというのは、著者としてどうなんですかね。

吉行　ぼくは長篇は、短篇もまあそうなんだけど、終りをわかって書き出すのはなんかつまんなくなるんだ。成行きまかせで動いていったほうが、こう、あまり計算をきっちりしないほうが、なんか作品にふくらみが出るような気がして。自分がどこへ行くか、おぼろげにわかっているけど、とにかくそっちに向ってジワジワ動いていく。ほんとはAの地点に行くはずが、どうもBの地点に行きそうだと。そういうおもしろさっていうのがあるんですよ、それは書き手のタイプの問題だけどね。

――まあ、そうでしょうね。

吉行　あの困った時期には、紙巻たばこというのがあって、いまもう売ってないけど、「朝日」とか。吸口がフィルターじゃなくて、中が空になっている。それをこう……、うまく説明できないんだけども、つぶすわけね、複雑な形に。くわえると、紙くさい味がして侘しいのね。それで、そのころの徳島さんの目から見たぼくは違っていたらしいけれど、ぼくの心境にはよく合って、「朝日」ばっかり吸ってたですよ。連載が終ったら、その百瀬さんが慰労のプレゼントをあげるっていって、「朝日」を一箱と台所マッチを一個くれた。そういう記憶があってね、しゃれた人だなと……。

――ええ、ええ。

吉行　まあ、それはあんまりしゃべるとあれだな。ときどきくだらないことを話してくれるから、全部すぐ使っちゃう。やっぱり共同作業というところがありますね。

――「街の底で」は新聞の夕刊でも読んでいたんですけれども、最初のほう、酒場でね、玩具……。

吉行　うん、あのブリキで作ったゴリラの。

――ええ、ゴリラの。あれがすごく印象的でねえ。まあ、吉行さんはそういうものに対する、あれは偏愛ですか。

吉行　やっぱり玩具、遊園地、アイスクリーム、こういう幼児的なものに対する興味ね。偏愛というべきか……。ああいう玩具は、あなただって興味示すと思うよ。

――ええ、それはおもしろいですけれどもね、やっぱり小説の小道具として最初にこれでいこうと……。ぼくは「群像」でごいっしょに十五年くらい仕事をさせてもらったんですけれども、結末を決めちゃうとつまんないというけれども、何か核になるような具体的な事柄というものを書く前に話をして、で、それがおもしろいんじゃないか、それでいけるんじゃないんですかというふうに、事前の打合せみたいなときに話を聞いて……。

吉行　そうそう、こういう話だ、としゃべる。あれはね、しゃべりながら作っているわけね。作るっていうよりも、手さぐりしている。小説家にも二種類いて、しゃべってしまうともう書く気がしないっていう人と、しゃべることによって、漠然としているものを固めていこうとする。ぼくはその後者だろうね。そのまずきっかけは、ほんとにちょっとした具体的なディテールね。

――編集者にしますとね、それと対照的だったのが、同じころ担当の深沢七郎さんだったんですよ。深沢さんのところへ行きますと、おもしろい話を初めからバーッとするんですよ。

吉行　ああ、もう出来てしまっているのね。

――それはもう本当におもしろい。だからそれをそのまま書けばいいじゃないですかって言うとね、そうですねえとかって。その次に行くとね、あれはね、あなたに話しちゃったからね、そのあとぜんぜん書く気しなくなっちゃったと。

吉行　そのころ、テープレコーダーってずいぶん大きかった。いまのくらいのがあれば、ちょっと置いておけば……。ぼくの場合は、ちっともおもしろくないんだってね。

――「うん」と言うと悪いんですけどね。

吉行　いや。前からいろんな人に言われてた。よく分らないんだって。

――こっちはね、そんなこと言うと書く気しなくなっちゃうんじゃないかと。いまだから話すんだけど（笑）。ところが、原稿になるとじつによく書けているんでびっくりするわけです。

吉行　佐藤（春夫）先生が、やっぱりぼくのタイプだったんだってね。もうすこし面白かったかな。昭和二十四年の「薔薇販売人」のときね、「世代」の仲間に話したんだよ。そうしたら、何だかつまんないこと言っててどうなるかと思ったら、できたの読んだらとてもおもしろかったと言われたことがある。

――スタートからそうなんですね。

吉行　よく言われる。いまだに言われるな。

六

吉行　昔は、そこへ行けば誰か知り合いがいるというバーなんかが多かったけど。それに、仲間が集まって会をつくってなにかするというようなのも。今、なにかありますか。

——いや、あまり聞きませんね。

吉行　定期的にやる会ができても、いまは億劫だけど。有馬頼義が主宰で、一ヵ月一回、推理小説に関係のあることをやる会があった。昭和三十年ころで、「影の会」って言ったな。いろんなことしたんだけど、一つしか覚えていない。変死体の解剖をする場所があって、監察院っていうのが。そこにコネつけて見学さしてもらった。そしたら、梅崎春生さんは建物までは行ったんだけど、絶対だめに決まっているからって言って解剖室へ入らない。ぼくはね、大手術を体験したばかりだから、解剖ぐらいっていう気持で行った。白衣を着て解剖だけやっている人というのは、シロウトをおどかしてやろうと思うのかな、必要もないのに冷蔵庫なんか開けると死体が三つぐらい入っていたり……。池袋のほうでバーテンかなんかやっていた三十ちょっと前ぐらいの男が自殺した、いや、自殺かどうか確かめるために解剖をしたんだ。解剖にとりかかる前に、まず死体を拝む。これはいつものことだろうと思うんだけど、いきなり陰毛をつかみあげて、物差しを当てて「陰毛何センチ」って言う。あれはちょっとハッタリじゃないかと思うんだな。そこから始まるのかね、本当に。

――どうなんですかね（笑）。

吉行　案外そこから始まるのかねえ。始まるとしたらおもしろい、生命の根源かね、そこが。それなら「ペニス何センチ」って言うべきだと思うけど。

――そうですね。でも、縮んじゃって……。

吉行　縮んじゃってて、「死後何センチ」っていう感じ。とにかく陰毛何センチというのを覚えている。その次に腹をずうっと切り開いて、腸を出して両手でこねる。これもちょっとオーバーじゃないかと思うんだけど、そのころになったら、スーッと血が引きそうになってきた。このままいると脳貧血を起すと思って慌てて外へ出て、梅崎さんと並んで坐ってたわけ。そうしたら途中でポツポツ出てくるんだ、遠藤周作なんかも。最後まで見れた人が有馬と松本清張、柴田錬三郎、曾野綾子。これ、感じあるでしょう。

――ええ。

吉行　この四人。有馬は殿様の血が流れていて、代々お手打ちの家柄だから（笑）、そういうのは怖くない。清張さんは後年の推理小説の大家で。柴錬はもう意地でも最後までいる、ダンディズムの極致だ。それから、やっぱり女性というのは平気で見れるんだね、曾野さんに限らず。血に馴れていることばかりじゃなくて、何か、不思議じゃない。その感じがおもしろくてね。そうしたらね、有馬がね、おれの知り合いに色川っていうのがいて、死体がその男にそっくりなんだって言う。でも、色川武大っていうのは、ぼくはその四年ぐらい後に知り合ったのかな。そのとき色川っていうのは知らないから、聞き流してたのね。このごろ色川武大自身からその話を聞いて、そう言えばあの死体に似てたなと思ったな、昔の色川は痩せていてね。それからまあ、変死体になっても不思議じゃないような生活をしていたのかもしれないね。

――そうですねえ（笑）。

吉行　色川武大と知り合ってから二十五年経って、彼は阿佐田哲也という別名をもつ人気作家になったわけでね。自殺死体と間違えられたころとは、今昔の感があるなあ。「闇のなかの祝祭」の材料になる事柄がはじまってからも、やはり同じ歳月が経ったわけになる。

十年くらい前から、銀座に小さいバーの「まり花」というのができてね。銀座といっても、ときどき新宿のゴールデン街風の喧嘩が起って閉口なんだけど、ここが今どき珍しく小説家の溜り場みたいになっていてね。常連に色川武大もぼくもいるわけだけど、このバーのいいところは、おもしろくない話が出ると、露骨にシラケることね。それが一つのルールになっていて、わざと横を向いてみせたりする。

――どういう話題がいけないのですか。

吉行　いろいろあるわけだけど、突飛な部分でもあればともかく、モテた話はまずいけないね。もっとも、オカマにモテたのは許されるみたいで、ぼくは三人のオカマとの話をえんえんとしゃべったことがある。オカマとのこととなると、突飛なデータだらけだからね。それで、ふと気がついたんだけど、発表当時の「闇のなかの祝祭」は、そのバールール違反に似た受取り方をされたわけかな。

――ぼくもきょう、むかしを思い出して、平野謙さんの文芸時評のコピイを取ってきました。

吉行　あ、ありますか。あれは、結局はひどくけなしているのか、曖昧に書いているのか、どっちだったっけ。ちょっと読ませてください……。これはやっぱり、そんなに荒っぽくやらないけれど、否定しているわけだね。

――ええ。それで、そういう批評がね、まあ、当時の文学に対する見方を、あるいは文学というより吉行さんのこの作品に対する見方を代表するような……。

吉行　うん、そうだね。あのころ平野さんは「純文学変質論」というのを唱えていたでしょう。その論旨は十分には理解できないのだけど、大衆小説の書き方を導入することによって、文学の貧血状態を立て直そう、とでもいうことなのかな。こうやってゆっくり読み返してみると、平野さん自身の主張のための材料にされているところもあるな。

――なるほど、そういうところもありますね。

吉行　それともう一つ。この作品を「私小説」ときめてしまっているけれど、むしろ平野さんの「私小説」の定義をはっきりさせてもらいたかったね。要するに、平野さんはノロケ話を聞かされた気分で、シラケたり怒ったりしている部分もあるわけかな。しかしね、『これだけの材料なら、作者はもっと作品の幅をふくらませて、甘ずっぱく書こうと思えば書けたにちがいない』という文章があるけれど、もしそう書いたらもっといけないよ。

――そうなんですね。当時はそういうふうに読まれても仕方がないというような状況だったかもしれないですね。ぼくは今度再読して、まあ三角関係ですけどね、女二人の間にある男のかたちっていうのが一種滑稽というのかなあ、すっきりした作品として読める感じ……。

吉行　もっともね、そのときは滑稽を意識してまでは書いてない。

――そうですか。

吉行　正確に書いていくとそうなっていく、おのずから。三角関係にある男は、つねに滑稽な存在なんだな。しかし、そういう視点というのはね、当時まだわが国は貧しくて、女二人の間に挟まって苦しむ男なんていうのは許し難い贅沢だ。どんなに苦しもうがてめえの勝手だ、「そんな苦労ならしてみたい」という腹立たしさみたいなものがあったんじゃないか。それが、あれから十年たったころには、ああいう目にあう男がどんどん出てきて、そういうときに「闇のなかの祝祭」を読むことによって、ここに、もっとひどい目にあっている人間がいると。

——慰めになる……。

吉行　「慰めの書」として読んで、気を取直した男がいるっていうのを、あちこちで聞いたよ。そう言われてみると、そういう立場の男は昔から案外たくさんいる。それも、男女同権なんて叫ばれているのに、女のほうが女の法律上の特権を利用してぜったい籍を抜かない。それで、一層苦しみが大きくなっている例が多いんだ。たとえば、藤原審爾もそうだし、若いところでは池田満寿夫もそうだね。こういう話は昔からもあるんだね。ただ、パーセンテージが今のほうが圧倒的に多くなったわけだ。水戸黄門をやってた東野英治郎さんも、やはり年上の奥さんがどうしても籍を抜いてくれなかったらしい。葵のご紋の印籠も効き目がない。ようやく、その奥さんが八十まえで亡くなって、このごろ籍がきれいになったそうだけど。

——いささか手遅れの気味ですね。

吉行　籍を抜かないことが、女の一生の仕事になってしまうんだな。偉業だね。こういう例は、文壇の大先輩では広津和郎さんがそうだな。いま存命なら、九十代の半ばだね。ぼくの「闇のなかの祝祭」が「群像」に載ったとき、広津さんの「年月のあしおと」という自叙伝風のものが同時に連載になっていて（いま調べると、昭和三十六年一月号から、途中中断もあったが四十二年三月までつづいた）、ぼくは愛読していたんだが、そのうち怖ろしい場面が出てきてね。

——「X子」と広津さんが書いている若い女性との交渉のことですね。

吉行　そう、それだ。ぼくに似た状態……、といっても籍がなくて一緒に暮してる女性は、たいへん穏かな気性の人だったらしいね。だからそのへんの修羅場は書いてないんだが、そこに新しい女性が加わって怖ろしいことになる。この女がX子で、これは恋愛というより、広津さんは軽い浮気のつもりだったらしい。そこらはあまり書いてないんだが、「恋愛など、どちらかが別れたい時が来たら、そんな時は面倒を起さないで別れるのがいいのね」というようなドライなことを言う女なので、広津さんもその気になったらしい。

——そういうことを言う女って、おそらく昭和のはじめのモダンガールのころから、いつもいるんでしょうね。吉行さんも、そういう女とベッドで仲良くなって、すぐあとで「あたしたち、これからどうしましょう」と言われてギョッとした、という話を書いていますね。

吉行　ああいうことを言う女にかぎって、実体は逆なんだな。背伸びが崩れると、裏返しになってしまう。甘い言葉には注意しましょう。広津さんも、以来五年くらい苦しめつづけられることになる。X子が二十二で、広津さんが四十過ぎの歳からはじまったわけ。

ぼくが戦慄したのは、広津さんが奥さんといってもいい女性と暮している家のまわりで、一晩中かすかな足音とピシッピシッという音とがきこえていてね、朝起きて見たら灌木の生垣の枝の先が全部折られていたという話……。

――それは、聞いてるだけでこわいですよ。

吉行　そうだろう。その部分を今度引用しようとおもって、『年月のあしおと』を持ってきて調べたんだが、どうしても見つからないんだ。X子に関してのことは、続巻に二十四章にわたって出ているから、大変だったろうなあ。くわしく読み返して、あらためて戦慄したけど、生垣とかX子のかすかな足音の描写まではあるのだけど、肝心のところは出てこない。よく考えてみると、これは当時の大久保編集長に話してきかされたような気がしてきた。それにしても、なぜ広津さんは書かなかったのだろう。

――そんなデータを忘れるとはおもえませんねえ。

吉行　書こうとして、うんざりしたか、怖ろしくなったかしてやめてしまったのかなあ。その『年月のあしおと』の正続二冊のうち、続巻のほうにだけ署名して贈ってくださっている。

――広津さんとはおつき合いはあったんですか。

吉行　なかったに近い。その作品を読んで、「群像」編集部に感想を言ったから、そのことがぼくについての解説つきで広津さんに伝わったんだろう。そして、その時期が昭和三十九年ころだったんで、続巻だけ署名して贈ってくださった、としか考えられない。

――X子の騒動の巻だけ、署名とはねえ（笑）。

吉行　会合などで、広津さんが近寄ってきて、「このごろどうかね」と声をかけてくださったことが、何度かある。あの声音は、同志にたいする感じだったな。ぼくの作品の読者に、広津さんのような体験をした人が多かったら、評価もずいぶん変ったろうなあ。それでね、この『年月のあしおと』の中から、一部分引用しておきたい。X子は三回もカルモチンで自殺未遂していて、それも狂言ともおもえない……、あれはヒステリーの発作かな。そのことだけで、もううんざりだから、もっとちがう味の部分を引用しよう。もっとも、話は四度目の砒素での自殺に絡むんだがね。

●その時は昼間で、それを飲んだところが、便所に行つて下痢がとまらないので、心細くなつて私に電話をかけて来たらしい。

か細い声でそのことを訴えたので、

「なに、砒素を！　馬鹿な、何ということをするのだ」と私は思わず怒鳴らないわけにいかなかつた。

Kさん（註、懇意な医師）には実に言いにくいが、併しKさんの外には頼む人がないので、私はやはりKさんに電話をかけた。

「え、砒素を、何だつて又そんなものを」とKさんも驚いて大きな声を出した。「困つた人ですな、実に。とにかく直ぐ出かけますよ。ほつとくわけには行かないから」

「恐れ入ります」

私が溜池のアパートに著くと、直ぐKさんも自動車でやつて来た。下《くだ》つて、下つて止まらないので、彼女は便所の中で、長い間キンカクシにしがみついていたということをいつた。

「砒素を飲んだんじや助かるか助からないか解らない。助かつても骨にヒビが入るよ」とKさんはいいながら、早速胃洗滌に取りかかつた。すると彼女の胃の腑からは思いがけなく沢山のそばが出て来た。

それは後で彼女が述べたところによると、彼女が薬を呑んだところに、「お待遠さま」といつて彼女の部屋の前の廊下に、そば屋がざるそばを置いて行つた。他の部屋からの注文を間違えて彼女のところに持つて来たらしい。彼女はドアを開けて、それを見ると、急に食べたくなつてそのそばを食べてしまつたというのである。

死ぬ覚悟で砒素を呑んだところに、間違つてそば屋がそばを持つて来たので、それを食べた。——何か人を苦笑させる変梃なユーモアがある。そんな場合、食慾があるものであろうか。どうせ死ぬのだから一つ食べてやれと思つたのであろうか。どうも彼女の精神には何処かばらばらなところがあるのではないか。

結局その時も彼女は助かつた。

「そうすると呑んだ砒素の大部分をそばが吸収してしまって、身体にまわらなかつたというようなことがあるんでしょうか」と私はKさんに訊いた。

「そういうことも大いに考えられますね」とKさんは答えた。（引用おわり）

――「闇のなかの祝祭」のときの編集長は大久保房男ですが、吉行さんが夜な夜な城南のほうへ姿を現わすというような噂を大久保が聞き込んでですね……。小説家がそういう事柄があって、どういうふうに処理したり考えたりしてたのかという、具体的なことがありますね。ぜひそれを書け、いいものになるからやったらどうか、とすすめるということは、編集者とすればありますね。

吉行　うん。

――「闇のなかの祝祭」のときも、やっぱり編集者の強い要請、というのは言葉がおかしいかな……。

吉行　もちろんそれはあったんだね。あの作品は昭和三十六年……。三十四年の秋ぐらいからもう、書け、書けと言われてた記憶がある。まだその時期じゃないといって、二年ぐらい断ってたわけね。だけど、その要請がなければ、もっとあとになったろうね、書くのはね。

――どういう心の動き方で、書いてもいいと思うようになったのでしょうか。

吉行　そのね、作家というもんは、このケースでは右往左往している自分というのをどこかで見ているわけよ。で、ああ、これはいいデータだなあと思うわけ、その自分の姿を。たとえば夜中じゅう籍入れろ、籍入れろって「要請」している女と車でぐるぐる走りながら言い争って、いつまでも片がつかなくって、明け方、パン工場のイースト菌が醱酵して、甘酸っぱい匂いがプーンとしてくる。これがなんか物悲しい感じでね、そういうのを嗅ぐと、このディテール、書きたい、とおもうところもある。そのときはもう、自分が第三者になっているわけですよ。だから、自分を自分の眼で外側から見ている手柄はあるかもしれないと思うんだ。あの作品は読み返すのが鬱陶しくて、ずっと敬遠していた。今回、気を取直して、ゆっくり手を入れてみたんだけど、自分でおそれていたよりずっと良く書けていた（笑）。いろいろ発見もあったな。たとえばね、奈々子がこう言うところがある。

「あたしは世間が何と言ったって平気だわ。いつ仕事をやめてもいいんだもの。ただ、あなたとあたしとのことが、スキャンダルとして扱われるのが厭なの。あなたとのことは、とっても大切におもっているんだもの」

ここを読んで、なるほどとおもったのは、「週刊新潮」でモデル問題を取上げたので、ぼくが執筆拒否をした事件なんだ。じつは、あのとき自分では、「マスコミってそんなもんだから、どうでもいいや」とおもってた。ただね、記事が出てみると「スキャンダルの女たち」という特集の一つとして取上げられて、あとの三人の女はみな犯罪者なんだ。それで、ぼくも腹が立ったんだ。ただ、奈々子のこの言葉は忘れていたね。奈々子のモデルはひどく怒ったわけだ、というのを、今度はじめて気づいた。それにしても、この言葉は実際に当人が言ったんだけど、それを書くとすぐに「私小説」とわが国では言われてしまうところに問題があるな。

この作品についてはこのくらいにして、その「執筆拒否」のときの舟橋聖一氏のはなしをしてみたい。

——あのときは、丁度、山の上ホテルにこもっていたんでしょう。

吉行 そう。そうだな、舟橋さんとの因縁を、最初からすこし辿るかな。舟橋さんはオヤジの文学仲間だったんだけど、会ったのは昭和三十年代になってからなんだ。

——ほう、それはずいぶん遅いですね。編集者時代に会わなかったんですか。

吉行 そのとき、社と舟橋さんとの間にトラブルがあってね。結局、秘書の人には会ったけど、ご本人は出てこない。このトラブルの話は、舟橋聖一の面目躍如というところがあるけど、またいつかということにして……。舟橋さんに最初に会ったときのことは思い出せないんだけど、昭和三十二年ぐらいのことはよく覚えている。あるパーティへ行ったら、舟橋さんが白のダブルのタキシードを着ていてね。有馬頼義とぼくが話していたら、舟橋さんが近づいてきて、「きみたちは満場一致で伽羅《キアラ》の会に入会が許可された」って言う（笑）。あらかじめなんの相談もないときにね。間もなく、「キアラの会」を開くから午後七時に自分の家へ集れという通知が、舟橋さんからきた。舟橋聖一というのはケチだと有名だったから、七時というのは晩めしが出したくないからこんな時間なんだなと思って。ちょうど安岡章太郎がぼくの家に遊びに来てて、「きょう舟橋さんのところへ行くんだけども、七時からだから天丼でも取って食おうか」と言って、安岡と天丼食ってから出かけた。舟橋さんのところへ行ったら、りっぱな天ぷら屋の職人が出張してきて揚げてる。こっちは天丼食ってったばっかりだ。ちょっとあの人、わからないところあるな。

そこで本題に入るんだけど、新潮社と喧嘩したとき陣中見舞が届いたんだ。

――現金ですか。

吉行　現金。熨斗《のし》袋に……。いくらかなって、開けたら十万円入ってた。そのころの十万というのは大金ですよ。だから、これはケチじゃなくて、極端な自己流の合理主義者というか、そういう人だったのかもしれんと思ったね。

――キアラの会のメンバーにと思って目をかけて……。

吉行　いや、喧嘩するのが好きなんじゃないのかな、大出版社とかと……。

――ああ、なるほど。

吉行　それに女が関係しているトラブルだから陣中見舞をくれたのかもしれない。それは舟橋さんはしょっちゅう言ってたね、このごろどうも軟派は栄えてない。これでは、小説がダメになる、とか。

——恋愛感情というものには至高の価値観を与えてましたよね、舟橋さんはね。

吉行 軟派という伝統を守る、ということをいつも考えていた人だったな。

七

吉行 何年前かな、あれは。いまは昭和五十八年だから、五年前か。「夕暮まで」を書き上げた興奮状態があって、それで二つ約束しちゃった。一つが「好色一代男」の翻訳。それからもう一つは「続・私の文学放浪」、これはね、「文芸展望」に約束した。

——そういうことがあったんですか。

吉行 約束したあとで、これは書きにくいなあとおもって、困ったことになったと後悔していたら、「文芸展望」が休刊になってね。「私の文学放浪」は、昭和三十九年の三月から四十年の初めまで「東京新聞」に連載したんだけれど、あのときはまだ半生記は早すぎるなんて厭味を言われたりなんかしましたよ。あれが読まれたのは、長いことしかるべき文芸雑誌に認知されないで、いろいろなことをやっているおもしろさだろうね。なかなか浮び上れないで喘いでいる、そういうところが、読者にアピールしたとおもう。でも、続篇になると、『砂の上の植物群』の刊行のあとだから……。

——「私の文学放浪」と違ってきますね。認められたあとの作家としての生き方、ということになりますからね。

吉行　そういうことだから……。結局、病気しながら仕事をつづけるというようなことあたりに絞るかなあ、それもおもしろくないしなんておもっていた。まあ、これからその時期になるわけですね……。今度調べて驚いたのは、「砂の上の植物群」は昭和三十八年の十二月号で「文学界」の連載が終って、すぐに三十九年の一月号から「技巧的生活」の連載が「文芸」ではじまっているわけです。しかも、その間の三十八年の年末に、短篇を三つ書下ろしで書いて、「芥川賞作家シリーズ」というのに入れてる。

——ああ、学習研究社のですね。

吉行　「手品師」「香水瓶」「痴」の三つですね。これはもっぱら経済問題で、もう金がなくなってて、それをやらなければ食えなくなる。あの作品を文芸雑誌に発表したとすると、ずいぶん評判がよかったろうとおもうけど（笑）。いま考えるとそら恐ろしいね、連載を終りかかってて、次の連載が始まる谷間に短篇を三つ。あのころ、書くことがたくさんあったっていうことはまったくないんで、ぜんぜんいつもと同じように、なにもない。何とかなるっていう感じで机の前で唸れば、何とかなるんですよ。いまでもその感じはまったく同じなんだけど、ただ、その唸る気力がない。二十年前といまとくらべると、このごろの二日酔のぐあいなんかみてても、明らかに衰えてますよ。

――体力がですね、ええ。

吉行　夢みたいな話だね、いま考えると。「技巧的生活」というのは、坂本一亀という「文芸」の編集長、いま言えばYMOの坂本龍一のお父さんだね。あの気難しい人に呼ばれて、神田の鰻屋でご馳走になって、武田麟太郎の「銀座八丁」の向うを張ったものを書いてみないかって言われて。そんな長いもの急には書けないとおもいながら、だんだん話が、こう、空回りしながら盛り上って、なんかその気になって、坂本さんと銀座まで出かけて飲んだ記憶がありますよ。それが三十七年のことだったかな。それで、武田麟太郎の「銀座八丁」を読み直してみたら、意外につまんない。結局風俗なんだね。風俗を書いたものというのは時代が変るとこんなにつまんないかなとおもったような、落胆感がありましてね。で、坂本さんの編集長のときは実現できなくてね、その企画は。そのあと、「文芸」は一回つぶれている。やがて小型の判になって再刊になって、そのときの編集長は寺田博さんだったけど、「技巧的生活」を書くことによって坂本さんに対する約束は守ったわけだ。

ただ、あの作品は誤読されてね。書きたかったことを大雑把にいえば……。まあ、セミプロですね、銀座の女っていうのは。プロっていう意味は、娼婦という意味。一人の普通の少女が、人生で躓いて水商売の道を選んでセミ娼婦になっていく。セミ娼婦になって、どうなっていくかということ。その心の動きなんかから想像妊娠という事柄が出てきて、想像妊娠のメカニズムを医者に会って精しく聞いたりしてね。そういう作品を書いたら、銀座のホステスの小説だというふうに頭からおもい込まれてしまった。いちばんあきれた批評は、バーの中の勤めている女同士の確執が書かれてないと。そんなのはね、こっちはいろいろ知ってんだけど書かないだけの話で。誰が言ったか忘れちゃったけど、そんな声があるほど誤読されたって言いたい。銀座の裏幕というのは、ときどき笑い話に言うんだけど、勤めて二年ぐらいの女に、「きみはまだキャリア二年だな。おれのキャリアは数十年だぞ」とかね。だけど、現場の二年というのは、客としての数十年より強いディテールを摑んでいる場合もある。ぼくは意識的に聞き出してものを書こうという気はないけど、それは自ずからわかってくる。向うが気をゆるして、そこでわかるわけですよ。酒場については元手がずいぶんかかっているけれど、その元手をあまり使ってない、あの作品の上では。

酒場ではご存じのようにぼくは馬鹿ばなししかしないわけですね。で、あのころの馬鹿ばなしのテーマに、いまは言いたくない言葉で女性性器の四文字言葉ね。あれがかなり大きなメインテーマだったんだね。まだ世の中が性的に開けてなくて、あの言葉をウイスキーとか、チーズとかハムとかっていうような調子で発音することに、なにか意味があるような気がしたんだな。それでね、あのころ「変った種族研究」というのを「小説現代」に連載してて、大村（彦次郎）さんと組んで。柳家三亀松という人に会ったら、これがなかなかできる人で、その言葉をじつに、コップとかテープレコーダーとかチーズみたいに言えるわけよ。この境地はなかなかたいへんだから、ひとつ勉強しようってね。あの時代、やっぱり周りの雰囲気というのがあって、さらっと言うのがじつに難しくて、一年か二年かかったかな、肩の力を抜いて言うまでに。それで、そのころ、その言葉がコップ、氷、氷挟みみたいにこっちが言えると、受けるほうはある種のショック受けた。

――なるほど。

吉行 当時はそれに関連して、いろいろ馬鹿ばなしがつくれた。その一つとして、「横須賀線××××事件」という随筆を書いたわけね。これは今度の全集に入らないから一部分を再録してみましょう。

酒場で酒を飲んでいると、

「オ××コ」

と、女性の重大な箇所の名称を俗語で発音する声が、聞えてくることがある。ところが、その口調にはかならずこわばったところが混っている。

私もときおりその言葉を酒場で口に出すことがあるが、そのときには何ものかに挑みかかる心持が心の底にうずくまっている。取澄ましたものとか、いわゆる良風美俗とかいうものにたいする破壊的な気分が、酒のために露わになったときに、その単語を口から出したくなる。

もっとも挑みかかる調子があまり露骨なのは、酒席のエチケットに背《そむ》く。隣の席で一オクターヴ高い調子でその単語が言われているのを耳にすると、

「君の気持はわかるが、まあまあお静かに」

と、近寄って肩をたたきたくなる。一所懸命頑張っているところが子供染みていて、酒席に似合わず、いたましい気分を誘い出すためであろう。

したがって自分で口にするときには、つとめてさりげなく一見洒脱風に発音するが、それはなかなかにむずかしい作業なのである。

私自身当惑するくらい、その単語が口から出た時期が昨年にあった。そもそもキッカケは、酒を飲んでいるとき、ふとあることを思い付いたのである。

「白いワイシャツにネクタイをきちんと締めて、できるだけ紳士風になって、横須賀線の一等車に乗るとするね。翻訳本でも読んでいる令嬢を探してですな、おもむろに近寄ると慇懃《いんぎん》に会釈して、小声で言う。

『ちょっと、うかがいますが』

『何でしょうか』

『私とオ××コしませんか』

と言ったら、どういうことになるとおもう」

と、酒場の女性に相談してみたのが、話の発端である。相談相手の彼女は、ヒンシュクするよりも、まず笑い出したところをみると、なかなかセンスがある。笑ってから、真面目な顔になって、考えてくれた。

「そうねえ、案外、それで話がまとまることがあるのじゃないかしら。でも、バカなことを考えるものねえ」

その夜は、話はそこまでである。その場に居合せた友人の某君と次の夜にまた一緒に飲んでいると、彼が思い出したように言う。

「この前の件だがね、知り合いに横須賀線の一等車に乗る令嬢がいてね、そのひとに訊ねてみたら、やはりうまくまとまるかもしれないと言っていた」

傍のホステスが、「なんのお話」と訊ねてきたので、待っていました、と例の会話を再演してみる。この際、「×××」という単語は、なるべく無色透明な口調で発音しなくては効果が少ない。

そのときのホステスも、打てばひびくように笑った。私は某君にすすめてみた。

「君、ひとつ実行してみたらどうだ」

「しかし、もしもその令嬢が、おまわりさーんと叫び出して、電車が非常停止する。パトカーが、うううーうとサイレンを鳴らしてやってくる。その車に乗せられて、警察に連れて行かれてだな、警官に詰問される。なんでそんなことを言ったのか、と詰問されたとき、どう答えたらいいだろう」

　そこで、いろいろ答弁について、二人で考えてみたが、

「結局、あのう、つい魔がさしまして……、というよりほかにないだろうなあ」

「つい魔がさして、もうしません、か」

　ということになった。

　このオチは、前の夜のオチよりも難解である。

　警察で、なぜそんなことを言ったかについての自分の心情を述べようとしても、通用するわけがない。

　結局、その答弁が「良風美俗」の次元になってしまい、「つい魔がさしまして」と言うより仕方がなくなる、というオカシサである。（引用おわり）

　こういう話をバーでしていると、座が盛り上っていくんでね。それから十年くらいあとになると、つまりいまから十年前くらいには、もうそんなこと言っても、それがどうしたというような時代がきた。いまは、どういう名称でそれを言うかについては、趣味の問題になってくる。

　ところでぼくはヘンリー・ミラーの短篇が好きで、昭和四十二、三年ころ『愛と笑いの夜』という短篇集の訳書を出した。昭和五十年にもう一冊、ミラーの「不眠症」っていう、ホキ徳田に対するおもいのたけを哲学的に綴った「不眠症」という作品を翻訳しまし

てね。そのときに読んでみた、ミラーの『わが生涯の日々』。

―― それは、講談社刊行、十二年前だね。

吉行 一九七一年、河野一郎氏訳です。この一部にこういう文章を発見した。

わたしはセックスを、ちょうど生や死と同じように、ごく自然のこととして考える。主題として、セックスだけに特別な考慮が与えられるべきだとは思わない。人生の大きな部分ではある――人生の半分だと言ってもいい。しかしそれほど大声で強調する必要があるとは思わない。(略)わたしは不必要に、どぶ板長屋の言葉を見せびらかしたりはしない。時と場所というものがある。あるいは、最適の雰囲気といってもいい。わたしはトラックの運転手のように、年じゅう fuck だの shit だの prick だの cunt だのを口にしない。インテリ連中は、こういった種類の言葉の効果を狙って用いがちだ。わたしはそういう輩を軽蔑する。(引用おわり)

そういえば、むかし女の子と街を歩いていたら、トラックが徐行して、運転席から首を出した男が、ピーと指笛を鳴らして、「ようよう、ねえちゃんオ××コ」と言ったな(笑)。

ヘンリー・ミラーというのは、生まれついてのダダイストですね、価値破壊の人ですよ、ダダイズムの洗礼をどの程度受けたかは知らないけど。したがって、ミラーの長篇には、やたら四文字言葉が出てくるが、ほんとうに日常生活では口にしなかったのかな。アメリカでは、大統領でもそういう言葉をホワイトハウスの中でわめき散らしているそうだけど。ともかく、ミラーのその文章ですこし反省したんだけど、もうそのころにはふっつり言わなくなっていたね。

――むしろ「一見猥本風」を書かれたときに……。

吉行　そう、あれはわざと××にした。あれが十年前です。わざと伏字にして、伏字がいかに人を淫靡な気持にさせるか、ということを強調してみた。この「淫靡」ということは大切でね、これがなくなったら、文化は衰弱するとおもってますよ。

――それは問題発言ですね。

吉行　いつか、ゆっくり説明します。

――そこで、ちょっとさっきの話に戻りますけど、この間吉行さんにお会いしたときにも、自分では「技巧的生活」っていう作品は好きだけれども、完結したときに、黙殺に近いかたちで終った、というふうに言われたのが印象的だったですけれども。それがね、あの作品が連載になったときの「文芸」が「文壇内閣」というグラビアとか、いろいろなこうね、いわゆるオーソドックスに言うと……。

吉行　やりすぎ、くだけすぎということね。つまり、発表舞台のマイナスもあったかなあ。

――ちょっと話は飛びますけども、大岡さんに「花影」という作品があるでしょう。

やっぱり銀座の女給を主人公にした。あれもね、吉行さんの「技巧的生活」と同じ運命なんですよ。ほとんど黙殺されたんですよね。

吉行　いや、あれは評判が良かったでしょう。

——いいえ、そうじゃないです。

吉行　だめだったかな。

——ええ、だめだったんです。

吉行　大岡さんの「花影」はいい小説だよね。あれは風俗じゃなくて、自分が元手かけて惚れた女を主人公にした小説だよね。

——ぼくも「群像」の合評に立会いましたけどね。河上徹太郎と高見順と平野謙との三氏で、「花影」が「中央公論」で連載の終ったときにやりました。これは活字になって残ってますが、河上さんが滔々と弁護論をやったんですよ。そうしたら高見さんが、結婚式新郎新婦に対するご丁重なる仲人の挨拶はそのくらいにしないと……。

吉行　洒落た言葉だけど。

——これでガーンとね……。ぼくの予想では、もっと高い評価を受けるのかなあともってたんですけれども、そのときはすごかったですよ。

吉行　ひどく貶されたわけね。

——結局、高見さんがそういうふうな態度だったため、河上さんのほうも硬化しちゃって。

吉行　「花影」は完結いつだったっけね。三十四年ですね。高見さんの「生命の樹」が三十三年か。

――そうですね。

吉行　高見順としては、自分はひどい目にあいながら書いている、それを大岡昇平は……。

――ええ、いい気になりやがってという感じなんでしょうかね。

吉行　まあ、ある意味の安全地帯ではあるけれど、だけど元手はかかっている、おもい出の元手はね。女主人公は青山二郎の恋人でしょう、結局。

――そうですね。

吉行　なんかよく覚えてないけど、あの世代のことは……。

――いろいろ入り組んでいるんですよね。

吉行　そう、入り組んでて。「花影」の集英社文庫版の解説を、ぼくは書いたんですよ。そういうゴシップ風のものを何も知らないんだけど、大岡さんのほうは知ってて書いているというふうにおもい込んでいるらしい。それでね、おまえ、知ってる癖に何とかかんとかって文句言われたんだね。それ、未だに意味がわからない。だけど、いい作品だね。

――だからやっぱり発表された直後というのはね、「闇のなかの祝祭」もそうですけれどもね、あまりなまなましい感じみたいのが……。

吉行　それがあるんだろうねえ。

――だから作品自体の評価がしにくい感じがあるのかもしれないですね。なんか話がずれちゃいましたけれども。

吉行　いやあ、べつにずれてはいないんだけど。いまにして思えば「花影」のほうが点数上ですね、「生命の樹」より。「生命の樹」というのはね、たしかに身を張ってやっているけれど、あのころ高見さんは中間小説を書き慣れちゃってて、何とかそれに流れないように純文学風にという、その手つきが見えてる。いまでも覚えているけど、鴨を撃ちに行く。で、鴨がカクッと首を落として死ぬわけ。その姿と女主人公とが似ているとか、こういうのはいかんなあとおもってね。まあ、高見さんは「いやな感じ」で、立ち直るわけだけど、あのころの高見さんはやっぱりちょっと中間小説ずれしているから。ずれっていう意味の裏には、神経症があったり、いろんな要素があって、同情する余地はいくらでもあるわけだけれど、作品となってしまうとそういう事情は考慮してもらえないからね。

――そうですね。丸谷（才一）さんがつくったアンソロジーにね、集英社で『花柳小説名作選』という文庫がありましてですね。巻末に野口冨士男さんと丸谷さんと対談して、いろいろ「花影」のこととか荷風のこととか、出てきたんですけれども、吉行さんの場合にはどうしても荷風と比較されてる。吉行さん自身は荷風というものに対する親近感というのは、どの程度なんですか。

吉行　ある程度ですね。存在に対するシンパシーはひじょうに強いけど、実際にあたってって読むと、女給小説についていえば「つゆのあとさき」とか、うまいなあとおもうところはあるけれど、一つの作品としてのシンパシーは少ない。「腕くらべ」は芸者ですが、これもじつにたっぷりしたいい作品だけど、どっちかというと「おかめ笹」のほうが好きなんだな。それから「濹東綺譚」は、これはまあ、名作といってもいい作品だとおもうわけです。その程度だから、作品にはのめり込んでないわけね。だけど、存在としてはとても好きなんです、永井荷風という人は。

――のたれ死にというか、ああいう死に方がありますしね。

吉行　そうそう。いろいろそういうことも含めて。

――しかし、「四畳半襖の下張」は特別弁護人になったわけだし。

吉行　あれはまあ、洒落ですねえ。いつまでも二十五年も前の判決にこだわっている官憲をからかったようなもんでね。ああいう問題は、官憲はもっと正しく考えなくては困る。禁止も困るが、全面解禁も困る。「淫靡」が失われてゆく。

アメリカのポルノ解禁のときの大統領はジョンソンですね。あれ、ベトナム戦争に対する若者のおもい入れを、拡散させるために解禁したっていう説があるでしょう。

―― ええ、ありますね。

吉行 昭和初年のエロ・グロ・ナンセンス時代ってのがある。あのころの警視庁の検閲専門の人に会って話したら、そのころ左翼が流行して、大学生なんかでも左翼でなきゃいけないみたいになっていく。そういう時代の風潮を拡散させるために、エロ・グロ・ナンセンスについてのある程度の解禁をやったっていう。ベトナム戦争のときの解禁にしても、狙いは同じだとおもうけれど。で、解禁したときは映画館は超満員でしょう。しかし、一年後には映画館に人影がないのね。ガラガラの映画館の大きな画面で、蒸気機関車のピストンみたいなものが出てくる。だけど、ああいうものはね、ばかばかしいとおもっても、一ヵ月ぐらいたつとまたちょっと見たくなるんですね。だから曜日を決めて解禁するといいとおもうんだな。それで、わりにまじめにそれを考えだしたのね、「ポルノ解禁市民運動」ていうので、週一回解禁にしろと。で、佐野洋にこういう考えはどうだろうと言ったら、いや、それは理論としては正しいけれども、特定の、たとえば暴力団かなんかに利益を与えることになる可能性がある。だからちょっとそれは疑問だと言われてね。そう言われるとそんな気になってくる。……「四畳半襖の下張」の話でしたね。

―― そうでした。

吉行 「四畳半襖の下張」はね、猥本と思われなきゃあつまんないんだよ、荷風としては。オープンになっているときに、さあ、荷風さん、これをお書きなさいっていったら、絶対書かないね。危険なときに、アマノジャクだから彼は書いたわけで。だから、逆に言えば「四畳半襖の下張」を認めろというのは、荷風さんの気持に背くわけだ。

――吉行さんにもちょっとそういうアマノジャクの要素が……。

吉行　ああ、沢山ありますね。

八

吉行　「変った種族研究」は「小説現代」の創刊二月号からの連載だった。その仕事を大村彦次郎氏と組んでやったわけだけど、あれは昭和何年からだったろう。

大村　三十七年です。

吉行　三十七年の十二月発売の三十八年二月号だね。ぼくの『砂の上の植物群』が三十八年……。

大村　そうです。並行して書かれてました。

吉行　あの連載は好評続演で、一年延びたから、登場人物は二十三人だった。

大村　あのころは、吉行さんは北千束に住んでいた。いまから思うと、これは当り前だけど、若くて元気でね。第一回の人物がスマイリー小原で、フジテレビの「スパークショー」の音楽の指揮をしてたんですよ。「踊る指揮者」ということで。

吉行　スマイリー小原は、今年（昭和五十九年）の春に、亡くなったなあ。

大村　それをフジテレビのスタジオへ、吉行さんわざわざ見に行きましてね。わたしは渡部雄吉さんと写真を撮る。そのときにね、吉行さんてすごい人だなァと思ったのは、文章には出てこないけど、木の実ナナがいたんですよ。二十年も前だから彼女も十代で、年増みたいな顔をして、色が黒い。そしたらね、「あれ、いい女だぞ」って。言われてみて、わたしもなるほど、と思った。言われなければ、そこのところは見落したけども。

吉行　言っても賛成者はいなかった。あのころ、みんなあざ笑ったものね、銀座なんかじゃ、「あの人はね、木の実ナナが好きだって言ってる男だから」とか、「あれに綺麗だって言われたら絶望しなくちゃいけない」とか（笑）。

大村　教わるというか、焼物なんかに柳宗悦が美を見つけるじゃないですか、あ、そうかってみんな思う。そういうひとつの価値観の発見みたいなね、大袈裟に言うと。あ、これは先生、やはりたいへんな美意識をお持ちでしたという、初会での驚きというのは記憶に残って忘れないですね。

吉行　だから、見どころのある青年だったわけだ（笑）。まだ三十ちょっと前のころだろう。

大村　ええ。いやいや、そのくらいわかっていなくちゃいけなかったんですけどね。

吉行　それで、グラビアが四ページついて文章を書くというのを、大村さんと組んでやってたわけだ。文章の中に大村さんを登場させるとき、何て書こうかなと考えて、「O青年」と表記したら、あれがはやったね。

大村　そうですね。

吉行　あのページの次の書き手は野坂昭如だったっけ。

大村　いや、吉行さんを二年やらせていただいて、それから奥野信太郎さんが一年。

吉行　え、奥野さんがやったかな。どういうテーマだったろう、それ、忘れていたよ。

大村　風俗現象、たとえば温泉芸者をやるとかですね、当時のストリップ劇場を訪ねるとか。

吉行　そこもO青年だったかな。

大村　ええ。吉行さんのあれを引継いで、O青年という……。遠藤周作さんもそれを引継いで、それから野坂さんがやって、二年間。だから二年、一年、一年、二年で、合計六年。

吉行　「M少年」という表記は誰のときだろう。

大村　あれはずっと後の山口瞳さんを「小説現代」の宮田昭宏君が担当したとき……。連綿と続いたわけですね。

吉行　しかし人間の記憶は……、奥野さんは忘れてた。奥野さんはぼくのとき登場していただいたわけだろう。そのとき、新宿の酒場「ゴードン」に行って、奥野さんがたばこの箱でつくった牙みたいなものを歯のところに嵌めてね。お化けの真似をして、女の子を脅かしてた。さばけたような格好をしてるけど、こっちはきちんと応対しないと、気難しいところがある人だからって、いろいろそういう感想を述べた覚えがある。

大村 ええ。

吉行 あのときの奥野さんは、幾つだったか、調べてみよう……。六十四歳か、ぼくが三十九歳だった。

大村 奥野さんは、銀座のバーには飽きていらっしゃいましたね。

吉行 飽きて……。

大村 ええ、銀座よりも錦糸町といった、場末とかね。

吉行 ああ、安酒趣味になってきたんだな。

大村 そこへ行ってね、いわゆるちょっと下がった女の子をみんな周りに集めて、肩を揉ませたり、頭に手拭なんか載っけちゃって、それでまたお化けの真似をしたりですね。みんなを笑わせて、お札なんか、あのときには千円札かなあ、百円札ですかねえ、こう、配ったりして。

吉行 百円札でしょうねえ。永井荷風の跡を継いだわけだな。

大村 そうなんです。それを報告したら、吉行さんは荷風をやってるなって。

吉行 あ、いまと同じことを言ったのか（笑）。それで、ちょっと寂しそうだったね、奥野さんは。お化けの真似も、いささか陰気な芸でね。

大村　そうですね。

吉行　もっと学者として正当に評価されていいというところがあったのじゃないか。

大村　ただ、論文とかを出さなかったんですね、書かない人ですね。

吉行　野暮だっていうのかな、論文なんていうものは。

大村　それで結局博士号はとらなかったんですよね。論文をとにかく出せば奥野先生の学殖をもってすれば文学博士に簡単になれるんですけどね。ご自身がそうおっしゃってました。

吉行　粋な人だったねえ、学識も深かったと思うな。ところで、あの仕事は、人選がまずたいへん。それから下交渉もたいへんで、そこで加賀まりこが出てくるんだけど。

大村　K君が「若い女性」の若い編集者のとき、加賀まりこのところへ行った。インタビューしようと待っているのに、ベッドに寝たまま週刊誌かなんか読みはじめて……。

吉行　十分ぐらい待たしたんだね、部屋の隅の椅子に腰かけさせて。

大村　それで、「いいわよ」って言って、ベッドの上に仰向けに寝たままインタビューを受けた。その話を聞いて、小生意気な女だということを、吉行さんに事前に教えることにしたわけです。その話をすると、吉行さんは、「いいわよ」って言ったら、「さいですか」ってベッドにもぐり込んでしまえばいい、と(笑)。

吉行　上に乗っかってもいい（笑）。

大村　何ともこれはおかしいね。

吉行　もう一つ事前の交渉でおかしいのは、デザイナーの長沢節氏のこと。大村さんが交渉に行ったら、丁度昼の食事をしてて、大根の煮付けが……。

大村　丼でもってね、いわゆる味噌汁じゃないけれども、具をいっぱい入れたけんちん汁みたいなものですね。

吉行　それを自分が食ってて、大根を君に「どう」って出したんだったっけ。

大村　いや、そうじゃないんです。「めしを食ってきたか」って言うから、「いま、会社の地下食堂で食べてきた」と言ったら、「でも、それはおいしくないだろうから」って、そのけんちん汁みたいなのを出してくれて、「これを食べろ」っていうので。わたしはね、味噌汁とかけんちん汁が好きじゃないんですよ、とくに大根というのはね（笑）。食わないわけにもいかないから、大根は残して、「どうもご馳走さまでした」と言ったら、「あら、食べないの」って、自分がわたしの残した丼の大根を召し上ったんで……。

吉行　ああ、そういうことだったのか、ぼくは少し勘違いしてたな。丼におでんの大根のようなのが山盛りになって、自分が食って、それからそのまま箸を渡して、「あなたもこの大根を食べなさい」と言ったんだと思っていた。いずれにしろ、一種の踏絵だよな、食えば同類になってしまう、食わないと交渉はまとまらない。ハムレットだな、ハムレットの心境で交渉したわけだ。

大村　人の残したものを、「あたしが食べる」ってね。男女関係でよくお皿を取り替えたりなんかしてますよね。

吉行　そうそう、同じ歯ブラシとか（笑）。

大村　それを初対面のおじさんからやられちゃったんでね、そこで、これは手ごわいぞとね、ご注進したわけです。

吉行　しかし、そこは載せると具合が悪いな。

大村　いや、そのときの文章に、はっきり疑惑が書いてありますよ。ホモという言い方でなくて、ゲイと言ってますが、外国のファッション・デザイナーにはゲイが大部分だとか、そういう仕事の才能とゲイの感覚とは切り離せないらしいとか、そこらあたりに氏の独身を解く鍵があるかもしれないとか。そこで、本ものの趣味の人にその種の質問をすると、まだいまの日本では憤然とするケースが多いので、厄介な仕事になってきた……（笑）、とか。

吉行　へえ、大胆だね。もっとも、「変った種族」の研究だから……。それにしても、長沢さんと会ったときのことは、すっかり忘れてしまった。

大村　オカマバーへ行ったんですよ、長沢さんがオカマの耳に香水をパッと吹きつけてやって。それで吉行さんの脛を見てね、そのとき柄ものの靴下を穿いていたんですね。そしたら、柄ものだと脛毛の印象が薄くなる、無地で強調すべきだという……。

吉行 たまたま柄ものの靴下を……。おれ、めったに穿かないんだよ、柄ものを。

大村 そうですね。そういう細部に勘が行き届くっていうのは、それはファッション・デザイナーとしては有能だし、しかしやっぱりその気がある、という結論で。

吉行 下交渉での傑作の双璧は、女優と大根だね。これを、大根と女優、というと具合が悪くなる。

大村 しかし、加賀まりこはぜったい女優なんてダサイものにはならない、と言っていたけど。

吉行 十年経ってみろ、女優になってるぞ、とぼくは言ったんだ。二十年近く経って、ぼくの原作の「夕暮まで」に出て、ブルー・リボン賞の助演女優部門で受賞してる。あの映画はぼくはなかなか良いとおもったけれど、その年度のワースト3に入った(笑)。しかし、そういうワースト映画から賞に価する女優が出るというのも不思議なことだよ。

ところで、あの連載で会った人は、ほとんど初対面だったね。その人たちと、夜の街のいろんなところで酒を飲んだりしながら取材して、あとで一種の人物論にまとめたわけだ。いまは、あんなゼイタクな取材方法は許されないだろうな。

大村 おもしろい場所は、野末陳平と三人で……。あれは梶山季之さんがそろそろ中野新橋を開拓しはじめていたころなんですよ。で、中野新橋まで行って……。まあ、とにかく、三流花柳界まで行って取材しちゃったんだから。

吉行　あれは、不思議なものだったね。常にどっか動きながら、メモも取らず。

大村　いや、わたしはメモを取りましたよ、小まめに（笑）。

吉行　大村さんにメモはまかして、おれは何にもしないで。

大村　ああいう取材体験というのは、なんかこう、すごくそれから得るところがありましたからね。

吉行　殿山泰司さんのときに、ぼくが酔っぱらっちゃって、「もう面倒くせえから、質問もおめえさん勝手にしておけ」と言った、と大村さんがぼくに言うんだが。メモも取っとけと言って、ぼくが横の女の子の背中を撫でていたので、絶望的な気持になったとかね（笑）。

大村　あのころはね、われわれが飲むバーは新宿区役所通りの「とと」が中心だったですね。

吉行　そうそう。

大村　だいいちこの「変った種族研究」の第一回が三十七年の秋の取材なんですけど、そのときはね、吉行さんとまず「とと」で待合せをした。「クラブ・リー」というナイトクラブが新宿のコマ劇場の裏手にありましょう、そこにスマイリー小原が出ているから、取材に行ったわけですよ。もう吉行さんは記憶にあるかないか。

吉行 それは覚えている、中原美紗緒のことだろう。

大村 中原美紗緒、あれは吉行さんが好きなタイプなんですよ。そのナイトクラブのフロアで、いちばん前の席に坐ったんだ。

吉行 あれはスマイリーの取材で行ったのか。

大村 スマイリーの取材で行ったんですよ。そしたら中原美紗緒が出て、シャンソンやら民謡なんか歌いだしたわけです。あの子がね、「きゃーろが鳴くんで」っていう歌、あれは何ていうんですか。

吉行 静岡のちゃっきり節だろ。

大村 客にマイクを向けて、「きゃーろが鳴くんで」って言わせてから、向こうが受けて、「雨ずーらや」と歌う。向こうはサービスのつもりで吉行さんのところへ来て、「こんばんは」って言ってマイクを向けた。そうしたら、「お、おい」って吉行さんが、あのときの慌て方ってなかった(笑)。こっちが代わってマイクをとってね……。それが第一回のときの取材でね。ところが、こっちがまだ駆け出しだから、バーをハシゴしながら取材するなんていう方法は知らない。「とと」で落ち合ったら、「おい、いくら持ってきたか」って。「いや、経理課からも何も持ってこない」「文なしで来たのか、取材に」って(笑)。「ええ」「いや、おれが持ってるから立て替えておくから」ということで。で、「クラブ・リー」に行って。それで、ちゃんと吉行さんが中原美紗緒に花を届けましたね。わたしはそれで楽屋へね。

吉行　ああ、大村さんが持ってった……。

大村　ええ、吉行さんからということで。だから向こうはサービスして。あれは、どういう関係ですか。

吉行　これが、なさけない関係でね（笑）。「文芸」という雑誌にくだけたグラビアがあって、「私の会いたい人」なんてのがあった。

大村　「文芸」で、そんなことをやった時期があるんですか。

吉行　うん、昭和三十一年ころで、ぼくは中原美紗緒を指名した。そのときのカメラマンが土門拳氏で、あのころ四十半ばにしてすでに硬派の大家、というかむしろ教祖的存在だった。ところが、そういう人とは、向こうはぜんぜん知らない。そういう相手だから、土門さんと一緒に、彼女のアパートにインタビューに行ったんだけど、はかばかしい返事が戻ってこない。困ってしまって、部屋の中を見まわしていたら、ガスストーヴの上に同じかたちの薬缶が二つ並んでいた。「あ、あの二つのヤカンはおもしろいねえ」とぼくが言ったんだが、その感覚がわからない。

大村　通じないわけですね。

吉行　そう。すぐに、一つ取り去ってしまった。ミスの指摘みたいに受取られてますます具合が悪くなっているうちに、マネージャーが出てきて、いかにもはやく帰れよがしな感じになってね。そのあと、土門拳と新宿のトリスバーへ行ったんだけど、土門さんは傷ついて怒っている。「あのマネージャーは、写真屋帰れ、という態度だ」とね。それがなんか青年みたいで、同年配と飲んでいる不思議な感じだった。ぼくも、「ほんとにあの連中はダメですねえ」とか「二つ並んでいるヤカンをせっかく評価したのに」とか言った(笑)。

そういう関係なのに、やっぱりぼくの好みだから、という……。

大村 ぼくは第一回で、スマイリー小原、木の実ナナ、中原美紗緒というので、この作者の好みはこうだと。

吉行 ある意味じゃ、その三角形は……。スマイリーなんて、悪評紛々たるものだった。

大村 かなり判官びいきでしたね。しかし、スマイリー小原そのものは、吉行さんが迫っていくけどつまらなかったですね。

吉行 横浜のブルースカイというナイトクラブで、踊りながら指揮している男がいて、「なんてリズム感がないんだろう」とおもって見ていたら、それが後年のスマイリー小原だったんだ。リズム感はおれもないけど、話がつまんなかった。

大村 これは結論としてですが、とにかく「変った種族」の頃、吉行さんが四十前後ですよ。

吉行　三十代のぎりぎりだよ。

大村　ぎりぎりですか。

吉行　昭和三十七年のときぼくは三十八だね。三十八、三十九、四十とやったわけだ。

大村　そうだ、三十九年の四月十三日の吉行さんの誕生日の日にね、「とと」へ行って。そしたら吉行さんが、ちょうど十二時の針が回るころに、「お、おれは四十になった」と言ったんですよ。吉行さんにも、四十を通過するという感慨があったんじゃないかと思うのですよ。

吉行　その感慨は、とても強かったよ。なにしろ人生五十年のころだし。

大村　だからそのときは、四十というのは仰ぎ見るような年齢だと思ったけど、いまから思うと四十にして吉行さんはあれだけの一種の美意識、人生観、マスコミ処世、人物鑑定、人間機微……。

吉行　出前迅速（笑）。

さて、そのO青年がやがてO中年になり編集長になって、新しい企画として「寝ながら話そう」というのを思いついたんだ。ぼくがちょうど体調が十分でなくてね。いまは、ラブホテルの浴衣を着ると、チンピラのおにいさんみたいになっちゃう、気力体力充実してるときならその浴衣をはね返すことができるけれど、自信ないから勘弁してくれって。そう言ったんだが、どうしても許してくれなくて、三回だけやった。

大村　ええ、だいぶご無理を申し上げました。

吉行　緑魔子、麻生れい子、カルーセル麻紀と三回やって、梶山季之にホスト役を引継いでもらった。その梶山は気力体力充実してて、ラブホテルの浴衣をちゃんと着こなしていたよ。昭和五十年に亡くなったけど、あのころは元気だったね。そのときの写真見ると、ぼくはいかにも新宿の裏町で「ちょっとちょっと、おにいさん、おもしろい写真ありますよ」って、呼び止めるような感じなんだ。

大村　あれは、昭和四十四年です。

吉行　そんな時期だったかな。じゃ、鬱病がほぼ治って、「暗室」の連載をしていたころか。

大村　そうですね。

吉行　あのときは、ぼくは自棄《やけ》になってね。安達曈子の信濃町の自宅へ行ったとき、その企画が話題になって、「やらない」って聞いたら、「ええ、やりましょうか」って言うんだね。「じゃ、決まった」って、すぐ大村さんに電話をしたらね、「えっ、安達さんがですか」ってびっくりしてね(笑)、自分がアイデアを出していながら……。惚れてたんじゃないか。

大村　いえいえいえ。それはやっぱり、山本富士子風な美女に対しては……。それに、彼女は品行方正風な人ですしね。かつては皇太子妃の候補にだって擬せられた一人でもあるんだから。

吉行　そうなの。

大村　ええ、週刊誌は美智子さん同様追っかけて。

吉行　結局は、その話は安達流の名を汚すっていうことで。まあ、そういう断り方はしないけど、流れた。あの電話口の驚きはとてもおかしかった。

大村　いや、吉行さんの食指がそこまで伸びるのかと思って。

吉行　その対談の話をもっとすると、あのころ画期的だったね。「すごい企画が出たぜ」なんて、バーで飲みながら言ってるやつがいるのね。あのころ温泉マークとか連込み宿って言ってたね。

大村　ええ。

吉行　「そこの布団の上でお話するんだって」とか、ぼくに話しかける。「それはおれがやってんだよ」なんて、企画にたいする驚きが先に立って、誰がやっているかは後になっていたね。あれはヤラセでなくて、テープレコーダーを枕もとに置いてほんとに二人だけにしてもらったんだけど。編集部の「M少年」は心配したりヤキモキするらしく、一時間半はこのままにしておいてくれ、とぼくが言っているのに、一時間経ったらもう部屋のドアをノックするんだ。一時間で十分に録音ができるわけがないじゃないか、ねえ。しぶしぶドアを開けてM少年を入れると、テープをプレイバックして確かめはじめた。あのころのテープレコーダーは旧式でマイク内蔵ではない。実際に、旅館の浴衣を着て二人で布団の上に寝そべっていると、ちょっと照れくさいでしょう。

大村 ええ、ええ。

吉行 あのときは、緑魔子だったな。照れかくしに、マイクをいじりながら話をしていると、枕もとの水差しを載せたお盆の縁に、ときどきマイクが当る……。M少年が、「このコンコンいう音は何ですか」と疑うんだ。コンコンという挿入音はないだろう(笑)。「それはね、マイクがこれに当る音だ」と言ったら、ようやく納得してくれたけど。そのM少年も、もうM中年になったなあ。

九

吉行 いまから十六、七年前の三月だったかな。ある日、大久保房男さんから電話がかかってきて、「このたびは受賞おめでとう」て言うんだ。このごろは文学賞の数がふえたけど、当時は春には賞の選考はない筈でね、キツネにつままれた気分になった。よく聞いてみたら、文部大臣……、文部大臣芸術選奨。それはね、ぼくの頭にはない賞でね、とても驚いて、少し調べたんですよ。仮に官僚が選んだとすると、そこにちょっとこだわりができる。あんまり歓迎できないなという気がある。調べてみたら、いまでもはっきりは知らないんだけど、二人ぐらいの評論家が話し合って決めていくらしいですね。

——評論家に限らずということがあるみたいですけれども。

吉行　そうですか、小説家も参加するということね。あのときはね、平野謙さんと、もう一人は河盛好蔵さんかな。その二人が話し合ってきめたらしい。「星と月は天の穴」という作品のことです。それは最初は「群像」の新年号に載った百六十枚ぐらいのもので、七、八十枚書き足して本にしたんだよね。

——そうですね、きょうその本の「あとがき」を持ってきましたけど。

吉行　平野さんが、小説家ってふしぎな種族で、それほどでもない作品をすこし書き足してよくしてしまうことができる、と評価してくれていた、という話を聞いていた。そういう内幕まで分ってきたんで、じゃあ頂戴しよう、ということにした。まあ、ぼくは文部省推薦とは、極端に違う作家だよね。

——ええ（笑）。ぼくが電話で「受賞おめでとうございます」というふうに言ったら、吉行さんが「いやあ、おしっこを書いている小説で、文部省から賞をもらうとはね」と。

吉行　女子大生がおしっこをもらしたのがきっかけになった恋愛小説だよ。そこまで言っていただかないと、ヘンタイの世界になる。もっとも、開高健が電話をかけてきて、恋愛小説はたくさんあるけれど、おしっこから始まるのは洋の東西初めてだって、なんか褒めてくれたのか、そんなようなこと言ってたの覚えているな。

――さっきの話でね、「群像」に発表したのが昭和四十一年の新年号で、百六十枚だったんですね。

吉行　そうです。

――本になったときの「あとがき」を見ますと、七十枚書き加えているということがあって、あとは細かいことが書いてありますけれども、それはさっきの平野謙さんの話につながっていくわけですけどね。じつに吉行さんの配慮というものが、読者に対する配慮、「群像」編集部に対する配慮、それから自分は一所懸命にやったんだけれども、あとになってみると不十分で、あとで書き加えて、やっと自信のもてるような作品になったということが書いてありました。感心しましてね、あとがき大家……。

吉行　あとがき賞。

――腰巻文学大賞というのもありましたね。

吉行　その「あとがき」になにを書いたか忘れたから、すこし省略して、再録してみよう。

☛四十一年一月号の「群像」に、「星と月は天の穴」と題して発表した中篇小説を、書き直したのがこの作品である。四百字詰原稿用紙にして七十枚ほどの分量が、増えている。単行本にする際に、このように大きく手を加えたのは、「原色の街」以来はじめてで、つまり十一年ぶりのことである。

ところで、いったん発表した作品を書き直したということは、もちろん自慢になりはしない。むしろ、書き直すことのできる作品を発表してしまったのを、恥じなくてはなるまい。いや、たいがいの場合は、書き直すよりも破棄することを考えるものであるが、この作品に限って、破棄することを考えず書き直すことだけに力をそそいだ。

どうして、そういうことが起ったか。

作品というのは、ふしぎなものである。つくり上げたそのときには、どうしてもそれ以外の形は考えられないことが、きわめて多い。そのときにおいては、動かし難いものにみえてしまう。あるいは、漠然とした不満を感じるにしても、具体的にどうすればよいか全く手がかりが摑めない。結局、現在の自分の力としてはこの程度のものしかできない、とおもうことになり、そういう意味でも動かし難いものになってしまう。

これまで「群像」に幾回かいくぶん長い枚数の作品を発表したときと同じように、大久保房男、中島和夫、徳島高義の諸氏の懇切で適確な指摘を受け、不満な部分を書き直すことを怠ったわけではない。しかし、それはすでに定まった形のなかにおいての、よりよくするための努力である。たとえ、その形自体の不備を指摘されたとしても、すでに動かし難いものに見えてしまっている私にとっては、それは才能の不足の指摘ということになり、納得はできても手の施しようがない。

ともかく、その作品は活字になった。いくぶんの自信もあった。しかし、その自信というのは、あとから考えてみると、ディテールについての自信であったとおもえる。作品のなかの沢山の細部についての偏執があった。そして、それら細部を芯にして、作品が狭く固まってしまっていた。一つの卓抜な細部が光源となって、光が作品の中に行き渡っているような作品も、稀には書けることがある。しかし、この場合、作品は狭く小さく固まってゆき、肝心の細部自体も乾からびそうになっている傾向がある。

そのことに気付いたのは、活字になって数ヵ月経ってからである。この作品についてのいろいろの批評のおかげでもある。私は悪評にたいしては耳を開かぬことが多いが、この作品についての悪評は、一へんに身に沁みた。もう一つは、活字という形で作品を読むことができたおかげである。もしも原稿のままで持っていたとしたら、作品はいつまでも作者の心にべったり貼り付いていて、そのまま腐ってしまっただろうとおもう。

しかし、欠点が具体的に分っただけでは、書き直すことはできない。ある日突然、その方法を思い付いたのは、幸運であった。以前の作品では、主人公が外へ出て他人と交渉を持つ、その交渉の在り方だけしか書かれていなかった。大きな側面が欠落していたわけで、主人公が一人で部屋に閉じこもっているときの心の中の風景を描かなければ、他人とのかかわり合いに関して意味不明の部分ができてしまう。そのことと、主人公の心象を具

象化するために小公園を設定することに気付いたとき、書き直しという厄介な仕事の見通しがついた気持になった。（引用おわり）

なるほど、うまく書いてあるな（笑）。それに関連してもう一つ覚えているのは、中島和夫さんが「あんた、去年は『不意の出来事』を出して、今年はこの作品ができたから、まあ、なんとか保っていくだろう」というような（笑）、彼独特の表現でもうちょっと褒めた感じだったよな。でも、いずれにせよ、一年に一つはなんか光ることをやらないと、消えていくのだという考え方には、にわかに疲れが出たね。そのへんがすでに四十二年から三年の鬱病の先駆症状だったような気がするなあ。

――四十年の七月号が、小島信夫さんの「抱擁家族」なんですね。ですからそこらへんに、また中篇・長篇のいい作品群が寄っていたというところがあるんです。ところで、この「あとがき」で、大きく手を加えたのは「原色の街」以来初めてということを書かれているんですけれども、これはまた意味が違うと思うのですよ。

吉行　そう、意味がぜんぜん違う。その後もないですね、そういうのは。

――短篇小説では、「海沿いの土地で」だったかな、あの最後のところを……。

吉行　きまらなくってねえ。

――削るか……。

吉行　あるいはどう直すか。

――これはね、雑誌のとき、それから初めての単行本のとき、昭和四十七年の全集のときとか、何度も……。

吉行 あれはきまらなかったねえ、四度は直した。

――短篇小説では珍しいでしょうね。

吉行 珍しいですね。もう一つ、あれはいつだったかな。「花束」という三十枚の作品を「群像」の編集部へもっていったら、例によって「鬼」といわれた大久保編集長が、終りがきまってない、と。菊の花を最後に主人公の男がガブッと齧るのね。ここの描写はうまくいってない、実際に食ってみろ、って言うんだ。これはいまだに謎なんだ、そのときの当事者は眼の前にいるんだけど。徳島さんにそこの花屋へ行って買ってこい、と大久保さんが命令した。そしたら、すぐに菊の花を一本だけ持って帰ってきた。エレベーターで降りて、花屋が前にあるにしても、そこから一本だけ買って帰るにしちゃ、どう考えても早すぎる。便所に飾ってある花じゃないか、そういう花を食わせやがった、とぼくが言ったんだけどね（笑）。その後注意して、講談社でときどき大便所なんかへ行ってみると、花はなかったような気がする。

――ええ、置いてないと思いますけれどもね。

吉行 応接間ぐらいにはあるかもしれないような気がするけれど。しかしあのとき以来、便所に花を置かないようにしたのかも。それで、主人公はその菊の花を自分に対する怒りみたいなものとともに甦る。菊の花弁というのは付け根のほうが管になっているのね。口の中へ入れると、一挙にふくらむんだ。歯が欠ける夢っていうのをみることがある。歯が欠けてね、欠けたのが粉になって、口がふくらんでくるような。これ、みんなあるでしょう。

――欠ける夢はぼくもときどきみますけど。

吉行　ボロッと欠ける。ぼくの場合は、その欠けた破片がふくらむのね、じつに厭なんだよね、その感じに似ているんですね。で、やっぱりこれは仮に便所であったとしても、甦ってよかった、やっぱりやってみるもんだっていう気がしたなあ。

――そうですねえ。

吉行　これはおもしろいな、当事者がここにいるのに、いまだに真相を……。

――明かさない。

吉行　平沢貞通は白か黒か。

――これはもう、せっかくここまで謎に包まれているのだから……。

吉行　そのままにしたほうがいいか。実際にやってみなきゃだめだっていうことはたしかにあるね。頭の中だけで考えててもね。とにかく意外なことがいろいろあるよ、実際にやってみると。おしっこの話もそうだけど。

――あれもそうなんですか、「星と月は天の穴」に出てくる宿屋の部屋の話。掃除し残した毛と埃が絡まり合って、たくさん残っているという……。

吉行 ぼくは、建物の構造の説明というのがひどく下手なのね。要するにこう、部屋の壁に、わりに低いところに板が取付けてあって、五十センチぐらい張り出してて、上に花瓶かなんか載ってるところがある。で、その下の畳の上のことをいま言っているわけだ。

―― 違い棚……。

吉行 違い棚ともちがう、こういうものがここからひょいっと張り出ている……。

―― 何のためにですか。

吉行 花瓶を載せて、菊の花を飾る（笑）。布団が敷いてあって枕が二つ並んでいるでしょう、そこから見える位置にそれがあるんですよ、ほとんど眼の前に。そこにね、綿ぼこりと陰毛とがからまりあったものが大量に溜っている。そこの従業員は畳を円く掃くわけね、粗雑に掃くもんで、それがどんどん溜ってゆく。その話について漫画家の黒鉄ヒロシは、かなり変質的な顔をしているくせに、自分だったらそんなものを見たらダメになっちゃうって言うんだ。ぼくの場合は、そういうものを見ると、がぜん刺戟を受ける。そんなことが書いてあって、ああいうディテールに自信があったんで、最初は百六十枚の形で発表したことになるなあ。もう一つの強力なディテールは、これは自分の体験だけど、車が引っくり返って頭に瘤ができて……。それはこの主人公と女子学生というような状態でないんだけど。レントゲンを一応撮ろうということになったときに、意表を突かれたのはレントゲンの写真が二枚吊してあって、医者は脳のことしか言わないんだけど、入歯のあとがはっきり白く短冊形に抜けている。それは医者も看護婦もみんなに見えているんだけど、そのことは言わない。その写真を見たとき、あ、これは何かできそうだなと思った。

——転んでもただで起きないという、典型的なこれは……。しかし、入歯のことが作品のずいぶん主要なものになった作品というのは、あまり……。

吉行　これもあまり知りませんね。おしっこと陰毛と入歯か。でもね、このごろ……。やっぱり時間がたつというのは恐ろしいもんで、ぼくは三十三ぐらいから下が総入歯なんだ。

——早いですね。

吉行　ひじょうに早いね。そのころの友達はみんなからかっていたよね、われわれの文学仲間が。それが、いまやみんな入歯になってしまった。近藤啓太郎も、安岡もそうだ。歯槽膿漏になったのかな。近藤なんかもきれいな歯をしてたよ、まっ白い歯でね。このごろ、近藤と麻雀やってると、「あ、ちょっと目を出さなきゃあ」とかね。つまりコンタクトレンズを、白内障で両眼手術しているから、六時間たつと限界になる。ぼくも間もなくやらなきゃいけないんだけど。で、そろそろ目を出さなきゃあって言う。それから、歯も出してみせたり。

——「星と月は天の穴」は前にも言ったように昭和四十一年の新年号ですけれども、

実際の発売は前年の四十年十二月になります。それでね、年表を見てたら、四十年の七月に谷崎さん、八月には高見さんが亡くなっているんですよね。

吉行 あの年は忙しい年だった。七月には、梅崎春生、江戸川乱歩……、あの夏はしょっちゅう葬式へ行ってた。

――梅崎さんがたしか五十歳だった……。

吉行 梅崎さんが五十歳、十返肇が四十九歳。十返さんはその二年前、昭和三十八年だ。

――それで高見さんが五十八歳。つまりいまの吉行さんとほぼ同じなんですよね。

吉行 おれより年下なんだよ。

――いまこう思うと、感じがずいぶん違う……。

吉行 なんか、大家の感じだったね。

――そうですねえ。その前年の三十九年五月に佐藤春夫さんが亡くなっています。

吉行 そうか、佐藤、谷崎は一年違いでか。

――ええ一年違いで。

吉行 平均寿命が低いときの人としては、ずいぶん長生きだ。

――佐藤さんは四十歳でみずから翁と言ってたっていうから。やっぱり大家という意識と見方というのはずいぶん違ってきたと思いますけどね。いま四十歳といったら……。

吉行　まだ若いですよ。弱輩って感じ。
――しかしね、吉行さんは、昭和四十一年は四十二歳で、「文学界」と「文芸」の新人賞の選考委員を始めた年になりますね。
吉行　ああ、そうか。そういう年ですか。
――ええ。ですからやっぱり新人を育てようという気持と、それから当然もう、新人賞の選者になってしかるべきであるという、客観的な情勢ができていたんじゃないかなと。
吉行　そうですねえ。
――「風景」の編集責任者でもあるんですね、四十年三月から四十一年十二月まで。
吉行　ぼくは、「あとがき」はうまいかもしれないけど、「編集後記」って書くことないねえ、「風景」の後記では、毎月閉口したよ。徳島さんも編集長時代に体験があるでしょう。とくに長いでしょう、「群像」の編集後記は一回分が。
――そうでしたねえ。
吉行　「風景」のは、原稿用紙一枚を三ブロックぐらいに割って書いていた。そういえば「風景」の編集後記を「日本経済新聞」のコラムで褒められたことがあったな。
――ここに、その編集後記のコピイを持ってきました。
吉行　おや、そうですか。ちょっと読んでみよう。……苦しまぎれで書いているけど、なかなかおもしろいな。こんなのがある。四十年三月号で、編集責任者になってはじめての後記だな。その一部と四月号の一部とをつづけて引用しよう。

●編集責任者の順番がこの号から私にまわってきた。野口冨士男さん、有馬頼義につづくわけで、三代目ということになる。「売家と唐様で書く三代目」ということにならぬよう努力しなければいけないわけだ。それにしてもなぜ売家の札は斜めに貼るのだろう。おそらく、その札を見る人の頭を斜めに曲げさせるためであろう。斜めに曲る形になれば、買おうか買うまいかと思案する心持が出てくる。

▽前号の後記に間違いがありました。貸家札は斜めに貼るが、売家の札は斜めには貼らないということ。及び、斜めに貼る理由について、何人かのかたに御教示御叱正を受けました。その理由については、私の新解釈のほうが面白いとおもうのだが、事実の前には如何ともなし難い。(引用おわり)

ところで、貸家札をなぜ斜めに貼るか、知ってるかな。ここには書いてないけど。

——さあ……。教えてください、ご教示ご叱正を受けたんでしょう。

吉行 それが、忘れてしまったんだ(笑)。二十年近く前のことだからね。それにしても、ほかにもおもしろいのがあるからピックアップして並べてみよう。

今回は、「あとがき」と「後記」をめぐってのことになりましたね。

＊

●先日、ある若い女性と雑談をしているときのことである。

「わたし、いつもフケて見られてしまう。まだ二十一なのに、二十二に見られることがよくあるわ」

　と彼女が言い、私はおもわず「ほほう」と言って、忘れていたことを思い出させされた心持になった。いまの私にとっては、二十一も二十二も同じ若い女にすぎないが、当人にとってその差の大きいことは、自分のその頃を思い浮べてみればよく分る。たしかに二十代の月日はじつにゆっくりと過ぎて行った。それに比べてこの頃の月日の経ち方の速さは、おどろく。

＊

▽このごろ感心した玩具に、ドラキュラ貯金箱というのがある。濃灰色の四角い箱の上に硬貨を載せると、箱が唸りはじめる。その唸る音がながながとつづき、それ以外になんの変化もないので苛立つ気分が起りかかるとき、蓋が少しずつ持上ってゆく、箱の中から青い手首がゆっくりと差しのべられて、硬貨を摑むや否や、素早く引込んでしまう。パタン、と蓋がはげしい音をたてて閉じる。緩急の計算が見ごとで、一つの芸になっている。

＊

▽ドラキュラ貯金箱という玩具のことを書いたが、今度また「アル中ウイスキー瓶」というのを発見した。ウイスキーの瓶を片手で持上げて、グラスに注ごうとする。まさに瓶の

中から液体が出そうになった瞬間、瓶をもった手がガタガタとはげしく震える、という仕掛である。もう一つ感心したものとして、キャンディの箱から布製の蛇が飛び出してくるのがある。箱から蛇、とはありふれているので、またか、と軽んじる気持になる隙を衝いて、あとから二匹、合せて三匹の蛇が猛烈な勢で飛び出してくる。従来の陳腐さが、一変して新しさになるところに殊更感心した。

*

▽安岡章太郎の近著に、モグラ退治のために安全カミソリの刃を土の中に埋める話が出てくるが、使用済の刃を土の中に捨てる人もあるらしい。私はいまは電気カミソリだが、以前は水洗便所で流した。ところが、だいぶ以前に送ってもらった鬼内仙次著『大阪動物誌』をようやくいま読みはじめたのだが、そのなかにがたろ（河童）という商売の話が出てくる。川や下水から金目のものを拾い出す商売で、こういう商売のあるのを、私ははじめて知った。このがたろにもいろいろ種類があって、マンホールの中に入って下水の溜り場をさらうのもあるそうだ。マンホール管の継目のところを指で探ると、下水とともに流れてきた金属の類が重みのために底に沈んでひっかかっており、昔の五十銭銀貨が出てきたりする、という。どうも、私は気にかかる。以前に流したカミソリの刃は、下水の中でどうなったのだろうか。

十

吉行　ぼくは愚痴は絶対言ったことなかったんだ。それが美点だったんだけど、ある時期からひどく愚痴っぽくなって(笑)。まだ、そんな年齢じゃないときにね。そのへんから鬱病の気配が起っていたのかな。

――その愚痴というのは、さまざまな……。

吉行　さまざまな愚痴をね。あの鬱病は「暗室」にとりかかる前の一年半余りだったな。

――「暗室」は昭和四十四年新年号から一年間「群像」に連載されたわけで、大久保編集長から中島和夫編集長に替わりましてね。吉行さんには長目の作品の一挙掲載をそれまでに三篇「群像」にやっていただいたけど、今度は長篇の連載をということで、その中島編集長と私が伺ったことがあるんですよね。そのときは快諾してもらったんですが。そのあと……、それは昭和四十一年。

吉行　そんな時期でしたか。とすると、「星と月は天の穴」が終ってすぐですね。

――そうです。それでね、吉行さんの年譜によりますと、「四十二年の五月ごろから心身ともに不調に陥る」ということで、「暗室」の連載が始まるまでに、作品がないわけですよね。

吉行　ない。あのとき心細かった。鬱病というのは気が滅入るなんてもんじゃない、あなたも多少経験があるけど。気はもう誰だって滅入るからね、ぜんぜん次元の違うものだから、もう再起できないだろうという感じになってくる。ところがその直前まで、ぼくは神経はけっしてやられないという絶対の自信があったんだ。鬱病というのは神経の病気でしょう、そんな病気には絶対ならないという過大の自信があったわけ。ところが、過大の自信というのは気がつくと崩れているんだね。ぼくはまず眼についてすごい自信があって、ずうっと二・〇だったんですよ。薄暗いところで読書するといけないとか、寝転がって読書すると目が悪くなるとかいわれているのを、わざと寝転がって目玉を斜めに回して本読んでみたり。まあ、白内障の問題じゃないんだけど、その言い方は……。

――ええ、視力ですね。

吉行　視力の問題なんだけど、ある日気がつくと白内障になってた……、とにかく眼が悪くなったわけです。過大の自信というのには、何の根拠もないことがよくわかったんだけれど。ところで、鬱病のときのことというのは忘れていることがとても多いんですよ。どういう経緯で鬱病になったのかはよく覚えていない。毎月のように短篇や長篇をずうっと書いてて、その鬱病になる直前に長部日出雄と生島治郎と、三人でバンコクに一週間ぐらいいて、これがそのときには不思議な取り合せだったんだけど、生島は直木賞の候補に一回なっていた。

――長部さんはまだですね。

吉行　長部はまだ小説を書いてなかった。多少はそのへんの屈折も長部にはあったと思うんだけど……。

――「アサヒ芸能」の連載対談をなさっていたころですね。

吉行　そうそう、対談がらみでそのメンバーで徳間書店からバンコクへ。生島は新しい連載の取材でね。活動的な愉快な一週間だったですよ。いまでも生島も長部もその旅行を懐しがる、ま、それぞれいろんな角度からだけれど。帰ってきてしばらくたったらなんかおかしくなってきてね。鬱病というのは症状だけでそう決めるのは危険で、梅毒でも同じ状態になるんだって。これは斎藤茂太さんに聞いた。

――梅毒の症状がですか。

吉行　症状が。ぼくは梅毒に対しても、罹らないという過大の自信をもっていてね。バンコクに着いた日に長部が情報をもたらしてきて、いま国際梅毒でペニスが溶けちゃう悪質のものがはやっていると言う。でも、過大の自信があるから、まったく無防備で一週間過した。

――あ、そうですか。

吉行　うん。鬱病になったとき、当然血液検査しましたよ。何で入院して検査するところまでいったのかが、いまちょっと思い出せない。とにかくね、快調にオートバイが走ってて、突然パタッと倒れたような記憶なんだ。愉快にバンコクから帰ってきて、しばらくたったら机の前に向ってエネルギーを集中するという作業がなんともいえず厭になった。そのへんは覚えている。そうだ、その状態が続くんで、人間ドック式の検査をすることにしたんだな。最初はS病院に入ってね、看護婦が全部白衣の代わりにピンク色の……。

――看護婦の衣裳がピンク色なんですか。

吉行 衣裳というか、つまりピンクの白衣。それで、その病院の中にバーがある。バーがあるといっても、バーというのはいちばんもとの意味は横の木でしょう。だからスタンドバーがあって、係が一人いて、酒を患者に飲ます場合もあるということらしいんだけどね。気楽な人間ドックへどうぞ、そういう営業政策だろうが、その病院に十日ぐらい入院したんだ。看護婦はたしかにピンク色を着ていたよ。それでぼくが「ここのバーは何階にあるの」って、もちろんバーというのは銀座のバーみたいに女の子がいて騒いでいるところとは思わないで聞いたんだ。そうしたら、その看護婦が険《けわ》しい口調で、「バーなんかありません」とか、「ここは病院です。お考え違いしないでください」と言う。怒られちゃってね、それで侘しく部屋の窓から外を見てると、遠くのほうに「トルコフランス」ってネオンサインがついてた。原宿の森がずうっとあって、街路はほとんど見えない。森の奥のほうに一つだけピンク色のネオンが、縦にこう……。要するに、フランスというトルコ風呂なんだ。小沢昭一と対談したことがあって、小沢昭一はさすがに精しくて、あそこはいまは有料駐車場になっているって。

――そうですか（笑）。

吉行　あらためて翌日調べてみたら、バーはあるんです、ちゃんと。さっき言ったように横木の、係がいて。人間ドックの患者は酒を制限しなくてもいい場合があるわけでしょう、だから少しは飲ます。あの看護婦は何のためにぼくを怒ったのか、自分がピンク色の白衣を着せられていることに屈折した気持を持っていたのかな。

その病院ではどこも悪くないという。それでも、まだやる気がしない。それで次に虎の門病院に入った。これも十日ぐらいだったかなあ。それでもやっぱり臓器のほうはどこも悪くない……。神経科のいま部長になっている栗原さんという医者がいてね、神経科の者だっていってぼくの個室に入ってきて、少し何か話をして、それから隅にうずくまるみたいに椅子に坐って……。

――その先生がですか。

吉行　先生が。なんにも言わずに、じいっとぼくを見ているんだ。不愉快でねえ。それはこっちが正常でも不愉快でしょう。

――それは不愉快ですよね。

吉行　ねえ。だから、「あなたね、用がないならそんなところにいないでくれ、気になるから」って言ったんだけど、ああやってて不愉快でなければ異常、というテストかね、あれは(笑)。それから十年ぐらいたって、加賀乙彦とその栗原さんとの三人で、座談会を医学雑誌でやってね、「あのときあんたは黙って見てて、ぼくは怒った覚えがある」という会話があった。そのときどういう返事を聞いたか、いま思い出せません。そのときの結論は、いろいろなことが重なっていて、いろいろの過労と、それから喘息のためのステロイドホルモン、あの副作用が神経にもちょっとさわるわけです。そういうのが全部重なった鬱病だろうとまずぼくが自己診断して。加賀乙彦は精神科の医者でもあるけど、その二人のドクターも、ほぼそれは正解であるということになった。だからこう、オートバイが軽快に走っているつもりだったんだけど、じつはようやく走っていたんだね。で、ぎりぎりになって……。

――それに気がつかれてなかったということですね。

吉行 そういう感じでした。そういうことで、一年半余りのブランクのあと、「暗室」の連載をスタートさせたのだけど、やはりずいぶん不安だった。連載第一回は五十枚書きましたね。

――そうでした。

吉行 どうやら書けたなと思ったよ。そのとき、丸谷才一に、ブランクがあったからどうなるだろうって注目して第一回目を読んで、これなら大丈夫だ、元に戻った、と言われた覚えがある。

――その第一回目というのは、ほんとに雑誌連載には珍しいと言ってもいいくらい、評判よかったですよね。

吉行　そういう反響を教えてもらったな。それで、ずいぶん安心したんですよ。

――いやあ、短篇を書くならまだしも、いきなり長篇でしょう。こちらとしては、そういう時期だから逆にね、長いものを書いて……。

吉行　いや、ぼく自身にもそういう気持あった、多分に。五十枚から始まったけど、二十二枚ぐらいのときもあった。鬱病というのは、仕事をすることによって治すって手があるんだね。だけど仕事をするためには、まずペンを持って原稿用紙に向かわなきゃいかんでしょう。その気力がゼロっていう時期があるんだ。そこを切り抜けて、あの一年の連載をつづけることによって、ずいぶん治ったかもしれない。

――そうですね、書くことによってね。

吉行　そのときから十四年経って、その「暗室」が映画化になって。ぼくは公開の試写は見ていないんだけど、女性がいっぱいいたそうですね。

――ええ、ずいぶん若い女性が多かったですね。

吉行　あれは、いくら浦山桐郎が監督でも、「にっかつロマンポルノ」の大作では、試写でなきゃ行けないっていう感覚なんだ。ぼくは街の映画館を覗いてみたけれど、女の人なんていない。

――そうですか。

吉行 わりに入っていた。七分ぐらい……。

――それはウィークデー……。

吉行 ウィークデーの昼間。年配の男が多かったけれど、驚いたのは、笑わないんだ、まったく。

――ほう……。

吉行 だから、やっぱり、ポルノを見に行くという姿勢で来ている。

――固唾をのんで見ているわけですね。

吉行 そのとおりで、笑うってことは息を吐くわけでしょう。息を詰めているとき笑うってのは、ワンクッションいるからね。

――試写のときはずいぶん笑いが高かったんです。

吉行 それはやっぱり、違う感じで見に来たんだ、だから女の子も多かった。街の映画館では、当然爆笑していいところなのに、まったく笑いがないんだ。無気味だよ。もうすこし、この映画の話をすると、あの映画で印象的だったのは、親しい友達が自殺したというんで、レスビアンを連れて静岡県の用宗《もちむね》に葬式に行くんだね。そういう場面は、原作にはないんだが。その用宗へ行くと、友人の伯父というのが出てきて、故人がたいへんお世話になって大層ありがたく思ってましたとか言う。しかし、故人の家内のほうはそうは思っておりませんで、と言うと、向うで睨んでる女の顔が写る。それで家に入れてもらえなくて、海岸へ行ってマキというレスビアンと並んで海を見ている。ところで、マキといっしょに旅行したり町を歩いたりした場合は、やっぱり人目から隠れなければいけない関係でしょう、一応。ところがね、レスビアンと一緒のときはそういう気づかいをしないですむ。なんか気持がやすらぐんですよ、レスビアンといると。それは、レスビアンだからなのか、その女の人柄か、よく分らないんだけど。要するに、レスビアンというものとは男女関係ができてないんじゃないか。つまり友達なんじゃないか、ともおもうんだな。性行為があっても、男女関係というものはできてないんじゃないか、隠そうとする気が起きないんじゃないか。

——なんか体験みたいなふうにも……。

吉行　体験みたいに聞えるねえ。だいたいね、ぼくは因果な性分というか、性に目覚めるころから人目を忍ぶことしかしてない。とにかくいつも人目を忍んでいる。レスビアンのときと赤線のときだけ、とても気持がやすらぐのね。

——しかし、おもしろいですね、これは。それで、相手の女性もあっけらかんと……。

吉行　レスビアンの社会というのはかなり閉鎖されているようだ、人目を忍ばなきゃいけないみたいな。つまり、男と付合うのは裏切りという。あくまでもぼくの主観的な気分だけど。向うは人目を忍んでいたんだろうけど、伝わってこない、こっちに。レスビアンについてはそのくらいにして、映画について、すこし角度を替えて話そう。戦後三十八年たっているわけだけど、これは一般大衆の立場だけど、最初はショウウィンドウにもののない時期から始まって、ショウウィンドウにはものがあるけれどそれは買えないという時期があって、今度はショウウィンドウにもものがあるし、買うこともできるというような時期になってきた。このごろは若い人でもジョニーウォーカーの黒でもそんなに感激しないんだってね。

――そういうふうになってきましたね。

吉行　その感じ見ているとね、われわれの仲間が映画に関係し始めたのが……、関係というのは原作料が入る時期ということだけど、昭和三十年代の初めなんだね。ちょうどショウウィンドウにものがあるけれど金がないという時期なんだ。あのころはね、まだテレビが普及してなくて映画は隆盛だったんだな。最初に映画の原作料を手にしたのは、近藤啓太郎でね、五十万もらったんだね。いまの五百万以上ですねえ。

そこからおかしいんだよ。買ったものというのがね、つまりあのころテレビなんて買えなかった。そのテレビと、電気冷蔵庫と、写真機を買った。とにかく、当時一番贅沢なものを買おうという感覚だろう。そのころは電機製品は高かったんだ。テレビだって当時は二十万近くしたんじゃないか。そうすると、いまに比較してひじょうに高い原作料をもらったのに、いまに比較してひじょうに高いものを買って、なんか呆気なく使い果してしまったことになる。それに関連して思い出すのは、ショウウィンドウにもものがない昭和二十一年に、ぼくは東大の正門の前で、三角籤っていうその場で決まる籤を一枚だけ買った。三角形に貼ってあって、十円ですよ。十円出して、いちばん上のをひょいと摘んで、もちろん十円も辛かったけど、当るというつもりもなくて。だいたい籤というのは下から番号を見ていくよね、当ってないから、ああ、だめだと思っていちばん上の一等の数字を何気なく見たら、番号が同じなんだ。一枚買っただけの三角籤が。その賞金が、千円……。昭和二十一年の千円というといくらぐらいだろうか、感じは百万というところね、そしたらぐあいの悪いことに友達が横に一人いるんだよ。そのときその高等学校からの友達がね、「おまえの顔色が変ったのを初めて見た」って言うんだ。これは戦争中に、配属将校なんていう人間が学校にいて、怒られたりしていても顔色が変らなかったんだ。で、当ったときに、その場で金もらうわけ。そこの宝籤を売っているおじさんから千円もらって。いるんだよ、横に友人が（笑）。しょうがないから、あのころヤミのスナックみたいなところがあって、その友人といっしょにそこに行って。でも、九百円余り残った。そのときのぼくは母親と妹たちと豪徳寺のほうに住んでてね、何かみやげでも買っててやらなきゃいかんと。バターなんていうのは長いこと見たことなかったから、雪印のバター。その四分の一ポンドって小さいのが、当時三百何十円ぐらいしてました。いまより高いくらいだ。それからネクタイなんかが買ってみたくなって、これも何か余りぎれかなんかで作ったようなプカプカしているネクタイが三百円。それからね、大福餅かなんか買って……。

——おもしろいですね（笑）。

吉行　それはまあ、妹なんかに買ってって。それで千円がほぼなくなった覚えがある。その当時でいちばん高いものを買ってしまった、希少価値で。そこがね、さっきの近藤と似ている。

もともと、ぼくは籤運が強いらしい。これはぼくは記憶にはないんだけど、いまでいうお手伝いの人かな、その背中におぶわれて、まだ岡山にいたころで一歳ぐらいか、背中から町なかの福引所で籤引いたんだって。そしたら、二等賞で、座布団を半ダース当てた。だからおまえは籤運が強いんだという話を聞かされて。それは当然覚えてない。だけど、そう言われりゃ、その後、いろいろ。悪運が強いほうでしょうね。ところで、映画になるのは原作者にとっていまでも悪いことではないけど、いろいろ手数がかかって昔ほどストレートに嬉しくない。だいいち、原作料が昔にくらべてひどく安くなってしまった。で、作品が映画化になったっていうと、もうストレートに喜んでいた時代の随筆で「映画とてんぷら」っていうのがあるので、それを引用して今回はおわりにしましょう。

●恒産なければ恒心なし、という古い諺があるが、われわれぶらぶらして食ってゆける財産のない小説家にとっては、自作の映画化の話はなかなかの関心事である。自分の作品は映画にならぬ、ということをひそかに誇りに思っている、などといっても、それはかなり負け惜しみの点が多い。もし、新しい感覚をもった製作者が、やる気になれば、どんなものでも映画になってしまう世の中である。したがって、映画化の話があると、われわれの仲間はニコニコ顔になる。

しかし、話があっても実現するとはかぎらない。安岡章太郎に関しては、一度テンプラのにおいだけかがされて、現物は現れてこなかった。さらに最近では、テンプラのつゆに大根おろしを入れてかきまわすまでになったが、やはりテンプラは出てこなかった。一番たくさん映画になったのは近藤啓太郎で、四本ほどなっている。しかし、金をもらうのは結構だが、でき上った作品をみるとギョッとなることがしばしばらしい。一度は、彼の芥川賞の作品「海人舟」が映画化ときまり、さてシナリオをみて、あまりのひどさにカッと逆上した。「金をたたき返して、中止してもらう」と叫んだら、近藤夫人に「まあまあ、短気を起さずに」ととめられて思い直したそうである。このシナリオが「禁男の砂」という、興行的に大当りしたが、大へんな珍作となった。この試写を私は彼と並んで見物したが、あまりの珍妙さに笑いがとまらず、私は大よろこびで見終って「これはかならずヒットする」と会社首脳部に予言した。

一方近藤は、試写の間「アッ」と叫んで冷汗を流すこと十数回、私の傍で苦悶しつづけていた。楽あれば苦あり……。

人によっては、映画と小説は別のものと割り切って、作品の映画化を承諾するだけで、けっしてその映画を見に行かない、ときく。こういう態度が現状では一番賢明かもしれない。遠藤周作の「海と毒薬」は、映画化がきまり金をもらい、そのあと、むずかしすぎて映画になりそうもない、ということになったらしい。こういうケースが一番ありがたい、ということになりそうだ。

しかし、やはり、文芸映画にも傑作は時おりあるので欲も出てくる。先月、近藤の「黒南風」の映画化がきまり、シナリオをわれわれの仲間で共同執筆しようということになった。だが、やはり共同作業というのはいろいろ問題もあり、また餅は餅屋ということもあって、難航中である。

さて、私自身のことであるが、私の作品は心理的なものが多すぎて映画にしにくいとみえて、テンプラのにおいもしてきたことがない。私は自分では、コクトオみたいな監督が作ってくれたら、いいものになりそうだと思うこともあるのだが。そういえば、一度だけうまい話があった。製作者側が材料を提供してそれを私が数十枚の小説にまとめ、しかるべき中間雑誌に発表すれば、それを映画化して原作料として数十万円さしあげる、というのである。ところが、材料と題名をみて、こりゃいかん、と思った。たしかにヒットしそうな材料なのだが、やはり作家にはそれぞれムキフムキというものがある。その題名は

「白粉奴隷《おしろいどれい》の歌」というのであって、内容は省略するが、私の手に負えぬものであった。恒産なければ恒心なし、というが、やはりできないものはできない。

十一

――今回は、旅の話でもお聞きしようかとおもって。

吉行　ぼくは主として体力の関係でめったに東京を離れられない。そこで、東京という都会の中を動くことを旅と見做して、もう三十年近く前に「都会の中の旅」という随筆を書いたんだ。近くは『街角の煙草屋までの旅』という随筆集も出しているし、もうあらためて話すことはあまりないなあ。もっとも、「都会の中の旅」に関しては、たった今、困ったタクシーに乗ってね。その話をしましょう。

三週間に一回、ぼくはアレルギー治療のための通院をしているでしょう。それで点滴が終ったら三時になってね。場所が大塚駅の傍で、あなたたちに帝国ホテルで四時に会う約束になっているからすぐにタクシーを拾って、「高速道路は渋滞しているけど、結局そのほうが速いから、それで行ってください」って言ったんだ。ところが、その運転手が、「江戸川橋回りが早い」って断乎主張するんだ。「それほど言うなら、まあ好きなように行ってください」と言って、しばらくしてふっと気がついたら、お茶の水女子大南門のところで、番地はまだ大塚なんだ。いかにも文教地区らしい細い道なんで、ひょっとしたらこれは講談社の前に抜ける道じゃあるまいか、こんなとこ入ったらあの細い道で信号を四つも待たなきゃいけなくなる。「運転手さん、この道どこへ行くの」って言ったら黙っているから、「講談社の前かな」って言ったら「そうです」って言う。変なやつだなとそのころから思い始めた。ようやく江戸川橋へ行く広い通りへ出て……、あの赤信号って時間かかるんだ。で、ジワジワと江戸川橋に近づいていくんだけど、上に高速が見えてて、ちゃんと流れている。「運転手さん、流れているじゃないの」って言ったら、「いやあ、動いてませんよ」って言う。こっちはそのへんからいかにして喧嘩をしないかという辛抱でね、しばらく寝たふりしながら時計をときどきこっそり見て。どうやらこれは間に合いそうだ、と毎日新聞のへんで思って、「毎日新聞は倒産しないのかねえ」なんて世間話しかけてみた(笑)。そしたらふつうの声で返事してくる。宮城前でまた渋滞してて、隣に観光バスがいる。そうしたら「修学旅行の季節ですねえ」なんて話しかけてくる。並んで停っているんで、なんか子供相手に説明している女の声が聞こえてくる。「あの声は先生ですかね」と言ったら、「いやガイドさんでしょう」って。バスガイドっていうのは子供相手のときは口調が違っちゃうな、子供に教えるようなふつうの口調になる。

――先生みたいな感じですか。

吉行 先生のような感じ、だから先生かもしれないんだけど。運転手がそう言うんだから、さからえない。

——なるほど。たいへんな旅で。いちばん込むコースですものね。

吉行　いちばん込むコース走ったんだ。あれ、どういう男なんだろうなあ。

——すみませんも何もないわけですね。

吉行　ない。こっちも怒らないよ、もう意地で。

——大塚からでしたら、春日通りへ行ったほうがまだしも。

吉行　そう、最悪のコースで。雲助風ならまだわかるんだけど、きちんとした、散髪したてのおじさんで、うしろ頭しか見えないけれど。自分の決めた道以外は踏み外さないということかな。頑固というか、信念の人というか。まあ、ふつうは喧嘩になるだろう。こっちはその逆に、喧嘩しない楽しみみたいな。

——隠微な楽しみですね、どうも。ちょっと自虐趣味のところがあるんじゃないかなあ。

吉行　辛抱がやがて快感に変り……、そこまではいかない。病的なものではないとおもうけど、それで一つ思い出したことがある。アレルギー病院を見つける前の話で、妹の和子が聞いてきたんだけど、神田のあるビルに喘息を治す医者がいるって。これが、なんともわかりにくい場所にあってね。ピップエレキバンぐらいの大きさのものが柏餅みたいに二つ折りにしてあって、それを十日に一ぺん通って十枚貰って、一日一回背骨の上の方のあたりに貼りつける。タコの吸い出しを茶色くしたような軟膏が塗ってあって、皮膚が爛れるわけですよ。十日目にそこへ行くと、戦前に講談社で売ってたホリック式真空治療器という短小・早漏治療器みたいな……、よく「キング」なんかに図解入りで広告が出ていたよ。

――それは知らないですけど、要するに血を……。

吉行 ゴムの球を掌に握り込んでペコペコとガラス容器の中の空気を抜いてゆく器具で、血を吸い上げる。白衣を着た奥さんもいて、「あ、毒が出てくる、毒が出てくる」って言うんだよ、毒血が出るって。「きょうはずいぶん毒血が取れましたねえ」って。そこへ半年ぐらい通った。それで、「ついでにちょっと静脈にカルシウムなんか打ってくれませんか」と言うと、絶対打ってくれない。あとで気がついたんだけど、医師の指示がないと注射はしちゃいけない、看護婦も医師の指示によって、たしか……。

――医師じゃなかったわけですか、それは。

吉行 結局、医師じゃなかったらしい。モグリなら、注射したって、五十歩百歩なんだけど。だんだんわかってくる、これはインチキだと。そうすると、そのへんの自分の心理がよくわからないところがあるんだけど。

――やはり、ちょっと自虐趣味……。

吉行 ちょっとね。すこし考えりゃ、刺戟物の軟膏を毎日同じところに貼りつけて十日経てば、周囲の毛細血管は鬱血することが分るよ。それを真空のポンプで吸えば、血ぐらい出る。毒が出たって言われたって、単なる鬱血した血なんだ。そこまで読めたころに、その医者は突然よそに移るって言い出した。「どこですか」って聞くとね、あまり聞いてくれるなって顔するんだ。「つづけてもらいたいから」って言ったら、ちょっとシブシブという感じで、場所を地図に書いてね。翌週そこへ行くと、ぜんぜんその看板がない。看板のある筈のところにべつの医院があって、そこでたずねてみると、その二階を借りてその人がいるんだ。その医院というのは友達かなんかなんだろうか。

――そうでしょうね。医大の中退生かもしれないですね（笑）。あるいは、戦争中の軍医と衛生兵という……。

吉行　そうそう、なんか弱みを握ったり握られたりしてる仲だろうか。そう考えると、松本清張風だなあ。私鉄の沿線の奥まったところでね、そのとってもわかりにくい間借りの二階に何度か通ったよ。その心理がねえ、これはインチキだと思っているわけでしょう。メカニズムもわかっているわけで、それでもなぜ行くかというのは、ちょっと自分でわからない。何回か行って、あんまり面倒くさいから急にやめてしまった。一つにはね、場合によってはインチキをしたって、人間てなんとかして食っていかなくてはならないでしょう……。

――けなげな。

吉行 そう、シンパシイができてるわけよ。あいつは厭なやつだと思えば行かないんだが、なんか愛嬌のあるというか、許せるっていう感じになると……。やめるっていうことが、おまえはインチキだという。

―― 意思表示に……。

吉行 うん、なるっていうところがあるんだ。

―― それは厭ですからね。

吉行 だけど、それだけじゃあんな厄介な思いをして行くこともないと思うんだけど。こういうこともあるかもしれないな。慣性体質というのがある。自分で名付けたんだけど、いったん止まったらなかなか動かない、動きだすとなかなか止まらないのが慣性の法則だろう。それがぼくの中にあって、これはアレルギーと関連してると思う。アレルギーというのはブレーキがきかなくなるところがあって、たとえば蕁麻疹だって掻かなきゃいいのにいつまでも掻いて、どんどん広がっていく。ああいう要素が気持の中にあって、もうここで見切ってもいいのにまだ動く、慣性の法則で。ふつうの人はここで止まるのに、ぐずぐずと動くわけで、その期間通うわけだ。そういう要素もありそうだ。これが昭和四十六年だったかなあ。

―― インチキの話で言いますとね、お母さまから薦められた紅茶キノコってあったでしょう、ソ連製という。

吉行　うん。

――あのとき、ずいぶん吉行さん信じてましたよ。

吉行　恥ずかしながら、かなり飲んだんだよ。

――わたしもね。吉行邸に行くと、これはいいよって言って飲まされましたよ。

吉行　よく病気にならなかったね（笑）。

――ヨーグルトみたいなもんでしょう、結局。

吉行　その考え方にもぼくは責任があって、ゴーゴリなんかの小説によく出てくるクミスという飲み物があるんだ。これは山羊の乳かなんかでつくったヤクルトみたいなものらしいんだけど、紅茶キノコは、クワスというと聞かされて、クミスと勘違いしたんだ。あれはね、雑菌じゃないか。とにかくいちばん鮮烈なのは、紅茶キノコをコップに注ぐときこぼれて、絨毯に落ちるでしょう、落ちたところが焦げる。

――えっ。

吉行　硫酸かなんかをこぼしたみたいに、絨毯が茶色く何ヵ所か焦げて、張り替えたけど。じつはあまり言いたくないんだけど、ちょっと信じてたときあって。

――ありましたよ（笑）。わたくしも洗礼を受けました。

吉行　あれは怖いよ、絨毯焦げるんじゃ、胃に孔があく。毒だよ、毒を飲んで、毒血を出していたんだ。

ところで、「湿った空乾いた空」という作品は何月から何月になるんだろう。

――四十六年の二月から八月。

吉行 ああ、七ヵ月か。四十六年の「文学界」の新年号に「楽隊の音」、「紺色の実」を「群像」。そのときは意欲的に、掌篇小説を五十ほど書こうと言ってたんだ。そうしたら、その年の後半から体調がまた悪くなってきた、今度はアレルギーが。四十七年が一年間何もないでしょう。

――ええ、そうなんですよね。前の全集が終った年です。前の全集は四十六年の七月から刊行で、全八巻だから翌年の二月までです。

吉行 じゃあ、最終巻の月報は前の年末に書いているのね。

――当然そうです。

吉行 その月報に、昭和四十七年というのは厭な年になりそうだ、首をすくめて何かをやり過さなくちゃいかん年だっていうことを書いた覚えがある。そのときは国際情勢の問題かもしれないっていう気がしてた、そしたら自分の健康状態だったんだけれど。ほんとに四十七年てひどかった。

――ところで、すこし風流な話をしましょう。沈丁花と金木犀のはなし。

――にわかに話題が変りましたね。

吉行 いや、そうでもないんだ。昭和四十三年に上野毛に引っ越したんだけど、その前は北千束という、目黒区と世田谷区と大田区の境目のところにいて、借家住まいしてた。そうしたら、環状七号線の工事が始まって、つづいて目蒲線が地面の下にもぐる工事、おまけに裏がドライブインになる工事……。ぼくは騒音というのには強い、都会育ちだから。目蒲線の夜中の工事で家が揺れるんだ、ドーン、ドーンと大きな機械で地面を掘るんで。それでも、べつにどうということなかったけど、ドライブインが完成して、マフラーを外した馬鹿な車が夜中にゴーゴーとエンジンをふかすんで、どうもここに住めそうもないっていう感じで引っ越した。そのときに金木犀を三株と銀木犀を一株移し植えたんだ。そういう風流な余裕はぼくにはなくて、行動的な同居人宮城まり子の仕業なんだけど、北千束では一度も花がつかなかったのが、四十四年の秋にはもう咲き始めた。あれは空気のきれいなとこで咲く。上野毛のぼくのところは下り坂の途中なんで、環状八号から排気ガスが下ってくる場所だから、きれいとは思えないんだけど、やっぱり咲いた。それが九月の終りから十月初めころ、沈丁花から丁度半年あとで匂いも同じ系列なんですよ。今年も空しく過ぎたという匂いなんだ、どちらの匂いも。沈丁花は昔からそう感じていたけれど、金木犀の匂いというのを初めてぼくは確認したわけだ、「空しく過ぎた」という気分を、一年に二回味わうことになってしまった。あの花の咲いている期間て、長いような短いような……。

——　どちらもですか。

吉行　ええ、どちらも。昭和四十六年ころは白い車を運転してた。都心に行って、タワーの駐車場に車を入れて……。

――ええ、上へ上っていく。

吉行　いろいろな機械の操作で。帰りに駐車場から出すとき、こっちは下で待っているわけ。たまたまひどく混雑していて、自分の車が出てくるまでに時間がかかるんだ。車を降ろしてきて外へ出すためのドアが開くと、今度は自分の車が出てくるだろうって、待っている十人くらいがドアに注目する。二十分ぐらい待っているときに、おれの車が出てきた。そしたらね、屋根の上にいっぱい金色に金木犀の花弁が貼り付いてた。多少傷んだ花弁が金粉をまいたようにね。そうすると、あまり風流じゃなくて、不精って感じだし、異様な感じなんだ。いつも門を入ったところの金木犀の木の下に野晒しで駐車しておいたから、ある日風が吹いて、いっせいに花が散ったんだ。それ気がつかないで、運転して行っちゃった。今度こそ自分の車だってみんな注目してる、そこにそういう車が出てくる。これは、ギョッとした感じがしたよ、なんか不吉な感じだった。それでそのへんから、その次の年に寝込むわけなんだけど……。しかし、その昭和四十六年というのは前半はまだ元気だった。ところで出版とは関係なく儲けている会社が、一つのセクションとして出版部をやっているっていうのが、いまでも沢山あるじゃないですか。

――ええ、ありますね。

吉行　その出版部が廃止されたんで、佐藤嘉尚という男が宙に浮いたんだ。何かやらなくては、食っていけないことになった。彼はその前から、宮武外骨の「面白半分」の話をしてて、ぼくはそのときは話に乗っていた。だから「面白半分」という雑誌の編集長をやる気でいたのだけれど、四十六年の秋ごろからジワジワと体調が悪くなってきて。しかし、その四十七年の半年間で「面白半分」初代編集長の約束を果したな。そのほかに、その年はなにをしたんだろう。病気のころっていうのは……、鬱病のときの記憶には欠落が多いってのはこの間話しましたね。

――ええ。

吉行　何してたのかねえ。これは「葛飾」という短篇に出てくるけど、風呂に入るのも大事業だった。風呂に入ると汗が出るでしょう。その時期は喘息が裏返って皮膚炎になってて、つまり喘息と皮膚炎というのは裏と表の関係にありましてね。喘息の発作が治まっているときは爛れるわけです。そのときには、ほとんど全身に出た。皮膚呼吸ができないから、それだけでもかなり苦しい。風呂に入って汗をかくと、その爛れたところへしみるでしょう。頭の中まで湿疹ができて。一時間ぐらいベッドの上でじいっと坐って我慢しなければいけない。朝起きると、乾いて剝がれた白い粉が一山シーツに残っている。うちの絨毯は灰色なもんで、その白い粉が目立ってね。毎日、これの繰り返しですよ。

――吉行さん、寝られるときに俯せで寝ると書いてらっしゃいますね。

吉行　ええ、俯せ。

――それはそのことから始まったわけではないんですか。

吉行　あれはね、あとでわかったんだけど、上を向くと呼吸が深くなるんですよ。だから鼾をかいている人間は、うるさかったら下に向けちまえば鼾が止まる。呼吸が深くなるのをしぜんに庇うために、自分では気がつかないんだけど、俯せになってるんだ。

――あ、そうですか。

吉行　意図的にやるわけじゃなくて、おのずから……。つまり、浅い呼吸でしのいでいこうということで、子供のときには、横向きだったけど、だんだん俯せになってきた。

――そうすると、子供のときに軀は喘息だということを知ってたわけですね。

吉行　そういうことになるなあ。気管支喘息だと分ったのは、軍隊に入ったときなのにね。

――上を向いて寝ると、呼吸が深くなるとは、初耳でした。

吉行　それでね、また「都会の中の旅」に戻るけど、ぼくは昭和三十四年から車を運転していますが、便利だったのははじめの五年間くらいで、あとは酒を飲むといけないし、駐車場は少ないしで、あまり利用価値がなくなってきた。昭和五十八年から、運転するのをやめることにして、ハンドルを握っていない。目を悪くしたこともあるけど、免許証はまだ有効なんだ。……免許を取ったのはいつだったかな、免許証で調べてみよう……。昭和三十四年五月十六日か。

――　四分の一世紀近く前ですねえ。その免許証の更新だけはしておくんですか。

吉行　いや、もう捨てる。眼の悪化が進んでね。ここらが見切り時だとおもっている。白内障の発病が昭和五十一年の秋で、右眼はそれから一年で見えなくなった。気持が消極的になっちゃいけないと、そのあとも二回、更新したよ。その場所へ行って、「片眼が悪い」と警官に申し出ると、悪いほうの眼は一切検査しないのね。

――　へえ、これも初耳でした。

吉行　その替りに、視野検査というのがある。顔を固定する器械があって、それに顎を載せて正面を見ていると、視野の隅に白い玉が見えてくる。それが分れば合格なんだ。

ところで話は戻るんだが、さっき言ったように、その期間にもタクシーを使うことは多くてね、さっきは愚痴を言ったけどタクシーの乗り方はうまいんだ。おおむね、運転手と友好関係を保てて、愉快に目的地に着くことができる。そのコツはくわしく言うと長くなるが、要するに相手の立場に身を置くことで、といっても当節流行の「気くばり」とか「やさしさ」ではなくて、相手の機嫌をそこねないほうが自分も不愉快な目に遭わないですむという計算ですよ。たとえば、駅やホテルで列をつくって待っている車には、短距離のときには乗らないで、流しているのを拾うとか。

――　でも、タクシーに乗るコツなんてことをぜんぜん考えない人も多いですね。ソンなタチですよ。

吉行　でも、君も考えるだろう。

——　ええ（笑）。

吉行　これはコツ以前のエチケットに属することだとおもうけど、午前中にタクシーの基本料金分の四百三十円乗って一万円札を出す客がいる、と運転手が歎いていた。そういう客のほとんどは女性だと言っていたけど、ぼくはそのタイプの女とつき合ったことがないよ。とにかく、ぼくは「タクシー道《どう》」をきわめているつもりだけど、しかし、このところ運が悪くて……。この間、夜中に疲れてタクシーに乗ったとき、あんまり黙っているのもいけないと思って、「あしたは晴れるねえ」、「そうですねえ」って言うから、「じゃあ、巨人—西武はあるね」って言ったら、「あたしは野球は大嫌いだ」って言うんだ、若い男なんだよ。「どっちが勝つって目の色を変えているやつの気がしれない」って言うんだ、「雨が降ってくれたほうがいい」とか言う（笑）。その前に何にもいざこざはないんだよ。おれも困ってね、「いやあ、べつに目の色を変えるわけでもないけどねえ」って言って、まあ、黙ってた。そしたら、向うも多少反省したのかなあ、「自分は競輪が好きだ」って。で、競輪ていうのはこうこうしかじかでっていうことを話してくれる。だからそれでようやく友好関係が取り戻せたんだけどね、あのへんで喧嘩になる場合だってあるだろうと思うけど。

——あるでしょうね。

吉行　ここらで、話が冒頭に戻ったな。

十二

吉行　この前は、昭和四十六、七年の体調が最悪のときの話ばかりしたので、今回は威勢のいい話をしたいのだけど、威勢がよすぎるのも、いささか異常という考え方があるな。四十七年末に、もう一度西洋医学に頼ることにして、いまでも三週間に一度通院して治療を受けているアレルギー研究所を発見して、ようやく回復に向ってきた。で、「鞄の中身」が書けたことになりますね。

——そうですね。「鞄の中身」は四十八年の十二月号です。

吉行　え、そうですか。そうすると四十八年も十月ころまであまり仕事してないのかな。

——四十八年はあまりなさらずに……。「鞄の中身」につづいて、「夕刊フジ」に「贋食物誌」、「すすめすすめ勝手にすすめ」というのが新聞連載のときのタイトルですが。

吉行　それはもっと後のことでしょう。ずいぶんヤケクソなタイトルだけど。

——いや、四十九年の四月に完結してます。

吉行　そうか、四十八年の秋まではまだ白い原稿用紙がこわくて、口述をしたものに長い時間かけて手を入れていた年だな。そのやり方で、「スラプスティック式交遊記」という週刊誌連載を書いたんだ。つまり、はっきり回復するまでに二年かかったわけか。

――ええ。

吉行　その二年のブランクのころからかな、「小説家のふりをする」ということを言い出したんだ、ぼくは。あるいは、それは四十二年の鬱病のときからかな。小説家でなくなっているのに小説家のふりしてないと、経済面で具合の悪いことが起るから。

――ふりするのもたいへんですけどね。

吉行　たいへんですよ。それで、昭和四十九年の九月に読売新聞社の仕事で八日間ボルドーへ旅行した、つまりそういう外国旅行もできるようになった。昭和五十年の一月から「怖ろしい場所」を「日本経済新聞」に書いた。その小説の材料として、はやくもボルドー旅行のことが入っている。

――ああ、そうですね。

吉行　ようやく、年表が頭の中で整理がついたから、威勢のいい話をしよう。結局ぼくのアレルギーは漢方では癒らないということで、西洋医学でステロイドホルモンというのをうまく使ってくれるドクターを見つけて、ホッと人心地ついた。人心地つくっていうのはこんなにいいもんかなあと、うっとりして昭和四十八年を過してしまった、ということを思い出した。ところがステロイドホルモンというのはね、気分を昂揚させるんですよ。

――あ、そうですか。

吉行　それに、神経に疑問がある人は、精神病になる恐れがある。かなりの量を最初は使われたと思うんだけど、それで、喧嘩っぱやくなったんだな。

――そうですか。

吉行　気分が昂揚して、不眠症にもなったな。あれは、長部日出雄が直木賞をもらった頃だから……、昭和四十八年の夏ごろか。三、四時間しか眠れない日が、百日くらいつづいて、そのくせへんに元気なんだ。活動的に暮しているんだけど、どっかこう、上げ底なんだな。カルメ焼き風なんですよ。外側は硬いけど、中身がスカスカでね。そういう状態で暮していて、変なことがいろいろあって……。その話をする前に、ステロイドホルモンというのは、副腎皮質ホルモンで、昭和二十年代にアメリカで発見されてノーベル賞をもらっている。あれは最初リューマチの薬として発見された。きのうまで寝てたリューマチ患者の老人がダンスをしている写真が、アメリカの新聞に大きく出た。そのうちに喘息、皮膚炎という一連のものにも効くことがわかった。リューマチと喘息というのは親戚みたいなものなんだ。

――親戚なんですか、ははあ。

吉行　しかし、あの発明によってノーベル賞はもらったけど、いろんな副作用があって、喘息で死ぬ人が出始めて。結局心臓にきたりするんですよ。死因・喘息は、ノーベル賞以来ね。昔は、喘息というのはいくら苦しくても死ぬ病気じゃないって言われてましたよ。それでね、骨や血管が脆くなったり、躁状態になったり、いろいろな副作用があるけど、そのうちの一つがムーン・フェイスっていって、顔が丸くなる。細長い人間も、細長いんだけど丸いという感じがする。少しむくむんだろう。かなり前のことだけど、壺井栄さんが突然、喘息になって……。あれはひどく苦しいし、まして老年になってからの初めての体験となると……、喘息というのはもう我慢できないんだよね。芝木好子さんが電話でぼくに相談してきて、あれは昭和三十年代ですね。だから、ステロイドという薬があるけれど、これは使い過ぎると命取りだし、当時医学界のステロイドについての判断が東大系と慶応系と分れてて、慶応系はどんどん使っている。だから東大系の病院にお入れなさい、と返事した。それをまったく使わない医者も、一人紹介した。しかし、苦しいものだからとうとう慶応病院に入院して、まあ、命を縮めたかな。どうか、これはわからないけれど。

そのころはまだ文士劇（文藝春秋主催）というものがあって、たまに見物に行ってた時代ですよ。

――吉行さんは、出演は断っていたんでしたね。

吉行　うん。そのときは、阿川弘之といっしょに行って、退屈なんで客席から出て廊下のソファへ腰掛けてひと休みしていた。それでも、退屈なんだ。上演中だから廊下には誰もいないでしょう、ドアがこうあるね、三つぐらい。何ていうのかな……。

――さあ、客席への横の出入口のことですね。

吉行　あそこから最初に出てくるのが男か女か、賭けしようかって言ってね（笑）。とにかく何でも賭けるっていう時代で。でも、待てよって言うことになった。誰かが出てきたとき、あ、男だ、おまえが勝った、とかおれが勝ったというんじゃ、気配が出るよ、こっちに。出てきた人に失礼だから、やめとこうじゃないかということになったんだけど、それでよかったんだ。上演中の空いた廊下に一人で出てきたのが壺井栄さんで、まん丸い顔になっていた。あのとき賭けてたら、おもわず笑ったかもしれない。

――壺井さんは晩年は、しかし丸いですよね。

吉行　もともと丸い人なんだけど。それがムーン・フェイスになって、異様に。ああいう怖い副作用があるんですよ。そんな副作用をうまく消していく病院を見つけて、ちょっと落ち着いたけれど、やっぱり副作用で気分が異常に昂揚している。急に腹が立って、それも大人気ないことで腹が立つ。

――何でもないことでですか。

吉行　いや、何でもあると言えばあるのかな。その内容をいま言うと、「まり花」ていう小さいバーに行くと、薄焼き煎餅が出てくるでしょう。あれがうまいんで、どこで売ってんだって聞いたら、阪急デパートの地下で売っていると。ところが、近くの帝国ホテルに入ってても、デパートまで行くのって億劫なんだ。デパートへ買物、男がとくに煎餅売場に行く感覚がやっぱりいやなんだろうな。あの煎餅を買いに行かなきゃと思ってから小一年たってね、ようやくチャンスがあって阪急の地下へ行った。ちゃんとショウケースの中に、薄焼き煎餅が缶に入って見えている。「これをください」って言ったら、そこの売子で顔を描いたみたいにきれいに塗ってる子が、「ありません」て言う。

―― その煎餅がですか。

吉行 うん。目の前にあるんだからね、「これを売ってくれ」って言うと、「お売りできません」て言う。「なぜ売れないんだ」、「これは商品見本ですから売れません」、「ないものの商品見本を出しててもしようがないだろう、これを売れ」ったら、「売れません」て。極彩色のお面をかぶったような無表情な顔でね。あれで十七、八になるのかなあ。おれが五十くらいの頃だろう、言い争うことないんだよ。だけど、思い詰めて行ってて、目の前にモノがあって、「これを売れ」、「売れません」と。これ、ちょっと腹立ってくるでしょう。

―― そうですね（笑）。

吉行 客観的に見ればそこで怒ってもしようがないんだが。ところが、本当に腹が立っちゃって、「責任者を呼べ」って言ったのね（笑）。ぼくは「責任者を呼べ」って言ったの、生まれて初めてだな。そしたら今度は、若い男が出てきて、売場主任らしい。「これは長いあいだ商品見本として店曝《たなざら》しにされているから、傷んでるかもしれない。それをお売りすると、商品の信用に傷がつきますから」と言う。そういうふうに言えば、こっちも話はわかる。

――ええ、それはわかりますよね。

吉行　「でも、売れ」って言った(笑)。そうしたら、「売れません」と。最後には、「とにかくおれが食って、もし悪くなってても、文句言わないから売れ」と言ったんだけど、駄目だった。とにかく目の前にあるっていうのはイライラするよ。

――ぼくらがお話を伺ってますと、ふだんの吉行さんはそういうことをご自分で先に考えられて、納得される型ですよね。

吉行　そうですよ。

――だと思うのですよね。だからそれがそうでなくて、やったというのは、やはりそういう影響……。

吉行　副作用ですね。副作用。

それからもう一回はね、松坂屋でライターを買ったんですよ、ブラウンというライター。暫くしたらガスがなくなったんで、ボンベを買いに行った。ダンヒルなんてのはそのへんで売っているんだけど。

――ブラウンというのは場所によって……。

吉行　うん。いま共用ボンベっていうのが出ているけど、うまく入らないんだ。これもまた、そこのデパートへ行くというエネルギーがたいへんなんだ。ようやく辿り着いたら、「品切れです」って言う。その言い方がにくらしいんだ。また腹が立ったけど、どうしようもない。だけど、何か一言ないと気がすまないんで、「おまえんところは側《がわ》だけ売って、中身は知らないっていうのか」って捨て台詞で帰ってきた。もう一つあるんだけど……。昭和四十八年に、古今亭志ん生が亡くなった。ぼくは志ん生が好きだったんで、その機会に「志ん生大全集」というLPレコード十枚一組のものを買って、そのときのことだけど……。似たような話だからやめることにして、そんなばかなことばかり一年以上もやってた。それが昭和四十八年ころですよ。とくにその阪急デパートが恥ずかしくてね、そのあと九年間行けなかった、その売場に。それで、このあいだ恐る恐る行ってみた。今度は白い上っ張りを着た化粧気のない少女がいてね、買って帰ってきたけどね。とにかく、その一年間はそういう状況で、ある意味では昂揚してるんだけど、判断力がふだんと違うんだ。人心地がついたことをやたらに喜んじゃって、長部日出雄といっしょに新宿へ行って、大瓶のビールを一人で一ダース飲んだことがあった。そのときには、長部が酒乱だということを、まったく忘れていた(笑)。

ところで、そのあとの昭和四十九年ころには、どんな短篇を書いたかな。

――「三人の警官」「ミスター・ベンソン」「立っている肉」。

吉行　ああ。じゃ、その三つの短篇を四十九年の後半から五十年の前半にかけて書いたわけだ。それで、昭和五十年の一月から八月まで「怖ろしい場所」を連載して、で、昭和五十一年の十月に、キングズレー・エイミスの「酒について」が出た。と、昭和五十年末から五十一年にかけてはエイミスの翻訳をやってたわけか。

――ええ。その五十年五月にミラーの『不眠症』の翻訳が読売新聞社から……。

吉行　ああ、その前にあれもやった。だから、新聞小説書いて、とりあえず小説を書く元手がなくなってしまったから、人さまのものを翻訳してたわけだ。ミラーの『不眠症』の翻訳には、昭和四十九年の夏ごろから取りかかっていて、まだぼく自身の不眠症の名残りがあったたな。

――この応接間の吉行さんの後ろの壁にある、あれはヘンリー・ミラーの絵じゃないかな。

吉行　ああ、このリトグラフをヘンリー・ミラーがくれたんだ。「フォー・ヨシユキ・サン」て書いてある。

――あ、そうですか。どこに書いてあるんですか。

吉行　絵の下の白く残っている縁のところ……。

――ヘンリー・ミラーの「不眠症」という作品はひじょうに難しいものだったようで

すけれども。

吉行　「不眠症」というのは、ミラーがホキ徳田に惚れたことについて書いてある。ホキという名前は、一切文中には出てこないけれど。あの八十近くの老人があんなに惚れることができるというのがぼくにはよくわからないけど、体力なのか、自己確認なのか。自己確認というのは、まだ自分に惚れる力があるという……、この気持っていうのはわりにマゾヒスティックな気持につながるよね。振られて、不眠症になる。それもまた、少し楽しんでるのか本当に悔しいのか、ちょっとわかりかねるけれど、かなりおもしろくてね。これは二部に分れてて、前半は一人の東洋の女に惚れてひどい目にあっているという状態が書いてある。自分は待っているのに、女は麻雀ばかりしていると、麻雀というゲームを一ページぐらい罵っている（笑）。

第二部になると、哲学論文みたいなもので、さっぱり分らない単語が出てくるんで、それをミラーに直接手紙で聞き合せて。あの人は返事くれるんですよ。返事を読んでみると、わからない言葉のところがスワヒリ語だったり、スウェーデン語だったり、わかるわけない、こっちは。これは問い合せなくて分ったんだけど、自分は――つまり八十歳の老人は、いつもオルグ・ド・バーバリーを懐に入れて持ち歩いているっていう。オルグ・ド・バーバリーというのはフランス語で、オルグはオルガン、バーバリーというのは原始的な。つまり、手回しオルガン。これは何だろうなあと思って、こう手で回すと女性がキーキーいうものに違いない、だから張形だろうと、ヒラメいたんだ。張形ってまず訳して、それからこの「不眠症」っていうのは絵が入ってて、絵の中にいっぱい日本語のローマ字が入っている。そこに、ASAHIとかASAMARA（朝魔羅）、ASAHI-SHINBUNなんて書いてあるのね。その中にね、ちょうど張形の絵、つまりペニスの形の絵が描いてあって、HARIKATA、オルグ・ド・バーバリー、て書いてあるのを見つけた。だから、ぼくの勘は当ったわけだ。こういう勘は、やっぱり作家のほうが優れているかもしれないね。やっぱり翻訳というのは、まず本に惚れなければいけない。本に惚れて、惚れることによって勘が出てくる。ようやくその仕事が終ってヤレヤレと思っていたら、ある日、徳島さんが変な本を抱えてやってきて、これをやらないかと。

――エイミスの『酒について』。

吉行　うん。オン・ドリンク、「酒について」。これもずいぶんいろいろのタイトルなど考えて、考え抜いた末に直訳したのね。

――あの直訳はね、洒落た味があって、よかったですね。

吉行　それがね、ヘンリー・ミラーよりさらに難しいんだ、キングズレー・エイミスってのは。とってもかなわないからっていうんで、共訳でいこうと、独協大の教授の林節雄氏とやることにして。共訳っていうのは、こっちはラクできると思いがちなんだが。

――ええ、思いがちですけどね。

吉行　徳島さんが共訳の原稿を持ってきたときに、いきなり「カクテルについて」から始まって、カクテルの話がえんえんとつづく。ぼくはまだキングズレー・エイミスというものを把握してなかったから、カクテルって興味ないのね。ところがあとで読んでみると、そのカクテルの項もとてもおもしろい。しかし、カクテルなんて、日本人はなじんでないでしょう。章の順序を入れ替えて、あとの部分へ回しちゃった、あの処理はよかったね。

——ええ、演出ですね。あれはたしかによかったと思いますね。

吉行　あれはたいへんな英語だったけど、おかげでイギリスのユーモアというのは何であるかっていうのがよくわかった。ユーモアという一番元の意味は体液だということは知っていたけど、やっぱり頭で知っててね、軀の中にまで理解は届いてなかった。イギリス流のユーモアというのはいかにしぶといものか、エスプリというのが頭のはたらきから出てくる知的なおかしさだとすると、もっと軀の中までぐうっと入っているのがユーモアで、イギリス人ていうのは一筋縄ではいかないなという感じが、しみじみわかった、翻訳したおかげで。

——そのとき吉行さんがお使いになった辞書は……。

吉行　コンサイスですよ。コンサイスがいかにすばらしいかだよ（笑）。

——オックスフォードの英英辞典とか、そういうものはお使いにならなかったんですか。

吉行　オックスフォードの英英とはなつかしいな。ぼくの大学生のころは、第三版が一番新しかったが、いまは何版までなっているのだろう。ただしコンサイスを何千回も引いた。

――出たのは五十一年……。

吉行　うん、五十一年の秋だ。ちょうどそのときぼくは目が、どうも右目が霞むんで、国立第二病院へ行ってみた。当然、単なる眼精疲労だと思い込んで、気軽に……、ときどき医者に行きたくなるときがあるのかね、おれは。そしたら白内障だって言われて驚いたというわけ。ただし、目の酷使とは一切関係ないって言う。ぼくは何千回もコンサイスを引いたから、これでやられたのかと思ったら、それは無関係だって言う。

――気にしましたけど。

吉行　そうですか（笑）。最初から言っているじゃないの、関係ないって。

――そうはおっしゃっていたけど。でもね、こちらはやっぱり気になりますから。

吉行　そうねえ、ちょっと。はっきりしてないんだからね、原因がね。

――ええ。

吉行　白内障はステロイドの副作用で起る場合がある。しかし、その原因の見分けはつかないそうだ。糖尿病からくる白内障はすぐ分るわけだけど。でもね、ステロイドで緑内障になるケースもあるそうで、これだともっと困ることになってしまう。

――そういえば、藤枝静男さんが突然、浜松から電話をしてこられた話がありますね。

吉行 藤枝さんは、いつも「突然」なんだ。あの人は眼科医でもあるんで、あるパーティのとき、白内障のことをたずねたんだが、相手にしてくれない。あんなものは、眼の白髪くらいのものだ、という判断があるんだろうね。「ぼくも白内障だよ」とおっしゃる。「活字が見えますか」と訊くと、「そりゃあ君、薄れて見えるよ」とおっしゃる(笑)。その藤枝さんが、ぼくがステロイドを長い間使っている、と誰かに聞いて、いそいで電話をかけてくださった。緑内障ではないか、と。それで、その点も調べてもらったけど大丈夫でした、と答えると、ああ、それならいい、ということで……。

十三

吉行 今回は、『酔っぱらい読本』をつくった、あの疾風怒濤の時期について、あのときチームを組んだ徳島高義氏と語ることにしよう。ぼくの文学生活において、特徴のある一時期だったからね。そもそもあのアンソロジーは、最初何巻のつもりだったのだろう。

徳島 だいたい三巻ぐらいにできればいいと。

吉行　それが五巻になって、さらに七巻になった。第一巻の発行が、昭和五十三年九月。作業の始まったのが五十三年の春だと思うんだよね。ぼくの『夕暮まで』が出たのが五十……。

徳島　五十三年九月なんですね。

吉行　ほぼ同時期。あれは、原稿ができてから本が出るまでに半年ぐらいかかっているから、五十三年の春には全部の原稿を渡している。つまり、『夕暮まで』を書き終った昂揚感が続いてるときにスタートしたためか、だんだんエスカレートして、躁状態になってきた。徳島さんの事情はよく知らないんだけれど、やはり躁状態でね（笑）。その前に、徳島さんの企画で『酒について』っていうキングズレー・エイミスの本をぼくと林節雄さんとで共訳したということがあるんだ。その『酒について』の思いがけない成功で、かなりエンジンがかかってたんじゃないか。

徳島　そうだと思いますねえ。あの『酒について』が、はじめはどうなることかと思っていたら、売行きも評判もほんとにうまい具合に……。あれがきっかけで、たとえばワインの研究家で弁護士の山本博さんと知り合ったりしたでしょう。『酒について』は酒についての名著だが、『ブーズブック』というのも名著である、その原書を持っているという。ひじょうに忙しい弁護士さんですから、ぼくが日曜日にわざわざ横浜まで行って、こんなでっかい本を借りてきた。

吉行　日曜日に横浜まで行くってこと自体が、すでにエンジンがかかってる。
徳島　そうですね。
吉行　それでね、軽躁状態の人間が二人集まったら共鳴作用を起して、だんだん中躁から、少なくとも徳島さんのほうは大躁になってしまって、大躁正《だいそうじょう》と言われるようになった。『埴谷雄高ドストエフスキイ全論集』という巨大な本を作ったのは何年ですか、あれは。
徳島　あれは……、五十四年の夏でした。
吉行　だから、並行してやってたんだ。これは只事じゃない。ぼくが中躁とすると、やはり大躁正だ。ぼく自身も何か思いつくとすぐ連絡したくて、もう待てない。徳島さんの自宅にあのころしばしば電話したよね、起きてめし食って終ったころっていうのを見計らって。
徳島　その頃合がじつに微妙でね。
吉行　それは十分計算したけれども、いまだったら、絶対そんなことはしない。やっぱりぼくも相当なもんだったが、こっちは中躁だよ。軽躁から中躁になったんだけど、生きていく上ではそのぐらいがいちばんラクだね。
徳島　そうなんでしょうね、張り合いがこう……。
吉行　ただ、小説書くのは軽鬱がいい。中躁あたりだと筆が滑ってだめです。ぼくとしては「夕暮まで」を書き終って、小説のほうはしばらく考えなくてもいいや、ていう時期だったから、もう心おきなく中躁になれてね。装丁と挿絵を担当した佐々木侃司さんまで巻き込まれて、彼も躁になったでしょう。

徳島　ええ。もうかなりな躁になりましたねえ。異常に熱心になって……。

吉行　佐々木さんはいいとしても、徳島さんについては、だんだん心配になってきて、あんなに躁の人間が会社という共同作業の場所で大丈夫かなあって。電話掛けると、ほとんど絶叫するような声で話をするんだ。

小孫　いや、もうひどかったですよ。

吉行　小孫さんはセクションが違ってたでしょ。

小孫　ええ。ちょうどぼくの正反対の場所なんですよ。でも、全部聞き取れるんですから（笑）。

徳島　電話が吉行さんから掛かってくると、「部数のこととか、売れているとか、そういうことはあんまり大きな声で言うなよ」っていうふうに、まず釘をさされましたけど。

吉行　ぼくのほうが、多少分別があったんだ。ときどきドーッていう音が聞こえるんだね、受話器の中で。「何だ」って言うと、積み上げてある資料が崩れる音。あれは不思議な一時期だったねえ。

徳島　そうですねえ。まあ、ぼくにとっては遅れた青春かもしれませんけども。

吉行　編集者としての青春時代だね、あれは。あのころ、アンソロジーがあちこちから沢山出はじめたね。あの七、八年前に立風書房に頼まれて、筒井康隆と澁澤龍彦とぼくと、それぞれ二冊ぐらいずつ作った。そのときは、まああの成績だったけど、火はつかなかった。『酔っぱらい読本』で爆発して、あの二年ほどぼくはどのくらい作ったろう、あちこちの出版社のアンソロジーを。

徳島　アンソロジーの大家に……。

吉行　やっぱり、二年もやると飽きてきたね。あれは、まず素材を集めて、それをいかにバランスよく配合するかという、目次を一目見たところが勝負なんだ。

徳島　そうですね。

吉行　並べ方ひとつでガタガタになる。そこに自分の能力を賭けるっていう快感があった。

徳島　ぼくも吉行さんにずいぶん配列とかなんかをご相談したんですけれども、じつにそういうところの呼吸がね……。

吉行　元ジャーナリストだよ。

徳島　いや、ジャーナリストはたくさんいますけどね。ノンブル一つにしても……。

吉行　そうそう。最初は、ノンブルだけで何時間もかかったんだ、ノンブルの位置と大きさと書体をどれにするかというだけで。ぼくは帝国ホテルに泊ってることが多いけれど、徳島さんが突然そのへんのホテルの備え付けのものにある数字をちょん切りはじめるんだ。電話帳とかいろいろなものがあるでしょう、聖書とか。それをちょん切って置いて見て、位置をどうするかとか。これはねえ、なかなか……。ちょん切りかけるぐらいまでいったんだよな。

徳島　そう、かけるまででした。

吉行　ぼくが制止して、「それは備品だ」とか。

徳島　朝、会社に出掛けようとするころに、吉行さんから電話が掛かってくる。ちょうどまた、家から会社に行くのに、吉行さんの泊っているホテルはいいコースにあるんですよ。そこに行って相談をして、それからホテルの天ぷら屋にずいぶん……。

吉行　あれは、旧館の一階の天ぷら屋だ。その年に旧館は取り毀されて、昭和五十八年に「タワー」と称する新しい建物ができている。天丼が安直でなかなかうまくてね。だいたい、昼めしに天丼を食う気になるのは、元気な証拠だよ、ぼくにとっては朝飯なんだかーら。それから、日比谷の紀伊国屋書店に一緒に行ったよ。

徳島　そうでした。売行きを調べるために。

吉行　この日比谷紀伊国屋はいまなくなっちゃった。

徳島　そうですねえ。それが特別というわけじゃなくて、わりあい頻々とやったような……。

吉行　徳島さんとしては慣れない翻訳部門というとこへ行って、多少鬱屈していたのが『酒について』の翻訳で成功して、それから『酔っぱらい読本』……。この本の内容を見ると、翻訳部門の出版物とは思えないよ。

徳島　でも、意味づけしたんですよ。

吉行　意味づけはあるけれど。これが出て、売れて、大躁になってきた。さっきも言ったようにぼくは『夕暮まで』が五十三年の九月に出て、とにかく黄金時代ですねえ、あのころは、人生の（笑）。今度、全集の「別巻3」で研究篇を作るっていうんで、書庫を大整理していろんなものを探していると、『天国は盃の中に』っていう、三橋一夫さんの本が出てきた。これは昭和三十六年の刊行で、無名の出版社ですね。三橋一夫というのは不思議な人で、いまも健在ですけど、慶応を出た大秀才で、経済学部の教授になるためにヨーロッパ留学したわけですよ。代々幕府講武所の武術指南役の家系だったせいか、三橋さんはあらゆる武道の段を持っている。柔道・剣道・空手・棒術・杖術・鎖鎌《くさりがま》、全部合せると三十段くらいになる人なんだ。要するに、文武両道なんだけど、学者の枠にはまらない人で、慶応の教授に迎えられるというのにやめてしまって、小説書き出して、終戦直後「宝石」などに幻想的なおもしろい作品を発表してましたよ。ぼくは編集者時代に、とても親しくしていた。その三橋さんの本が出てきて、ウィーンに留学したときの傑作な話が入っていて、これをアンソロジーに入れればよかったと思ったけど、もう遅い。この際、入れ損なった身としては、ちょっと輪郭を説明したいんだけれども。この人がウィーンへ行って、ビール飲みに行こうと思ってビヤホールへ行ったら、貸切なんだ。それが、ウィーン大学卒業生の同窓会でだめだっていう。ところが三橋さんの留学するのがウィーン大学で、数日前に総長に会っていたんで、「ぼくは先日、用事があって総長に面談したが、居たら会いたい」って言ったら、「まあ、とにかくお入りなさい」と入れてもらえた。ダンスなどしてて、「君もダンスをしなさい」って言われたんで、「いや、私はダンスはできないけれど、ビールは飲める」と言ったんだね。ところがオーストリアの大学では、「しかし、飲めるぞ（アーバー・イヒ・カン・トリンケン）」という言葉は、ビールで決闘をしようっていうことだった。

相手の学生がとび上って、なにか怒鳴ると、みなダンスをやめて集まってきた。フロアに長いテーブルを三つも持出して、一列に細長く並べた。片方の端に三橋さんが坐り、もう一方の端に代表として出てきたボスの学生が坐り、卒業生らしい男がこの決闘のルールを説明する、『コップは一息で飲むこと。飲み終ったら、一滴も残っていないという証拠に、コップをさかさまにして示すこと』。一リットル入りの陶器のコップが、テーブルの上に並べられた、というわけ。一升瓶が一・八リットルだから、六合くらいを一息に飲む。飲み終ったら、なにか歌を一つ歌うキマリらしいんだが、相手のドイツ学生も三橋さんも音痴でね（笑）。アメリカ映画の歌を歌ったり、「アロハオエ」を歌ったりね。その一リットルを七杯飲んだところで、相手は白いテーブルの上に顔を伏せて両手を伸ばして倒れてしまった。三橋さんは十三杯飲んだっていうんだ。

徳島　十三リットルということですね。

吉行　そう、もう歌う歌がなくなってしまって、「もしもし亀よ亀さんよ、世界のうちでおまえほど」と歌ったんだけど、いつになっても、終りにならない。「もしもし亀よ」がエンドレステープみたいになってしまって、「どんなに亀が急いでも」というとまた元に戻っちゃう。しょうがないから、「もー」というのを尻上りにして藤原義江風に歌い上げて終りにして、もう一杯飲んだんだっていうんだ。みんなが、「おまえが勝った」ってワーッと押し寄せてきて、胴上げされているうちに意識不明になった。なかなかいい話、ビールの決闘という。しかし十三杯というのはすごい。

徳島　その後またもう一杯飲んでる。だから八升ぐらい。ビール八升っていったらすごいよ。向こうのビールはもっとこくがあるから。

吉行　それでね、この七冊作って、なにしろ翻訳部門の仕事だから、外国のものも入っているわけね。作ってみてわかったのは、日本人というのはなんか酒と人生とか、酒と花鳥風月とか、どうもそっちにつながってしまって、いまのビールの決闘のような突飛な話はあまりない。外国人のは、なんかへんな趣向がある。いわゆる酒っていうものが、奇抜な話につながるんだ。たとえば、第一巻についてみても、サーバーの「もしもグラント将軍がアポマトックスで酔っぱらっていたとしたら、南北戦争はどう終ったか?」とか、アリンガムの「星占いからみた酒の飲み方——占酔学入門」とか。日本人はとかく心境につながる。

日本でその型を破っているのが、坂口謹一郎氏の「泡はビールなりや否や事件」。これ、さっき読み返したんだけど、日本的なことが十分採り入れられているくせに奇抜な話です。これは、ちょっといま紹介したいんだけど、覚えてる。

徳島　いや、ぼくはね……。「群像」にむかし二ページエッセイという見開きの随筆欄がありまして、それで私が坂口さんに頼んだんですよ。すごくおもしろくてね。坂口さんはもちろんご存じのように醸造学の世界的な学者ですが、このエッセイが単行本の中に入っていない。それで、『酔っぱらい読本』というと、まずぼくはこれを入れたいと。

吉行　「群像」にいたときに、ただ漠然とエッセイを頼んだわけですか。

徳島　そうです。そうしたらそういう原稿がきたんですよ。

吉行　戦争中の国民精神総動員という時期に、下町のカフェを調査したら、仕入れたビールよりもずっと売っているビールの量のほうが多い。これは水で割ったか、うんと泡を立てて売ったか。もしそういうことだとしたら、総動員法違反の重罪っていうとこまでいって、東京地方裁判所に事件が移された。

徳島　泡がビールかどうかっていう……。

吉行　それで、この大先生が裁判所の依頼を受けて、いろいろ判事から聞かれたんだってね。泡はビールかどうかっていうんで、泡をうんと集めて放っておくと液体になる、それを調べた。そうしたら、その液体のほうがビールよりもいろんなエキスがかえって強かった。その化学的理由を書いてあるけど、これはちょっと面倒くさいから省略して、結局罪にならなかった、というような突飛な話なんだ。「なるほど・ザ・ワールド」っていうテレビ番組があって、ミュンヘンのビヤホールで、陶器のカップの内側に線が引いてある、この線は何かという質問があった。ちょっとうろ覚えなんだけど、その線までは液体がなくちゃいけない、その上は泡でもいいと。ドイツでもそういう、日独伊……。

徳島　三国同盟（笑）。

吉行　精神構造が似ているらしい。ドイツ人てへんに厳密でしょう。この坂口さんのエッセイでは、その後ガラスのジョッキに線が引っ張られるようなヤボなことが起きたって書いてある。本家本元のほうにもちゃんと線がついている、「ビールなりや否や」みたいな事件がドイツでもあったのかな。

徳島　私は半月前ミュンヘンから戻ってきたばかりで。

吉行　ああ、そうだった、線がついてましたか。

徳島　ビヤホールには行かなかったんですけど、必ずビールを飲んでいた。そうすると、泡が相当立つ。結局日本のビールは、ぼくの観察だとちょっと冷えすぎているんじゃないかなという気がします。

吉行　摂氏七度が飲みごろ。

徳島　そうすると、やっぱりその泡の香と、こう飲んでいくプロセスがいいみたいでね、どこへ行っても必ず泡はある程度やっぱり立てて……。

吉行　これもまたテレビの知識なんだけど、生ビールをジョッキに注ぐことを何十年もしてる人がいて、その人がいちばんビールをうまく飲む方法は、泡を立てなきゃいけないっていう。斜めにコップを傾けて泡が立たないようにするのは邪道で、ザーッとコップに注いで泡を立てることによって、ちょうどいいぐらいガスが抜けるんだって。ガスが抜けた味がちょうどうまい味だという。それは、いまの話を聞いてると、正しいらしいな。

徳島　そうかもしれませんね。それにしても坂口さんておもしろいですねえ。

吉行　こういう発想の作品というのはほとんど日本の随筆にはない。行きつけの店とか……。

徳島　酔っぱらってどうしたとか……。

吉行　二日酔で苦しいとか。ぼくもそういうことしか書いてないけれど。そもそも外国人と日本人とは、酒の飲み方が違う。ま、三橋さんのように、ドイツ人に勝つという例外はあるにしても。

徳島　そうですねえ。やっぱり体質も違うしね。

吉行　向こうはガッと胃の腑に強い酒をほうり込むと、元気になってきて突飛なことを考える力がついてくる。日本人はじわじわ飲んで、「酒はしずかに……」とか言う。

徳島　アル中というのは向こうのほうが多いと言いますけれどもね。

吉行　アル中になれるだけの体力があるんですよ。このアンソロジーを作ってて、東西の体力の差とか酒とのかかわりあい方が……。どっちが悪いというわけではなくて、東は東、西は西なんだけど、はっきりした違いがあった。

徳島　それはやっぱり怪我の功名で、ちょうどぼくが翻訳出版部にいたから、外国のものも入れないと。

吉行　それはそうだよ、入れないでどうして翻訳出版部から出せる、何割入ってるの、これ。

徳島　知りませんよ。

吉行　調べてみようじゃないか（笑）。一、二、三、四……。

徳島　中国も外国ですから、入れていかなくちゃね。

吉行　二十一項目中、陶淵明を入れて七つだ。三分の一。ひどいもんだ、講談社もおっとりしたとこあるね、こうやってみると（笑）。このアンソロジーのもう一つの特徴は、酒飲みにたいする反感の声も入れたことだね。たとえば、第七巻に入れた「正義の味方下戸《げこ》仮面」という、「酒が飲めなくてなぜ悪い」っていう座談会。

徳島　大西信行、小沢昭一、西村晃、黛敏郎、山藤章二、矢崎泰久。それがね、実用実践編というところに入ってる（笑）。

吉行　大西信行に、「この間は山藤章二が銀座のバーで飲んでたよ」って言ったら、「えっ、裏切り者」って（笑）。

徳島　裏切りていうのはいいですね。

吉行　さて、その疾風怒濤というか。シュトルム・ウント・ドランクっていま、はやらないのか。

徳島　あんまり使わないですけれども、でも一時代を画した言葉ですからね。

吉行　そういう時期が一年半あって、さすがに疲れが出た、第七巻の編集までは続いたんだが。そのころ、昭和五十四年の九月にヴェニスへ行ったんだ。最終巻が十一月でしょう。もう毎巻、できるのを待ちかねてるような気持があったけど、最終巻はやっぱり顎が出たというような感じで、もういつ出てもいいやという気分になったな。そのころから、担当者に異変が起きはじめてね。

徳島　そうですねえ。

吉行　徳島さんがなんか鬱になっちゃって、電話掛けても声に力がなくてね。ぼくは自分が昭和四十二年に鬱病をやってるからよくわかるんだが、励ましちゃいけないんだ、その状態を指摘するのはいいんだよ。「どうも声に力がないな」まではいい、「しっかりしろよ」って言うといけない、しっかりしなくちゃいけないかっていう負担がかかるわけで。ぼくは心得てるから、状態の確認までしかしなかった、覚えてないかな。

徳島　それはね、電話のときにやっぱりいまみたいなことがあったり、飲んだりなんかする場所でずいぶん吉行さんに励まされているんじゃなくて……。

吉行　遠まわしに励ましてたんだ。

徳島　そう。酒場へ行っても、意気が今度は上がらないんですよね。

吉行　ぜんぜん上がらない。だいぶ落ち込んだけど、もうどうにもならぬまではいってないっていうのはわかる。でも、かなり長く続いたね。

徳島　長かったですね、一年ぐらい。

小孫　その後が中国旅行ですか。

徳島　中国旅行は最中だね。

吉行　それはよかったんだよ。鬱病を旅行で治すっていう方法がある。ぼくの場合は、ドクターにすすめられたけど、旅行なんかとんでもないっていう感じだった。それがきっかけで、治ってきたのかな。電話の声が手掛りで判断してたんだけど、あるときから薄皮を剝がすようによくなった。よくなりすぎると、これはあぶない。ちょうどいいとこで止まって、いま軽躁だね。

徳島　そうですか。

吉行　けっして軽鬱ではないよ。

徳島　そうそう、それで思い出しました。『酔っぱらい読本・漆《しち》』のあとがきで、お互の血液型のこと……。

吉行　ああ、そうそう、B型が二人そろって、相乗効果になってしまった、と。

徳島　B×Bだと。あの後わかったんだけど、私はA型だったんです。

吉行　えっ（笑）。

徳島　知人が入院して、血液が必要だということになって、調べに行ったらA型だということがわかったんですよ。

吉行　それは驚いたな、いままで隠してたな、長いこと。

徳島　そうですね、四年にはなりますね。

吉行　四年間隠してたのか、ひどいね、これは（笑）。B型の人が、A型になるとはね。

十四

吉行　一日のうちのどの時間に仕事するか、むかしからよく聞かれますねえ。

――　ああ、夜型とか昼型とか。

吉行　ぼくはむかしは明らかに夜型で、夜十時から午前二時ぐらいまでがいちばん頭が確かだったんだ……。ところがもう十年も前から、夜十時になるともうフラフラになっていて、頭なんか動きやしない。もっとも、頭が動かなくなったら自分はすぐ寝る、そこでむりして書いても、結局ロクなことはない、とむかし随筆に書いたのを思い出した。「海沿いの土地で」についてのことだな、だから二十年以上前か。

――そうですね、二十五年くらいですね。

吉行 そのころは、夜始めているんだけど、途中で動かなくなる。このごろは最初から動かないよ、夜の十時じゃ。書けないときは、いくら机の前に坐って書いてみても結局はだめで、寝たほうがよっぽど利口だ。もうだいぶ前から、一日のうち随時、つまり頭が動きだしたなと思うと、すぐ机に向う……。

――時間に関係ないということですね。

吉行 うん、関係ない。いったん眠りかかって、突然起き上って書いたりね。まったく、何というかな、頭がオカしくなったときに書くんだ。もっとも、クレージーのまま書いても、内容が乱れるだけで、ぼくの言うのはエンジンが始動するときのことだけど。「夕暮まで」も、そうして書いた。あの作品のうちの一篇を、「群像」の合評で取上げてくれたんですよ、たしか「傷」だったかな。で、三人の合評者が、この男女関係はどうなるんだろうって、ちょっと合評が終って一杯飲んでいる感じで予想しているわけね。ぼくはそれをどうしようかっていうことだけは考えていたんだけど、三人の予想が全部違っていて、おもしろかった。

——その三人は、たしか……。

吉行　これはべつに名前は必要ないよ。三人ともおれの魂胆には気がついてないなあと思っていたんだけど、その部分を書いたのがそれから一年ぐらいたっている。そのときは、軽い喘息が起きてきて、なんとなく毎日我慢して、だんだんひどくなってきた。昭和五十二年……。

——五十二年、いつごろですかね。

吉行　ええと、昭和五十二年の十一月。だんだん苦しくなってきて、明日だめだったら医者へ行こうと思うようになった、もう限界になってて。ぼくはちょうどそのとき、一流デザイナーの作ったカレンダーをスケジュールがわりに使っていた。その日、朝起きたら「勤労感謝の日」という祭日だったんですよ。そのカレンダーというのは新しい発想で……。

——祭日のしるしが入ってないんですか。

吉行　それに、日曜も色が同じなんだ。きょうは医者が休みだと知ったとたんに、我慢がドーッとくずれて、ひどい発作になった。それで、緊急入院になってね、一一九番は使わなかったけど。ぼくは喘息の強い発作に十八のときから付き合っているけど、入院したのは初めてでね。

―― あ、そうなりますか。

吉行 喘息のシーズンに救急車で担ぎ込まれるとよく言うけどね、ぼくはいくら苦しくても入院はしないことにしていたから……。退院して一週間ぐらいたった夜中に、突如頭が正常でなくなって、それでやる気が起きて「すでにそこにある黒」という章を書いた。どういうかたちで男女が結ばれるかっていう部分を。合評の三人の人の予想が全部はずれた章を……、と言っても、それは無駄話だからね……。

―― あのとき合評を読まれて、「酔っぱらってるね」とおっしゃられたですね。

吉行 酔っぱらってるねっていう意味は、なにもそれは当らなくていいわけだ。ただ、その合評に活字にして持ち込む話題でもない。だからそういうことを言ったんだけど。自分もあの時期に、あのいちばん肝心の部分が……、肝心というと語弊があるんで、みなさんが勘ぐっている部分を書けるとは思わなかった。そういう感じで、発作的に仕事をしている、いまでもそうです。その発作が午前か、夜中か夕方か、まったくわからない、という状態になっている。

―― それ、いまのお話でちょっと質問があるんですけれども……。

吉行 ええ。

―― 以前、若いときに吉行さん、「夜なべ仕事」という言葉を、使っていたですね。

吉行 ああ、「営業方針について」という。

——ええ。それとの関係でですね、今回のお話になったことと、何かやはり感慨みたいなことございますか。

吉行　むかしは昼間会社に勤めて、つまりマスコミ会社に勤めて生計を立て、夜は自分のための仕事をやっていた。それができていたわけで、やっぱり体力だね。できなくなって、しだいにこう、夜なべ仕事のほうだけで生計を立てると、隠遁生活みたいな状態になりかかっているなという気がしてくる。だからもう、これからはマスコミ会社は定年退職して、夜なべ専門でいこうと思ってますけどね。この間考えてて、もちろん体力の低下はあるんだけど、むかし、飲む・打つ・買う・仕事・病気と、こう五つ一日のうちにやっていたこともあったけど、いまはどれか一つしかできないでしょう。

——ええ、そのうちの一つで終りますね。

吉行　どうしてこんなにできないのかと思って考えたら、体力と同時にテレビね。テレビっていうのは見ないことにしてて、昭和三十六年ぐらいまでテレビって持ってなかったんですよ。その時間はフルにほかに使えたんだが、いまはテレビって下手すると一日見ているものね（笑）。だから、「夕暮まで」という作品は、いつ出来上るか見当がつかなかったんだ。結局、昭和五十三年の四月に原稿は揃ったんだけど、昭和五十一年ころには、見当も付かなかった。あれは、丁度その五十一年ころだったかな……。

——なんのことですか。

吉行　河野多恵子さんが、あなたのこと占ってあげた、とある日突然言ったんだ。五十代の半ばにとってもいいことがある、五十代後半はみんなにやさしくされて、女の子たちにもやさしくされて、いい人生が送れる。六十以後はあたしは知りません。ぼくはもともと占いは信じないいんだけど、あの人が言うと迫力があるんだ、「あとは知りません」と二度言ったな（笑）。河野さんはオカルト的なものへの興味を強く持っている人だけど、ご本人にも予言者風の風格があるんでね。六十歳で死ぬのかなあなんて、ちょっと思うね。そのときは、五十半ばにいいことがあるなんて到底思えなかったけど、「夕暮まで」が書けて、ずいぶん取上げられて、「野間賞」を受賞したり、ベストセラーになったり、映画になったりした。あれが丁度、五十四と五のときですよ。これは危いな、河野さんの占いは当るかな、とおもい出した。おまけに、最近気が付いたんだけど、今年ちょうど還暦になる四月十三日の誕生日は、金曜日でねえ。

――あ、そうですか。

吉行　困ったもんだ（笑）。ときどきそのことを河野さんに言うんだけど、何にも返事しない、笑っているだけで。四柱推命というのがあって、生まれた時間がわからないと、三柱推命になる。一年ほど前、おふくろにおれは何時何分に生まれたんだと聞いたのね。そしたら、臍の緒を理恵が持っているからその上書きをしらべればわかる、という。これは初耳でね、なぜ持っているのか、和子のとぼくの臍の緒を理恵が持っている。空襲のときどうなったか……、あのころ、和子と理恵は山梨の奥に学童疎開をしていたから、おふくろが渡しておいたのかな。それなら、長女の和子のほうがスジなんだけど、臍の緒の包紙には、年月日と時刻が書いてあるものらしい。まだ見てないけれど、ぼくは午後七時三十分なんですよ。ところが、持っている当の理恵は自分のはないんだ、自分のがなくて、姉と兄のを持たされて。それは、ヘンな話で、疑いたくなるよ。自分が生まれたころおふくろが腹が大きかったのを見たことがあるかって、理恵が聞くんだ（笑）、つまり自分が本当の子かどうか。わりとそれはまじめだと思うんだ。

——理恵さんに、いつごろ……。

吉行　つい最近、去年かな。それでね、「いや、おまえのとき、ちゃんとおふくろの腹は大きかったぞ、おれが保証する」と言っても……、それは確かなんだけど、本人はまだ嘘言われていると思うかもしれない。そこがおかしかったんで、河野さんにその話をしたんだ。そうしたら河野さんが「何時ですって」なんて聞いてさ、暫くたったら、理恵を通じて、六十以後もとてもいい、この前のときには、六十以後は占ってなかったんだ、と。占ってなかったならば、占ってないと言やあいいのにねえ。

——わかりませんねえ（笑）。

吉行　あれはなんか、時間を入れて占いなおしたら、生き延びることがわかったのかもしれないな、占いの上で。

——よかったですね。

吉行　よかったですねなんていうことは、もう完全に信じているこったね（笑）。それもそうだが、おふくろと言われている女が、腹が大きかったのを見たかどうかっていう、わりにまじめに質問するっていうのは。

——そうですねえ。しかし本当にどうして理恵さんだけ臍の緒がないのかな。

吉行　さっぱり分らない。だから本人の身になりゃ、変な気がするよ。

——そうでしょうね。

吉行　両方とも持たされて。なんか意地悪されてるような感じじゃないの、おまえは違うんだよっていう。

——ちょっと余談かもしれませんけれども、それと関連があるのかなあ。芥川賞を受賞されたあとで、暫くして、理恵さんが理恵という名前をやめて理恵子にすると。いやあ、理恵というほうがいいんじゃないですかねって……。

吉行　それは姓名判断ですかね。わりに理恵は、好きなんだよ。そういうオカルト的なものに対して、河野さんに影響されているかもしれない。

——ああ、なるほど。

吉行　もっともね、理恵という名はペンネームで、理恵子が本名なんだ。

——そうなんですか。

吉行　和子のときは、すぐに名前がついたんだけど、理恵子のときは難航してね。おまえも考えろ、なんて祖母に言われたりしたけど、結局その祖母がつけた。しかし……、東京空襲のときは、おふくろとぼくとが東京にいて、妹二人は山梨にいたんだから、あのときぼくたちが死んでいれば、二人は孤児なんだな。空襲のときには、祖母はもう亡くなっていた。

――理恵さんは学童疎開じゃないでしょう。

吉行　いや、二人同じ甲府の方の学校へ行ったんですよ。

――だって理恵さんはぼくと同じ年ですから、まだ学校に入ってないでしょう。

吉行　ン……。小孫さんは何年生まれ。

――ぼくは十四年生まれで、理恵さんと同じなんで、敗戦後に学校に入りますから。和子さんだけじゃないですか。

吉行　そうだ、忘れていた。和子は喘息なので学童疎開から外されたんだ。それで、知人に頼って甲府の奥のほうの学校へ移って、理恵も一緒について行ったわけだ。おふくろの美容院の弟子の郷里なんですよ、妹二人はそこに世話になっていた。空襲のあと、おふくろだけ妹たちのあとを追っ掛けて行った。なんでないのだろうね、理恵だけ。

――だから疑う……。

吉行　疑うのもむりないねえ。和子に持たしたのかもしれないけど、それが理恵のところへいつの間にかいってたんだろう。確かに木下病院という九段の病院で、ぼくの静高の先輩のおやじが医者をやっているところで生まれたんですよ。だから当然臍の緒は保存してていいわけなんだけどね。

――今度和子さんが『どこまで演《や》れば気がすむの』というエッセイ集を出しましたね。なかなかやっぱりディテールがうまく生きているし、それから描写がいいですね。

吉行 ぼくがあれを読んだ感想はね、和子は小説を書く気はまったくないね。書くのも、あまり好きじゃない。だけど、そこがおもしろいわけ。女優が好きで、しょうがなくて書いている。だけど、そこに才能が出てるっていうかたちがおもしろい。それでね、ぼくに似ているのは、話が早いところ。物事の要点だけで、すぐ話がすんじゃう。ぼくの十代から二十代にかけての口癖は、「それで結論は（？）」というんだ。

――なるほど（笑）。ところで、もう一つは、理恵さんの字が吉行さんそっくりなんですよ。

吉行 隣の家に住んでて、理恵が遊びにきたときに、たまたまぼくが机に向って字を書いてて、振向いて「見たなあ」って言ったんだそうだ。理恵がそれから二十年ほど経って、そのことを書いたので、ぼくも思い出した。つまり、小説を書いていることを、隠していたわけ。

――一種のダンディズムですか。

吉行　そうもいえるな。だから、理恵はぼくの字を見てない。このごろちょっとぼくの字は小さくなったんだけど、昔は原稿用紙の桝目からはみ出すような字書いてて、これは筆記具の問題もあるんですけれどもね。「群像」に理恵子が小説書きだしたときに、ぼくはステージ・ママというのがあるけど、ステージ・ブラザーになっちゃいかんと思って、一切ほったらかしておいたでしょう。そうしたら、「群像」の人が字が似ているって見せてもらったら、おどろくほど似ていた。

――ぼくが「群像」にいたときに、理恵さんに会ってやってもらっている。本当に似ているでしょう。

吉行　似てたね。おれよりもっと図太い字書く。桝目からはみ出すような荒々しい字をね。

――だから吉行さんのほうがむしろ理恵さんから比べると、おとなしいという感じがしますものね。

吉行　性格が円満なんですよ。

――和子さんの字はどうなんですか。

吉行　似たようなもんです（笑）。男性的な自己流の字ですよ。

――話は変りますが、吉行さんは新聞連載の注文がきたら、また書いてみてもいいっていう気持はおありなんですか。

吉行　ぼくはときどき言うんだけど、小説家である前に人間だと思うよ。もっとも、その「人間」というのは建設的で前向きのものではなくて、消費面の快楽にかかわるもの、ヤレるときにヤッておきたい、というものなんだ。ヤルといっても、パチンコも麻雀もそこに入るわけだけど。ある年齢を越えると、それが一つずつ消えていく。できるときは、小説よりそっちが先だ、そういうものができなくなってからまた小説へ戻ればいいという意見なんです。そして、当然そういう時期がくるはずなんだ（笑）。そのときには……。でも、いまはもう、やる気まったくないです、ああいう苦しい仕事は。

――しかし編集者としては、そういう時期が早くくることを望むというのが……。

十五

吉行　「私の文学放浪」という半自叙伝は、昭和三十八年まででしたか。

――ええ、「砂の上の植物群」までですから、三十八年ですね。

吉行　その後の部分をメインにして考えてきているのだけど、どうも病気の部分が多い。この回で、そこをまとめてやっちゃいたい。昭和四十七年は、一年間に二十枚しか原稿が書けなかった年なんですよね。どうやって食いつないだかは、いろいろ……。運もよかったんだけれど、新装版が出たりして。その年は、原稿用紙に字が書けないもんで、口述してそれに徹底的に手を入れて、「オール読物」に「病気作家の病気談義」というタイトルで載ったことがある。その四分の一ほどを引用して、病気の件はまとめてしまうことにしよう。ただ、そのときからもう十二年たっていて、そのほかにも病気が出てきたので、そのへんの話をしようと思っているけれど……。

●この一年近く、身体の具合をすっかり壊《こわ》しましてね。全くまいっている。

どんなにっていわれると説明するのが難しいけど、要するにアレルギー性皮膚炎が全身に広がって、赤い袋の中に閉じ込められちゃったというような感じだな。身体中が爛《ただ》れて、人間の皮膚というものがなくなってしまった。ブラブラしているというのんきな感覚なんかないんだ。横になるのがすでに苦痛で、めし食うのが苦痛。僕は喘息があるでしょう。この発作はさんざん二十代のときにやったけれども、喘息のひどいときには寝床の上に起きあがってうずくまっちゃう。それをなしくずしにしたような状況が、ずっと八ヵ月くらい続いてた。ある時期は、「隣にガス室の用意がしてありますよ」といわれたら、すぐ行っちゃうくらいの気分で。

そもそもだいぶ前から……、とくにこの五、六年、おできに悩まされていましてね。おできというのは痛いものだけど、ぼくのはふしぎに痛くなくて、そういうおできというと梅毒だと疑う人もあるだろうけれど、血液検査は陰性なんですよ。糖尿病もない。

ただ、ずいぶんいろんなところへできやがってね。脛《すね》にできたことがある。脛におできって、難しいんじゃないか。

僕はいまやおでき評論家になれると思うんだけど、いちばん簡単なのは、ふくらんでキュッと押すと白く粘った粉みたいのがチュルチュルと出て終ってしまうやつね。ふくらんで膿《う》んでそれがふっ切れてっていう正統的なやつとか、そのうち引っ込むおできとか。最初チラッと見て、これはどの種類かと大体わかる。ところがなかには予想を裏切るおできがあって、せいぜい町会議員程度だろうと思っていると、大臣クラスになったりね。そのへんはまだ評論家としての研究の余地があるな。正統的なおできというのは、一週間から二週間かかる。これができると、痛くない場合にしても、そのあいだは鬱陶しい。

そこで僕はSFを考えたんだ。まず、いまいったようにおできの評論家風のことを読者の生理にひびくように精しく精しく書く。正統おできができて、二週間かかっていたのが、いつの間にか一日で治るようになってしまう。だんだん早くなってきて、最後は五分間くらいになって、ハッと気がついたらすごく歳を取ってしまっていたっていうんだ。ちょっといいでしょう、よくないか……。

それに、痰《たん》コップは依然として手放せない。これは結核で入院した清瀬病院から拝借してきたものなんです。もう二十年前のものなんだけれども、それと同じものが、以前ある天ぷら屋へ行ったら棚にズラッと並んでいた。琺瑯《ほうろう》びきの白いやつで、それでメリケン粉を溶いていた。これはどっちが本当なのかね。まあ、痰コップでメリケン粉溶いちゃいけないというルールはないし、普通の人には痰コップは無縁のものだし、どっちが先なのかわからないけれども、ちょっと奇妙な気分だったな。

　この前、「週刊文春」が水虫の治療法を聞いてきたんだ。こんな調子だから、僕に病気のことを訊ねりゃなんでも持っていると思っているらしいけど、水虫はないんだ。ないほうを数えたほうが早いんで、水虫、それから盲腸はやっていない。痔《じ》がない。耳の病気もないな。それくらいのもので、反対に病気を数えあげればきりがない。よく病院で既往症って訊かれるでしょう。あのとき困っちゃってね。だいぶ間引いたりする。だけど病気の中にも横綱クラス、前頭クラスといろいろ階級があって、三役クラスでは十六歳ごろに腸チフスをやった。いまは抗生物質ですぐ治ってしまうけれども、隔離病院、昔のこわい言葉で避病院にいれられた。あの病気が不愉快なのは、熱もさることながら、一応、症状がおさまって四十何日たったころ、ちょっと飯粒を食べただけで腸の皮が破れて一日で死ぬという病気なんですね。その陰険な恐怖感。熱がでている時は朦朧《もうろう》としているからむしろいいんで、正気にかえってこれから食べるぞっていうのに、死ぬかも知れないなんてねえ。

　よく病いは気からなんていうでしょう。それも確かにあって、喘息にもノイローゼ性喘息といって、特定の音楽家の曲を聞いたり、母親のシミーズの匂いを嗅《か》いだりすると発作を起してしまうのがある。これはおそらく記憶に何か悪いものが結びついているんでしょう。それは確かにあるんだけれども、大体、バイキン性のものは気を強く持ってもだめだ。腸チフスの時は、うちにスパルタばあさんがいて、熱が九度も出て何日も下らないのに、病いは気からだっていうんで、熱を取ろうというんでふとん蒸しにされちゃった。それから結核の手術をしたけど、これも相当なものではありますね。手術はガス麻酔だから、その時はどうということもないけれど、醒めてから朝までのつらさね。一週間ほどは痰がからまった時なんか、これもかなりのもので。胃潰瘍もやったし、鬱病もやったし、戦争中は、栄養失調。空襲で焼かれて、そのへんのアカザなんて雑草を食べたりするんだから……、いろいろやった。それから黄疸《おうだん》を二度ほどやったしね。

ただ、こうやっていま話していると、いつおれは人間並みのことをしたんだろうというような、ふとそういう感じにとらわれることもある。ま、普通の人間のやるようなことは、十分にやっているんだよね。

アトピー性という、生れついての喘息・蕁麻疹体質がある。見分ける方法は、割箸や鉛筆の尻で皮膚に線を引いてみる。アトピー性の人は青黒く痕がつくし、そうでない人は赤くなる。だから、生れついての何かがある。医者に、喘息体質でなかったら、感覚的なものは違っていただろう、といわれることはありますね。それはそうかも知れない。生れつきというのは厄介なもので、スポーツ選手の子供がまたスポーツ選手になったり、音楽家の子供に音楽の才能が豊かだったり、明らかにああいうものがあるから、何か先天的な要素があるのかも知れない。

清岡卓行さんが僕についてのある文章を書いてくれて、いい時に病気しているというんです。病気が僕の小説家としてのあり方を保護しているといって例証をあげている。だけどこの一年間はつらかった。保護してくれるどころか、これで打ち切りといわれた感じだった。いままでのツケが全部きちゃったみたいなもので。

でもね、面白いこともあるんだ、きょう行ってきた病院ていうのが靴を脱いでスリッパに履きかえなくちゃいけなくてね。どの靴箱もいっぱいなんだ。僕はまず四十九番の箱をあけるわけ。そうすると必ずあいている。こういう時代でも、い、い、い、しじゅうく番はちゃんとあいているので、病院のスリッパには苦労しないんだ。（引用おわり）

前に昭和四十二年に看護婦さんがピンク色の白衣を着ているという病院で精密検査したときの話をしたでしょう。そのとき言わなかったんだけれど、そこのドクターに巨人の王監督の、当時王選手の兄さんがいて、あの人が王の兄さんだということをぼくは知ってた。何の検査のセクションだったかなあ、そこへ行ったら、王の兄さんが検査をしている一つの流れの間で、突然ゴム手袋をはめた指をぼくの肛門にサッと入れて、パッと抜いた。

――そのときに、すぐ入るということは……。

吉行　何にも予告なしなんだ。

——いえ、予告なしなんですけれども、とにかく吉行さんは下半身は裸になっているということですね。

吉行 入院の体験がないみたいだなあ、健康でいいね（笑）。そういうときには、患者用の白い浴衣みたいのがあるんだよ、その下は裸という。それで、下腹の状態とか、そんなの調べてたりなんかしていたような気がするんだ。診療台、つまりベッドみたいなところに横に向いて寝かされていて、そういう状態のときにね。それで、変なことするな、これは変態なのかなあ、とおもって……。あとで思うと変態だと思うこと自体が変だよね。

——病院の中ですからね。

吉行 人間ドックに入っているときに、ドクターが何かしたからあいつは変態だって思うっていうのが、ちょっとぼくには自分がわからなくなった（笑）。でも、王の兄さんは変態だと、ずうっとそう思い込んでいた。そうしたら、だいぶ元気になった昭和五十年の一月一日号の「週刊文春」の企画に登場するように頼まれた。つまり、コンピューターを導入した人間ドックができて、ふつうなら一週間入院しなくちゃいけないデータが、三時間か四時間で出る。それに何人かの人が行くから参加しないかっていって。ぼくはちょうど体調が戻ったころだし、そういう好奇心があるから、どんなものか行ってみた。朝の九時ごろから始まって、十二時過ぎに終ったな。カメラマンと、その後ぼくの「珍獣戯話」という作品の絵を描いてくれた大竹新助さんが絵描きとして参加して、編集記者と四人で出かけた。それで、診察室の一つに行ったら、「これから直腸の検査をします」と、あらかじめ医者が言うのね。「横になって、こう曲げてください」と、海老のようになってくれと言う。そのとき、あ、これは……、とようやくそこで気がついて、カメラマンに「写真、撮るなよ」って声を掛けた。「はい」なんて言ってたけど、わかんない。そしたら、そのドクターが王の兄さんと同じことをしたんだ、ゆっくり時間をかけて。それはね、直腸癌の検査なんだ。だから、逆に言えば王の兄さんは患者にそういう構えをさせないで素早く診るという、優秀な医者なんだよ。申し訳ないことしたと思ってね、変態だと思ったりして。これから直腸癌の検査をしますから海老状になってくれというよりも、腹の診察なんかしているプロセスの中で素早くサッ、パッと片づけるというのは、やっぱり一本足打法でホームランだね。で、その結果がですね、どこも悪いところがなかった。ただ、「週刊文春」のその記事のタイトルが……。いままでの病気の経歴を聞かれるわけでしょう、もう数えきれないぐらいあるわけで、それにからんでだと思うんだけれど、「吉行氏にまた一つの病魔が?」とか、よく覚えていないけれど、そういうタイトルが付いていた。内容は、現在は何も問題点がないが、新しいもう一つの病気が加わらないことを祈るみたいなことでね。そしたらその一年後に白内障になったでしょう、だからあのとき医者は知ってたのかなあと……。つまり新しい病気が一つ、たしかに加わったわけだ。思い出したんだけれど、このときは眼圧を計る……、眼圧って眼球の圧力。

――はあ、そういうのがあるんですか。

吉行 あるんですよ（笑）。何のために計るか、いまちょっと思い出せないけれど。ぼくがそのとき三時間ぐらいしか眠れなくて、「ああ、これは眼圧が高過ぎて、いまは計らないほうがいいから」と医者が言って、やめたことを記憶している。それは白内障が出かかっていることと関係ないし、もしそういう診断が出たら、それは言ってくれるでしょう。

――そうでしょうね。

吉行 だから、偶然のタイトルだとしか思えないんだけど、そのとおりになった。白内障のことは、短文でときどき書いているから……、といって読者がそれを読んでいてくれるかどうか。最近の状態を「黒目が遊ぶ」というタイトルで五十八年九月号の「群像」に書いたから、ここに一部分を再録しておきたい。

❦六月中旬、ある文学賞のパーティ会場に入ると、ひどく眩しく感じた。知人の顔も、しばしば見そこなう。七年前から白内障を患っていて、この症状の眼には逆光が辛い。この会場の照明は強すぎるな、とおもった。

年下の友人が近寄ってきたので、立ち話をしていると、不意に言った。

「おや、右の眼はどうしたのですか」

両眼ほとんど同時に発病したのだが、靄のかかった位置の問題で、右眼は六年前から文字が読めなくなっている。左眼だけで凌いできた。

　その右眼について言われたので、「ひどく眩しそうにしているのだろう」くらいにおもって、問い返さなかった。

　七月の初旬にホテルに入って、原稿を書いていた。机の前は鏡になっている。ふとその鏡を見ると、右の眼がどんどん大きくなり、黒目が外側に動いていって、白目がやたらに多くなった。先日のパーティのときの友人の言葉は、このことを指していたのか、と思い当った。

　あらためて、左眼をつむって手の指を見てみたが、視界は白く霞んでなにも見えなくなっている。右眼が死んでしまったので、黒目が勝手に遊びはじめた、と判断した。

　七年前の発病のとき、コンタクトはしばしば角膜をきずつけ、痛みに夜中じゅう耐えなくてはならないなどと、この病気においても先輩の埴谷雄高氏にいろいろおどかされた。埴谷さんにサディズムの気があるとはおもえないので、ゴルフの先輩が後輩をいたぶるようなものか。もっとも、「その程度なら、手術まで七年はもつよ」というありがたい御託宣もあった。七年といえばずいぶん先のことだ、と感じて一安心したものだ。

　ところが、七年という年月は、あっという間に過ぎてしまい、ついに黒目が遊びはじめた。（引用おわり）

　この原稿を書いたころ、ある日鏡を見ていて、「白内障というからには、瞳が白くなるわけなんだろうな。しかし、もう七年も経っているのに、まだ黒いけどなあ」とおもったことがあった。そうしたら、一ヵ月ほどして、白くなってきた。人に向い合って話をしているとき、自分も落着かないし、相手も「君のそういう眼を見るのははじめてだから、どうも困る」と発言するのがあらわれた。そこで、サングラスというか、ふつうの眼鏡のフレームに色つきのレンズを入れたのをつくってみたんだ。……そうだ、ちょっとその眼鏡をかけてみて、判定してもらおう。

——初めて拝見しますね。

吉行 ぼくはサングラスって嫌いでねえ、これ素通しなんですよ。どういう感じ、……曖昧な顔してるね。

——ちょっと一言では言葉が出てきませんね。

吉行 それはどういう意味かな。

——ちょっと、もう一度かけてくださいますか。いや、べつに違和感はないですよね、そんなに。外から見た感じでは。

吉行 わりに無理するからね、みんな。

——いやいや、そうじゃなくて……。

吉行 慣れてくれれば、かけててもいいような。

——ええ。むしろなんか、たとえば野坂さんがかけていますね。野坂さんなんか、ぼくはいつもこう、ちょっと違和感を持ちますけども。

吉行　おれはまあ、野坂昭如に黒眼鏡はつきものだと思ってるからね。だいたいサングラスって、いやなものだ。レンズが茶色だと、瞳の白い色がうまく消えない、黒系統でないと。これだと誤魔化せるわけです。

――はあ、なるほど。

吉行　これを慣らせばいいんだな、自分にも他人にも。じゃ、暫くこれでつなぐかな。

――ええ。まず「まり花」から始められたらいかがですか。

吉行　ああ、そうね。あそこにくる連中はズケズケ言うのが揃ってる、お世辞もなにもないからね（笑）。これをかけて鏡見たら、親父の弟つまり叔父に似ているようにおもった。彼は真黒のをかけてるのだけれど。

――あ、そうですか。

吉行　ちょっと土建屋風で。ぼくは土建屋風になるのはむしろ歓迎なんだけれど、かなり似てきたなあと思った。その叔父は岡山に住んでいて、祖父の家業を継いだ土木建築業の二代目社長だから、当然土建屋風……、というよりヤクザ風かな。東京へ遊びにきて、浅草を歩いていたら、チンピラが間違えてお辞儀をする。しかし、あの叔父は何でかけてるのかな、極度の乱視か、職業上の必要かな。あの叔父の黒眼鏡はいつから始まったんだろう。あの叔父は、安岡（章太郎）とか阿川（弘之）とか、みんな知っている。

――そうですか。そのころは東京にいらっしゃったんですか。

吉行　いやいや、よく遊びに来たりして。安岡は、ぼくが教えた鮨屋に……。

――岡山の……。

吉行　うん。そこに行ったら、たまたま隅で黒眼鏡をかけたガラの悪い男がニタニタ笑ってるんだって。安岡は土地の親分と間違えたと言っていたけど、それが叔父で、偶然会ってね。みんな、なんか一種のシンパシーを持ってくれてる。ぼくの祖父は「吉行組」という土建屋の創業者で成功したわけね。で、長男は祖父としては家業を助けて栄えるという名前を付けた、栄助って。それがこと志に反して文学をやって、廃嫡になったでしょう。

――文学もダダのほうですからね。

吉行　ダダのほうへ入っちゃって。廃嫡というのは、いまはもうないなあ。勘当の一クラス上で、親の財産を継げない。世之介でも勘当はされてたけど、親が死んで何百億という遺産が手に入ったでしょう。一説によると、親父は自分から廃嫡処分を申し出たというけれど。それで親父の弟が継いだんだけど、どうも、その叔父にも芸術的な要素があるのね。仕事はかなりいけるわけで、腕力もあるし、気性も強いし、土建屋の条件は満たしているんだけど、どっか余分なものがある、実業家として。たとえば、鮨屋に行くと、特別の日本酒の盃がある。叔父専用の盃を向こうが用意してくれてて、それは蟬の羽みたいに薄い陶器でね。小さくて、上に開いたやつ。ぼくもそれで飲んで、とても感じがいいんだけど、土建屋にとって一種の余分な感性を持っている。酒はぐい飲みで……、団子を刳り抜いたみたいなぐい飲みで、ガバガバ飲みゃいいのに。見かけはすごくガラが悪いけど……。

——その叔父さんでしょう、立教のころディック・ミネと……。

吉行　そうそう、ディック・ミネと一緒に遊んでいたりして。

——そのときにやっぱりディック・ミネさんなんかと学生で付き合ったことにおける、変な言い方かもしれませんけれども、不良っぽいダンディズムというのは身についているんじゃないですか。

吉行　あのね、ダンディズムなんかじゃなくて、もともと不良なんだ（笑）。ディック・ミネは叔父よりちょっと上級生だったけど、他人に影響されるっていうような感じの男ではない。もっと芯から不良っていう。岡山に中学が五つくらいしかないのね。岡山市立二中かに入ったから、まず一応はできるわけだけど、つぎつぎ退校させられて五つ全部回っちゃった。もう岡山に中学がなくなって、名古屋の中学に行った。「電話と短刀」という作品でその後のことは書いたけど、大学を……、あのころの立教を思想問題でなくて退学というのは珍しい。若いころは、ぼくの親父とはずいぶん違ったタイプで、それが年齢とともにちょっとダンディになってきた。その蟬の羽みたいな盃で酒飲みながら、「穴子の尻尾のほうをくれ」って言って、それで一杯やってた。「穴子っていうのは尻尾がうまいんだよなあ」なんて話してて、鮨屋のおやじが「なかには、あなた頭のほうをどうぞ。私は尻尾でけっこうですからって騙すのがいる」というような話をしてた。穴子がなぜ尻尾がうまいかというのは、尻尾をたえず動かすからで、運動量が多い部分のほうが身がうまい。そのときフッと、「タクアンの尻尾がうまいのは、大根が土の中で尻尾を動かしとるのかなあ」というんだ。洒落ともつかず、本気ともつかず、ひとりごと言ってる。これがおかしくてね。

それで、何をぼくは言おうとしたのかな。……ああ、黒眼鏡をかけはじめの話をしたわけだ。

十六

吉行　テレビで、世界の珍味とか、このごろよくやるでしょう。あれ見てるとき、ご馳走の席でサービスする人たちね、あの立場がどうしても目に入る。

――そのサービスする人たちというのは……。

吉行　つまり、料理を運んでくる。

――ウェイター……。

吉行　そうそう、ウェイター。自分をあの立場になぞらえるのが妥当な食生活を、子供のときからしているクラスが圧倒的に多いね。まあ、ジャーナリズムにおいてはほぼ全部そうじゃないのかな。小説家で特別に贅沢を知って育ったというのはほとんどいない。だいたいみんな中流階級で、それに中流の東京育ちというのは、つましいのね。朝から肉なんてとかいう考えが、昔はありましたよ。だいたい、みんなの食ってるものってそんなとこだったんだな。このごろずいぶん贅沢にはなってきて、ときどきテレビに出てくるような料理を食うことはあるけれど、身にはつかないね。今回は、食物のはなしでもしようとおもっているんだけど、身につかないことは喋らないことにしよう。それにしても、このごろカラーテレビの色もよくなって、うまそうなのあるね。鱶の鰭なんかでも、満漢全席のを見てたら、われわれがそのへんで食うのより断然うまそうだ。

――そうですね、やっぱり。

吉行　梅干ぶら下げて、それを眺めながらめしだけ食べるという落語の吝嗇漢じゃないけど、テレビのビデオ録《と》っといて、それ見ながら酒飲もうかとおもった。

われわれ子供のころ、本当にうまいとおもうものがあったでしょう。たとえばトンカツとか、うなぎ丼とか。

――ええ。まあふつうの……。

吉行　そうそう、いわゆるふつうの。その年代によって店屋《てんや》物という感覚は違うんじゃないかな。むかしは店屋からものをとってもらうということが嬉しいことだったね。それが、ご馳走でね。ぼくなんか、祖母が「おまえの誕生日だから、きょうは特別うなぎ丼をとってやるよ」とか言ってね。だから、家としても贅沢してるという感覚で。

――そうですね。今では「店屋物で申し訳ないですけども」という感じですものね。

吉行　たしかに、そういう感じですね。それだけ豊かになったのか、むかしの店屋物がうまかったのか。あるいは、少年の味覚というのは……。ぼくは中学の一年、二年で二十センチ背が伸びた。

――ぼくも一年で十センチ伸びたことがある。中学から高校。旧制でいきますと三年から四年に。

吉行　ぼくは二年までで、あとはせいぜい一センチも伸びなかったよ。で、それっきりなんだけどね。そんなに伸びるときの腹のすきぐあいというのは、つまりミリミリ背が伸びていくわけだろう、何食ったってうまいんじゃないかっていう気持がまず一つある。それから少年のときの味覚というのは、いまと同じに考えちゃいけないんだというのが当然ある。それと同時に、そのころでも、Aのアイスクリームはうまいけど B の店のアイスクリームはまずいと、そういう味覚もあった。だからね。素材がやっぱりうまかったんじゃないか、鰻にしても鶏にしても。ぼくが友達の家へ遊びに行ったら、友人の父親が出てきた。きょうはうまいものを食わしてやると言って、鉄の鍋に葱と鶏、それだけで、葱を入れると水が出てくる。鶏を放り込んで、塩だけかけて。卵も使わない。それがじつにうまくてね。いまそんなことをやったら、まずブロイラーが臭い。

――野菜もダメですね。鶏でもそうですが、むかしのほうが明らかに……。

吉行　それはもう、断然うまかった。しかし、いまの自然栽培とかによる野菜ってあるでしょう。

――あれとも違う。もう土壌が違うんじゃないですか。化学肥料をやめても、その土地自体がね。

吉行　人間の糞便を使っても……。

――人間の糞便そのものが、もういけないんじゃないですか。

吉行　なるほど、糞便そのものがインスタントラーメンなんかのもので、これはおもしろいや。ただ、ぼくは子供のころは極端な偏食でね、野菜というのはほとんど食えなくて、ホウレンソウだけぐらいだった。だから、野菜のうまさっていうのは、あんまり知らない。

――トマトも食べなかったですか。

吉行　うん、トマトもやっぱり嫌いだった、あの匂いが。いまは食べられるけれど。葱も苦手だったけど、あのときの鶏鍋の葱はうまかったな。この間聞いたけど、心理学者の説の記憶というのは何歳からあるんでしたっけ。

――吉行　三歳です。

吉行　すると、ぼくのそのころの記憶というのは、まだ岡山になるか、あるいは東京と岡山を、祖母に連れられて往復していた時期かもしれないな。岡山のうちのコンニャクの煮方は、かつぶしをそのままぶして、砂糖を入れないで醬油だけ。それが好きで、ぼくはコンニャクの皿に這い寄って行くんだって。コンニャクって毒じゃない筈だけど。

――　整腸剤と言われるぐらいだから、消化は良くないでしょうけど。

吉行　それもあるか。しかし、なんか厭だったんだろうな、コンニャクを食う赤ん坊っていう存在は。皿を最後には隠したっていう。それを聞いて覚えている話で、這い寄ってったっていうから、ようやくものが食えるようになった二歳ぐらいかね。

――　二歳のときには歩くでしょう。だから一歳か一歳半ぐらいですね。

吉行　じゃ、あるいはにじり寄ったのかもしれないね。ぼくが記憶しているのは、わさび漬が好きで、幼稚園のころかな。あのころ辛いものを食うと頭が悪くなるっていう、言い伝えがあるようだったらしくて。

――　あ、そうですか。

吉行　頭にツンとくるからじゃないかしら。

――　よく、茗荷を食べるとね……。

吉行　これは、忘れっぽくなる。落語にも出てきて、よく言われてた。わさび漬もあまり食っちゃいけないって言われた、うるさいんだよね。そういう思い出ないですか。

――いや、いま話を伺っててね、コンニャクとか、それからわさび漬を、幼児ですよね、乳幼児。

吉行　乳（にゅう）がコンニャクで、幼（よう）がわさび漬。

――それが好きだというのは、大人から見ると、ちょっとこう……。

吉行　不愉快なガキなんだね。だから、頭が悪くなるなんて言って、やめさしたいとか。なんかこう、不吉な感じで。これはなかったですか、あなたたちには。

――いやあ。だいたい、わさび漬を食べる習慣なんていうのは、ぼくはもうちょっと大人に近くなってから。まあ、場所とか、その家の、育ちによりますからねえ。わさび漬って千葉にあったかなあ。

吉行　東京にもわさび漬ないんじゃないかな。静岡駅で買ってくるミヤゲ物ですよ。

――だけども東京には、そういうものは当然入っているわけですね。だからわれわれ田舎の生活と吉行さんの生活はまた違うでしょう。

吉行　多少違うにしたって、とくにハイカラということはない。

――それはハイカラというものじゃないですね。

吉行　コンニャクとわさび漬じゃね。そのくせ甘いものも好きで、甘いものに興味がなくなったのは、四十ぐらいのときじゃないかな。それまでは両方好きだった。

——甘いものという意味は、和菓子、饅頭……。

吉行　栗饅頭とか、何でも。

——羊羹でも。

吉行　羊羹はあまり好きじゃないな、羊羹ていうのはどうもあれは……。虎屋の羊羹を開けると下に紙幣が敷いてあるのじゃないかっていうためのもので……、羊羹自体は……。都会の子には、やはり生意気なところがあったな。羊羹嫌い、カステラが嫌い、洋菓子でもカステラの多い菓子は嫌い。パイとかシュークリームとか、ああいうものが好きというような。それもなんか人に教わったんじゃなくて、自然にそうなっていましたね。だからその味覚には、わさび漬とかコンニャクが好きというのの甘味版みたいなところがあるわけかな。

——そうですね。それが吉行さんの個人的な嗜好なのか、あるいは吉行家のね……。

吉行　まあ、これは家も入っているでしょうねえ。この間虎屋の羊羹をもらって、本当に困ってね。

——さっきの話ですが、祖母がぼくが小学校一年生になったからというので、店屋物をとってくれるとか……。

吉行　じゃ、ぼくと同じだね。

——ええ。やっぱりひじょうに印象が強いですね。

吉行　あれね、三大店屋物っていうのがあって、それが年代によって違うんだよな。ぼくの場合の三大店屋物というのは、うなぎと親子丼、それから寿司かな。ところがね、若いやつに聞くと、かつ丼が中心になる。かつ丼て戦前はなかったんだから。で、ライスカレーってのは、家で作ってくれるご馳走なんだよね。

――そうですね。それでなければ、われわれの生活は何かのことがあって、わざわざ食べに行ってカレーライス。

吉行　そういえば中村屋のは高かったたし、ご馳走だったたな。あれは、カレーでなくて、カリーライスといったよ。ライスカレーは黄色くて。あれがいまないんだ、黄色いのが。

――そのへんに行くとあるんですよ。

吉行　いや、そのへんのカレーも真っ黄色じゃないよ、このごろ。

――会社のそばのは真っ黄色だよね。たまにだけど食べるんですよ。

吉行　いいね、それは珍しいよ、いま。

――あ、そうですかね。で、ソースかけてね。

吉行　いいな。郷愁の味だ、今度行きたい。あの黄色いカレー粉自体がないんだ。もう茶色いよ、カレー粉が。

――ああ、そうです。でも、「尾張屋」のは黄色いです（笑）。

吉行　つまり、若い連中の三大店屋物っていうの、ちょっと確認しておこうか。かつ丼、うなぎは入るな。だけどうなぎもまずくなったねえ。戦前は養殖はなかったのかしら。

――あったかしら、どうだろう。

吉行　どうだろうかね。客の知識のほうにはなかった、特別安く売る業者のほうにはあったかもしれないけど。うなぎっていうのは、うな重ってのは邪道なのね。つまり漆器の匂いがふっと鼻につくんだ。だから陶器で、飯の上に載っけて食う。だけど、子供の眼からはやっぱりうな重のほうがランクが上なんで、しかも二段になっているほうが上の感じね、下の容器にめしが入ってて。このごろ思い出すのは、ぼくの祖父というのが、ぼくの子供のときから、祖母と別居してて、祖父が岡山にいて祖母が東京にいて、別居の原因はよくわかんないんだけど、まあ、祖母のほうがインテリと称していたな。祖父は悪い男ということになっていたが、いま祖父の写真を見てみると、悪い人じゃないね（笑）、眼なんか見ても、いい感じだ。女たちに吹き込まれていたんだな。いまになって、こうしみじみ考えてると、あれはかわいそうな人だったような気がするね。祖母もオヤジも戦争中に死んだけど、じいさんのほうは戦後、二十二年ごろまで生きてた。もう八十過ぎてたと思う。そのころ、岡山の田舎に引込んでいて、見舞に行くと、金をすこしくれて、「わしもこのごろ貧乏してしまってな」とか言って。

――戦前のおじいさんということになると……。

吉行　ぼくは岡山から出征して、それで岡山の連隊に入ったんだね。町内から二人入営することになって、一人はカーキ色の国民服に日の丸襷《たすき》がけで凜々しく挨拶して、ぼくは内心、バカ、と思ってて、学生服でボソボソ言って。それでこっちは十分なつもりなのね、だけどじいさんから見ると不満で不満でしかたがない、「みっともない」といって貧血を起したそうだ。ぼくは甲種合格だったけど、気管支喘息で即日帰郷、四日目に帰ってきたんだけれど、手を回してあったんじゃないかってときどき言われる。ぼくもふっと考えることがあるんだけど、もし手を回してあったら、むこうがまず二日目の精密検診のときの名簿に入れて名前を呼ぶ筈だ。あるいは呼ばれないけど申し出ろとか、あらかじめ教えてくれている筈だ。呼ばれないのに申し出ると、半殺しみたいに殴られたりするんだよね。やはり、裏から手を回してはいなかったんだ。ぼくはもういやんなっちゃって、殴られてもいいから、ちょっと二、三日休みたいと思って。でも、除隊になるとは思わなかった。帰っていったらじいさんがびっくりしてねえ、脱走したと思ったんだ。

――ああ、当時ですからね。

吉行　証明書があるわけ、即日帰郷の。それを見せたら、安心して。やっぱり軍国主義より孫のほうがかわいいんだな。「それもまあええ」なんて喜んでた。その祖父は、ぼくが旧制静高に入ったときには、ずいぶん喜んだな。たまたま東京へ出てきてて、昼寝しているところに合格の電報が届くと、ガバとはね起きて、すぐ帽子買いに行けっていうんだよ。旧制高校というのは帽子は中学のまま白線巻いて、弊衣破帽がお洒落でしょう。そういう感覚がわからないから、新入生みたいにすぐ帽子買いに行けといったんだ。

――新しいピッカピカの。

吉行 そうそう、ピカピカの一年生にしたいわけね。ときどき東京に来ていたな、その別居中の足腰の立たない……。

――おばあさまですね。

吉行 だから、これは性的なものは関係ないわけで、足腰立たないんだから。何なんだろうねえ、ああいう来るっていうのは。

――お孫さん、つまり吉行さんを……。

吉行 うん、孫を見たり、また息子も廃嫡とはいえ……。それに、別居してかなりの年月たってたから、もう憎しみがなまなましくなくなってきていたのかな、お互に。じいさんが来ると突然家の中の食生活が変るんだけど、それがじいさんだけ待遇がよくなる。全部がよくなるんならいいんだけれども。あのころは出前なんていうのもおおらかで、うな重一個でも持ってくる。まだ妹の和子が生まれてないころの話です。そうするとね、酒は白鷹を必ず飲んで、うな重。眺めてると当然うまそうなんだ。それから生揚げっていうのを、網で焼いて大根おろし添えて、それが印象に残っている。何かグダグダ言って、酔っぱらってきて、「もうわしは何もいらんぞ、何を出しても食わぬぞ」って、こう言いだすのね。そう言われてもまあ、なにか作って出すよね。それを、どんどん食っては、「わしゃァもう何も食わぬぞ」（笑）、あれは催促かね。

――おもしろい情景ですね。

吉行　でね、ぼくのばあさんというのが岡山から出てきたでしょう。そうすると瀬戸内海の魚を食い馴れているから、魚の肝がうまいっていうのは知っている。ちょうどいまの市ケ谷の駅のすぐ近くの広い坂の下でぼくは育ったんだけど、ほんの歩いて三十秒ぐらいのところに細長いバラック建みたいな市場があって、その市場にはあらゆる店があって、菓子屋、八百屋、肉屋、魚屋……。あのころはまだ都会の中心地は土が多かったな、家の前の坂はアスファルト舗装されていたけれど。その市場は一応コンクリートが敷いてあるんだけれど、それがもう崩れて水溜りがいっぱいあるような。そこがちょっとぼくの遊び場みたいになっていて、菓子屋へ行って細長い壜を眺めたり、煎餅が十銭で二十八枚とか、あんぱんが十何個とか。煎餅もまともなうちへ行くと十銭で五枚ぐらいになる。ところが、その花とか鳥とかいうような形している煎餅は軽いけれど意外にうまくて、ところどころへんに膨らんだりしてて。その膨らんだとこをちょっとつついて醤油を垂らして……、これがうまかった。あちこちの店を覗いて遊んでいた。漬物とかああいうものを売っているうちは何屋っていうんだろうなあ。

――乾物屋でしょう。

吉行　そうそう、らっきょうとかね。乾物屋の店先にこんな大きな汚ない樽があって、それに水がいっぱい張ってあって、数の子が沈んだり浮んだりしてる。それが、十銭でかなりの分量があった。数の子高くなったでしょう、でもね、うまきゃいいんだよ。

――まずいですものね。

吉行　まずいよ、あれ。まるでね、へんに出世した女が威張っているようなねえ。醜女《しこめ》のくせに、なんか大企業のばかな社長が狂って、それを正妻にしたんで威張りだしているような、そんな印象を受けてね。うまきゃいいんだけど……、それをさっき言いかけたんだ。祖母は瀬戸内海から来ているから魚を知っていて、「ムツの白子をくれ」と魚屋に行くと、「そんなものを食うのかい」って、ただでくれちゃう。じつはその魚のいちばんうまい部分ですよ。昭和七、八年、そのころ白子がうまいっていうのは、東京の人間は知らなかった。それから、マグロのトロは昔は車夫馬丁の食うもので、赤身が高かったんだってよく言うけれど、白子がただのころにはまだその気配が残ってて、大トロっていうのが一切れ五銭で、そんな値段まで覚えているが、ステーキぐらいの大きさ。それを醤油に漬けといて網で焼く。脂が燃える煙がもうもうと出て、じつにうまかった。

――うまそうですね。

吉行　そのころ、煎餅二十何枚十銭と言ったけど、ちょっと凝った菓子屋へ行くと和菓子が一個十五銭だった。十五銭というのは、もう法外に高いというような。ところで、その白子だけど、そのうちに東京人が白子がうまいということに気がついた。ある時期から値段がつきはじめて、それからどんどん高くなったね。しかし、あのころの瀬戸内海の魚はうまかった。もっとも、うまさの種類にもいろいろあって、冬になると祖父から連絡がきて、鱈の粕漬を送れという。これは、瀬戸内海の沿岸では売ってない。そうすると、その市場で買って送るんだけど、あのころの鱈の粕漬というのも確かにうまかった。祖父が頼んでくるくらいだから、大人の味覚だよね、いまは、うまくない。どうしてだろう。

――いまの鱈は身がスカスカしてますよ、しまりがなくて。

吉行　どうして、いまふつうに泳いでいる鱈はだめなんだろう。鱈は養殖してないでしょう。瀬戸内海の汚染は分るけど、大海で自然に泳いでいるものがだめになってきたら、恐ろしい話だね、この鱈の問題というのは。あの層をなしてこう剝がれていく粕漬の、あの感じがない。歯ごたえがあって、じつにうまかったけど。

――前は捕る場所がわりあい限定されていて、そこで捕っていれば……。いまはもう漁法が発達しちゃっているから……。

吉行　それは正解かもしれない。いちばんいい状態における鱈しか捕らない。身がしまるような水の流れとか。それをもうどこでも捕っちゃう。鱈といえば、敗戦直後の「日曜娯楽版」というのを思い出すね。

――三木鶏郎の。

吉行　うん。「本日の配給、東京第一区スケソウダラ。第二区スケソウダラ……、第十三区スケソウダラ」。それだけで、もうギャグになっていた。あれは正しくはスケトウダラというんだけれど、本当にまずい。あれは肥料ですか。

――肥料でしょうか、それはぼくは知らないんですが。スケトウダラというのは、鱈の中でもまずい鱈でしょう。

吉行　肥料にしかできない鱈か。あのころ肥料になるものを食わされたなあ。それから、ザラメの配給って受けたことある。

――ぼくはザラメじゃなくてバターをね。ピーナッツバターを進駐軍のこんなに大きな缶詰で配給されたり、という記憶がある。

吉行　ピーナッツバターならいい、まだね。

――でもねえ……。もらって、どうやって食べていいかもわからないんだから。

吉行　舐めるんだよ。多少やっぱりね、余裕があるんだな、海辺に行って魚を釣ろうと思えば釣れるし、ねえ。

――そうですね、ええ。

吉行　あのころは、主食の代わりに砂糖を食えっていうことだったんだけど、その黄色いザラメにはダニがわいているんだ。これは、ウェイターであるという立場を大きく下まわるなあ。……すこし、高度成長の時代においての食物の話を、もう一回しなくてはいけないかな。

十七

吉行　いまの時代というのはずいぶん贅沢になっているし、どこの国の料理でもある。たとえば西洋料理の三大珍味といえば、キャビア、フォアグラ、トリュフあたりかな。

——日本でいえば、カラスミ、コノワタというタイプの食物としては、そうでしょうね。

吉行　そういうことを言い出したのも、贅沢になって余裕ができたからだな。ロシアの小説が、戦争中はやって……、いまでもドストエフスキーとかトルストイはそうだけど、あのころはチェーホフとかゴーゴリとか、プーシキンとかレールモントフとか。チェーホフを読んでて、さかんに出てくる二つの言葉は、サモワールというのと……、「サモワール」というのは湯わかし器ですね。

——ええ、そうです。

吉行　それから蝶鮫の卵っていう言葉なんだ。その卵というのは、戦争末期にはぜんぜん理解できない。いったいどういうもんだろうかと思ったら、戦後キャビアだっていうことがわかってきた。ただ、キャビアも、デーニッシュっていう真黒いニセモノがあって、あれはマズいけれど、なんの卵だったかな。イクラっていうのは、もとはロシア語だけど、キャビアの代用品なんだ。それで、チェーホフを読んでいると、その「蝶鮫の卵」がしばしば出てきて、中流階級が食っている。なにしろ四十年以上前の話だから、正確に思い出せないんだけど、ある中流家庭に何人か集まって食事をしていると、二人の男が喧嘩しはじめる。すごい口喧嘩をして、とにかくその小さな晩食会が終って、その喧嘩してた同士が同じ馬車に乗ったんだが、顔を背け合っている。そのとき、「ところで、さっきの蝶鮫の卵は少し臭みがありましたな」って、一人がふっと言うんだね。そうするともう一人が、「うん、たしかに自分もそう思った」と、意見が一致する。その後また、右と左を向いてそのまま馬車に乗っていった。そこのところがなんとも可笑しくてね、キャビアはロシア国民に深く入りこんでいたわけだ。

――キャビア、キャビアっていうけれど、現地に行けば市場で樽に入れて売ってるんだと言ってた時代が、二十年ぐらい前にあったよ。ところがこのごろ、そのキャビアが高くなった、むこうで買っても。

――ええ、そうなんですよ。

吉行　ソビエト国民の口には入らなくて、外貨獲得のための品物になってきたのかな。……東北にトンブリってあるでしょう。

――箒草《ほうきぐさ》の実ですね。

吉行　あれに、レモンをかけて食うと、キャビアみたいだ。

——また、話がなさけなくなる。

吉行　話を三大珍味に戻そう。トリュフというのは石炭の塊みたいな茸で、松露《しょうろ》に似ている。あれは微かに秋の季節みたいな匂いがして、匂いが一つには値段なんだそうだ。豚を使って見付けるんだね。落葉が散ってて、地面の中にこんな塊があって、豚がその匂いが好きで鼻でほじくって食おうとする瞬間にギュッと引張る。

——鵜飼の発想ですね。

吉行　フォアグラというのは鵞鳥をむりやり肝臓肥大にさせたものでしょう。いまはパイプで口の中に餌を流し込んでいる。昔は、薄暗いとこに入れて、水掻きを釘で板に打付けて動かないようにして、むりやり食わしたっていう。鮟鱇というのも肝臓肥大なんだね。あれは、外からの強制じゃなくて、自分が大食らいで、見境いなく食ってしまう。鮟鱇の吊し切りのとき、まず腹を切るでしょう。中から、生きたままの魚がたくさん出てくる。そのために肝臓が肥大している。それでね、日本でその三大珍味に対抗できるものを考えてみれば、キャビアに匹敵するのは、イクラでしょう。本場では代用品だけど、生のイクラの酒漬は、日本酒の肴としてはキャビアより上かもしれない。フォアグラは鮟鱇の肝だよね。橙色がまだらになったようなフワフワした生の肝を鍋に入れて、ポン酢で食う。こういう話をしていると、反省がはじまるわけだけど。昭和五十一年にエイミスの

『酒について』の翻訳、それにつづいて『酔っぱらい読本』アンソロジー全七巻を五十四年の末まで徳島さんとやってすっかりワインスノッブになっちゃったろう、おれたち(笑)。ワインスノッブというのは、ワインについての知識が中途半端で、つまり半可通《はんかつう》……。それにしても、ワインにからまる事柄はあまりにも多すぎる。

吉行 そうそう。しかし、半端なものを外へ出さなきゃスノッブにはならないわけだね。

――その知識も、実地を踏まえた上でのものでなくてはいけないんでしょう。

――出さなきゃ、いいんでしょう。

吉行 でも、出したくなるようなケースが多いんだ。シャトー・ベイシェヴィルというボルドーのサン・ジュリアン地区の赤ワインがあって、これが値段の割に上等なんで、調べてみた。すると、評判がいいんでこのごろ四級から二級に格上げになった、と書いてあってね、おれもなかなか分るじゃないか、とおもっちゃう。「ベイシェヴィル」というのは、フランス語の古語で「帆をおろせ」という意味だそうだ。ボルドーの川の河口に船が入ったときの号令なんだそうで、瓶のラベルには半分ほど帆の下りたマストが描いてある。ボルドー市のホテルに泊ったとき、一晩中きこえていた水の音がおもい出されてね。そうなると、もう我慢できなくて、おもわず口走ってしまう(笑)。ワインの銘柄は数え切れないほど多いし、製《つく》られた年代については、なにも覚えていない。葡萄の当り年くらい、覚えようとおもえばすぐできるんだけど、なにかそこに反省がある。しかし、外国の酒のスノッブになるっていうのは、やっぱり潤沢と飽食の時代だよね。

ここで、「通」とか「食通」とかいう言葉について考えると、辞書には悪い意味はないんだ。ところが、「あの人は食通でね」というと、どうも肚に一物という感じがあるんだな。「半可通」につながるところがある。

—— そうですね。たとえば丸谷（才一）さんが本を書くときには、わざわざ「食通知ったかぶり」って付けないと書けないっていうような、何かワンクッションおいた考え方がありますよね。

吉行　落語の「酢豆腐」に出てくる半可通の若旦那、「酢ドウフは一口にかぎる」というあの人物のイメージが、わが国では強いんだろうか。たとえば「食通」になるための条件は、強靭な胃袋とデリケートな舌、それになによりも旨いものを食い馴れるという経済力が、ともかくも必要でしょう。現代日本においては、この経済力の底の浅いのはむしろ当り前で、その点においては、「食通」など存在できない、という考え方もあるような気がする。まあ、難しい問題になってきたけれども。とにかく、うまくて高級なものが氾濫している中で生きているけれど、やっぱり熱心にしゃべれるのは、もっと違う話ですね。

—— そうですね（笑）。

吉行　「大きいことはいいことだ」っていうことが言われだしたのは、山本直純のコマーシャルがキッカケかな。昭和何十年代だろう、十年たつかたたないかだね。それに比べて、昭和二十年代を思い出すと、ここでまたなさけない話に戻るんだけど、めしを食うときには丼めしと茶碗とがあって、大きいことは悪いことなんだ。

——ああ、ああ、逆戻りですね。

吉行 だけどそれは、お替りがないっていうせいもあるんだなあ。子供のころの店屋物《てんや》の丼めしは、もう一杯食いたいなとは思うものの、一応満足してすんでる。あとがあるっていう時代は、まだそれでいいんだな。丼一杯だけっていうと、もう心理的にまいってくるんだね。

——それしかないという……。

吉行 やっぱりあれは、いくらでもお替りがあるよって言って丼めし食わされたら、そんなに食わないよね。

——丼めしのお替りなんて、そもそも異常ですよ。それは戦後、昭和二十年代ですね、それから何年ぐらいまででしょうね。

吉行 ぼくは、昭和二十三年ころ茶碗に戻ったと覚えている。それが、昭和二十八年に結核で清瀬病院に入院したら、また丼めしになった。あのころの時代は、大きいものは悪いことだったね。焼け出された人間と焼けない人間との差は大きくて、何気なくこう訪ねていったとこで、小さい茶碗でめし食ってんだ。昭和二十一年ぐらいかな、こっちは外食券食堂で茶色いめし食ってるわけね。白いめしが小さい茶碗にある、このショックは強かったね。親しい家だったから、庭からフラッと遊びに行ったら、ちょうど晩めしだった。まずその光景にびっくりした。焼け残ってる家だったけどね。「あなたもどう」って言われたけど、言うほうもやっぱり惜しいのがもう見えている。だから、「いや、自分はもう食ってきたから」と。めしを食う時間ってある程度時間がかかるから、そこにいることできなくて、何となく足を忍ばせる感じで帰ってしまったけど、そのとき食ってるものを鮮明に覚えてる。小さい茶碗が、ひじょうに豊かに見えるわけだ。それに白いめしで、あのころ茶色いめししか見なかったからね。鮭の缶詰をあけて、食ってたよ。それから、けんちん汁。

――しかしよく覚えてますね（笑）。

吉行　食い物の恨み（笑）。いま考えると、むしろ粗末な食事なんだ。しかし、もしそれが全部うまかったら、いまでも上等だね。でね、一度やってみたことがあるんだよ。そうすると、まず鮭缶がだめ。だいたいあれは鮭って言ってて鱒が入ってるんだけど、いわゆる紅鮭っていう正しい鮭缶がほとんど手に入らない。鮭缶の中身に生醤油をつけて、白いめしを食うのはとてもうまい。醤油っていうのは、あれはすごい発明だね。あれは不思議なんだが、炊きたてのめしに醤油を一滴たらして食うと卵の味がするのはどういうわけだ。

――話がますます……。でも、その鮭缶と白いめしは、なんか物そのもののうまさを味わっていた感じですねえ。

吉行 そうそう、しかも周りが廃墟のときね。けしからんね(笑)。

――当時は缶詰なんかだって、そう簡単に手に入らなかったでしょう。

吉行 焼け残っている人は、着物を持っていきゃあよかったから。

――物々交換ね。

吉行 焼けちゃうと交換するものがないから。話がなさけなくなったついでに……、こういう体験ないですか。昭和二十年代の後楽園というのは、神宮球場がアメリカに接収されて、大学野球もやっていた。プロ野球も外野はガラガラで、昭和二十六年ぐらいかな、その外野へ行ってのんびり野球見てた。アイスクリームを買って舐めてると、前の席に子供連れの夫婦がいて、その子供が二人ともこっち向いてぼくのアイスクリームをじいっと見るんだ。あれはもう、挨拶のしようのない状態で、ほんとに困った。それに似た話なんだけど、ある親切な人が清瀬病院に缶詰を送ってくれたんだ。これはね、なんか有難迷惑なところもあるんだ。そのときのことを、桐朋学園の校長かなんかになった児玉実雄氏が、思い出して書いている。ここのところを引用してみよう。

●さすがだなあ、この人は作家だなあと吉行さんのことを、ひどく感心したことがある。現に作家である人をつかまえて「作家だなあ」と改めて感心するのもおかしな話だが、それまで、私は吉行さんの小説を読んだこともなかったのである。ただ、人の噂で小説を書いている人だということは、すでに聞き知っていたように思う。

昭和二十九年、私は国立清瀬病院で、肺切除の手術を受け、半年ほど療養していたが、ベッドが二十五ほど三列に並んでいる病室には、吉行さんがすでにいろいろな機会に書いていたように、さまざまな職業の人間がいた。そのなかに、教師である私も混じっていたのである。（略）

それからしばらく経って、回復期に向かった吉行さんと私は、時々補食室で顔を合わせたことがあった。補食室とは、病院の食事では不十分な栄養を各自が家族から差し入れされた食糧で自炊し、それを補うための部屋で、簡単な炊事の設備がついていた。

病院の食事も、栄養士がいてちゃんとカロリー計算がなされており、栄養的に足りないというものではなかったはずだが、何といっても毎日となると、その単調な献立にはみんな飽き飽きしていたし、今とは比べものにならないほど、食糧事情も悪かったから、栄養第一といわれる結核患者にとって、満足のいくものではなかった。そんなわけで補食室で、自宅から送られたものをひろげて、そのままあるいは火を通してみんなで分けあって食べたりすることは、楽しかった。

ある時、吉行さんのところへ、舶来の当時としてはめずらしいカンヅメが届けられた。一斉にみんなの眼が、そのカンヅメのほうへ向いた。何が入っているのだろうという好奇心もあった。

吉行さんは、そんな視線を知ってか知らずか、ゆうゆうとそのカンヅメを開け、すぐに一口、手でつまんで味わってみるや、「うまい」と、感に耐えぬような声をあげ、続いて、「うまい、こんなうまいものは他人には食べさせられない」といったものだ。

私が、「さすがだなあ、この人は作家だなあ」と真に感心したのは、この一言のセリフを聞いてのことである。

「みんなで仲良く助け合って」とか「喜びはみんなで分かち合おう」などと、小さい子ども達に言うのが仕事の教師たる私だったから、余計感心もし、印象に残ったのかもしれない。

カンヅメの中身は貝の一種だったと思う。とにかく、その一言で、カンヅメの中身はひどく美味しいものであることが決定された。後に続く言葉は、その美味しさを表現して余すところがない。こういうことをスパッと言い切れるところ、さすがと思ったのである。

しかも、その言い方は少しも嫌味ではなかった。そのあたりは、吉行さんの人柄が表われていると思うのだが、あんな場合、氏は、舶来のカンヅメを「どうぞ、どうぞ」とみんなに分けるのも、逆に一人で黙って食べるのも、恥ずかしくてできなかったのではないかと思う。

「他人には食べさせられない」ということで、逆に「どれどれ、一口食べさせてくれよ」と周囲の人間が寄ってきやすくしたとも考えられる。その思いやりの程もわからず、「どれ、どれ」と寄りもしなかった私は、ついにカンヅメのお相伴にあずかることはなかったが、忘れられない一コマである。（引用おわり）

この児玉さんのぼくの振舞についての判断は、缶詰を開けてからについては、まったく正しくて、そのとおりなんだ。ただし、食堂でその缶詰がそれほどまでに注目を集めるとは、ぼくとしてはおもっていなかった。敗戦直後とは違うんだからね。

——缶詰では苦労しますね、因果はめぐる……。

吉行　アメリカ製で、ラベルが見馴れないせいもあったのかな。蓋を開けはじめたとき、一斉に注目されているのに気づいて、困ったな、とおもった。だから、そのあとのセリフは咄嗟に出てきたものなんだ。アドリブというのはその場で忘れてしまうことが多いから、児玉さんに言われて、そういうことがあったのを思い出した。

——中身は貝だったんですか。

吉行　帆立貝の小さいみたいのを、甘辛く煮たものでね、これは注目されたせいで覚えている。ぼくが鮭缶を覚えていたように、児玉さんも貝を覚えていたわけだ。もっとも、このアドリブのおかげで、その貝はみんなに食われてしまって、ぼくの口には一個くらいしか入らなかった（笑）。でもね、野球場のアイスクリームの場合は、これはどうしようもないな。新しいのを買ってやれば子供はよろこぶだろうが、相手の親に失礼になるし、その親に苦情を言うわけにもいかないし。子供の近くでは、ビールか酒しか飲んではいけないということだろうな。

——引用の文章にありましたが、二十五人同居している病室というのはどんな具合ですか。

吉行　いまの年齢だったら、どうだろうかな。しかし、二人部屋よりはずっといい。特定の一人といつも一緒にいるというのは、自分の二分の一を相手に渡すというか……、とにかくいつも相手を気にしていなくてはならないものね。その点、二十五人部屋というのは、まぎれてしまうし、いろいろの職業の人間とつき合うのも面白い。面白いだけじゃ済まないで、我慢するケースもあるけれど。

——児玉さんという人は、近くの病室に入院していたんですか。

吉行　ぼくの入ったのは、十三病棟の東室というところで、今でもふつう「十三」とか「四」とか不吉な数字は避ける病院が多いだろうな。ぼくがときどき使う帝国ホテルも、十三階がないばかりでなく、たとえば「八一三」というような部屋は欠番になっている。清瀬病院はその点すすんでいたというか……、そこらのことは「漂う部屋」という作品に書いたけど。それで、この十三病棟には西室という同じ二十五人部屋があって、そこに児玉さんは入院していたわけだ。その病室に飯島耕一もいた、まだ無名の青年だったけど。

――そういう、面白さというのがあるわけですね。

吉行　当時進駐軍に勤めて車の運転をしていたという威勢のいい木村という青年がいてね、この男とも仲良くしていた。ひどくガラの悪い男で、庭を散歩している女子患者を見かけると、ピーッと指笛を鳴らして、「ようようネエちゃん」なんて叫ぶ（笑）。単純な熱血漢だったが、愛すべき男だった。この男とは退院後もへんに縁があってね、ぼくが自分で車を運転して都心の交叉点で信号待ちをしていると、隣に停っているタクシーの窓が開いて運転手が大声を出す。見ると、その木村君でね、丁度客が乗っていたんでそのままになった。それから何年か経って、皇居前を走っていると、また木村君のタクシーに会った。このときは客がいなかったので、車を停めて外へ出て、しばらく立ち話をしたけれど。

――東京って広いし、車の数も多いのに、因縁というものでしょうかね。

吉行　木村君から、指笛の鳴らし方を教わって、練習しておけばよかったな、どうせヒマなときだったんだから。そういえば、安岡章太郎が朝日新聞のハイヤーに乗ったら、運転手に話しかけられて、話の中身によれば、それが木村君なんだ。タクシーをやめていた時期もあったんだな、もうずいぶん昔のことだけど。清瀬のころから三十年も経つと、そのころの連中についての突飛な話が幾つか起ってくるなあ。それらは相手に迷惑がかかるから公表できないけれど、無難なのを一つ……、あれは無難かなあ。まあ、その後なにも報道されていないから、微罪ということで終ったんだろう。

吉行　——報道とか、微罪とか、なにか犯罪に関係がありそうな。

犯罪の入り口までいったんだが、まあ、笑い話みたいなものかな。毎週土曜日に、その週に起った珍事件を特集して、レポーターがおもしろく報道するテレビ番組があるでしょう。「ウィークエンダー」という。

吉行　——加藤芳郎さんの司会のものですね。

そう、あの番組。それを見ていたら、なにか見覚えのある顔のパネルが出てきた。「推理小説マニアの会社社長の犯罪」とかいうことで、推理小説を書こうとしたその社長が、小説を書くにはまず実地に体験する必要がある、とおもったそうなんだ。そこで、世田谷区の大きな家に入っていって、そこの夫人の口をガムテープで塞ごうとして騒がれて、逃げ出した。時刻が夕方というのもトボケていて、たちまち近所の人に取りおさえられた、という事件……。そのパネルの顔が見覚えがあるのももっともなんで、仮にその社長を三井君ということにすると、清瀬のころよく話をしていた男なんだ。ぼくより十歳近く若いかな、むしろ賢い男だった。それだけに、この報道にはびっくりしたな、もともと文学青年ではあったけど。

吉行　——清瀬時代から、ふしぎな形で現代に戻りましたが。

この三井君には、退院後長い間会っていなかったけど、一年ほど前、ちょっと頼みたいことがある、といって訪れてきた。だから、ますますパネルの顔がすぐに分ったわけだ。

このときね、「素晴らしいカラスミが手に入ったから」ということで、一腹《ひとはら》もらった。このカラスミは、自慢するだけあって、ほんとに上等だった。赤茶いろの練りもののようなカラスミをよく見かけるけど、あれはニセモノといってもいいな、ほんもののキャビアにたいするデーニッシュみたいなものでね。この三井君のくれたカラスミは、黄色くて適当に粘りがあって、百点満点だったな。「三井君のくれたカラスミ」という短篇が書けそうな話だよ。このカラスミを炊き立ての飯の上に載せて、酒をすこし垂らして、うんと熱い茶で茶漬にして食べた。こういうとき、海苔をかけると、かえって肝心のものの風味がそこなわれる……、どうです、この「食通談義」は（笑）。

十八

吉行　碁というのは、白い石と黒い石と交互に打っていくでしょう。そうすると、だんだん打つ場所がなくなってくる。もうあまり打つ目がないというのが、年とったときの状態だよね。ところが、まだあまり石を置いていないのに、「まいりました」と言わなくちゃいけなそうな状態が、ぼくの二十歳くらいの戦争中なんだ。どっちがシビアかな、若いのに終りになりそうっていうほうがシビアかもしれないし、確実に打つ目が減ってゆくというのも……。そこで、夢を見ることが切実な問題になってくる。戦争末期には、夢を見ると現実を少し余分に生きたっていう感じがした。諸君はまだ少年だったわけだけど、そういう気分はなかったですか。

—— そうですねえ。夢によって現実を余分に生きるというふうな気分はなかったですね。

吉行 青春のまん中にいて、パッと消えるかもしれないという厭な感じっていうのは……。友人たちに何年何月生まれか、と訊くと、もともとぼくは生年月日を操作して早生れにしてあったから、かならず何ヵ月か上なわけね。と、こいつはおれより何ヵ月か長生きしてその分だけトクしたと思う。しかし、その友人の身になれば、その何ヵ月はどっかへまぎれちゃってるんだ(笑)。そんなことが気になる時代だったので、夢を見るっていうのは重要だったけど、そのころの感じと現在の感じとが、イコールじゃないけど似ているところができてきた。だからいい夢を見たいっていう気があるんだ。ところが、怖い夢が多い。

—— でも、夢自体はかなりの頻度で見ますか。

吉行 夢ってのは、心理学者の説によると、二十分たつと忘れちゃうんだってね。だから、目醒めたときから二十分前までの夢は覚えていることになる。一晩に何度も見てて、どんどん忘れていってるんじゃないか。ぼくは凝った夢を見てね。一例をあげれば、ぼくは映画館にいて、スクリーンでは馬が六頭ぐらい走っている。馬の尻がもくもくもくもく、えんえんと動いているシーンばかり続く。おかしいな、とおもって見ていると、突然、横にいる女が興奮しててね、ぼくに腿をこすりつけて喜びはじめた。解説者のような声が聞えてきて、これはヘンテンシスムといって、身悶えして耐えることに価値を見出すという主義だって言う。その瞬間に目が醒めた。ふつうはまた寝ちゃうんだけど、あまりにも明瞭で、スペルも hentensism とはっきり分っているから、寝ぼけ眼で英和辞典で引いてみた。ぼくは確実にその言葉が出ているとおもったんだが、見当らない。せっかく起きてここまでやったことだし、このまま寝ると忘れるにきまっているから、メモしておいた。

――なるほど（笑）。

吉行　もちろん色は付いてるし、ああいうのを毎日みてたらかなりおもしろいね。

――夢の中の色なんですが、それは昔から色が付いていたんですか。

吉行　子供のときから付いてた。色が付いた夢をみるのは狂人だとか、昔の穏健な人が言っていたけど、全部の人が付いているんだけど、それを意識しないいんじゃないかな。

――いや、ぼくは未だに色が意識できないんです。

――わたしは部分的にパッと一場面色が……。

吉行　はあ、部分カラーね。

——すごく記憶に鮮明なんですが、その場面だけです。でも、しょっちゅう。

吉行　夢と現実と区別がつかないことがあるからには、いつもモノクロだったらかえってヘンなものだよ。日常生活を送っていて、色を意識しないときと、しないわけにはいかないときとあるでしょう。そのときに、色が付くのは論理的だ。ぼくは中間色までよく出るよ。女がポッと頰を染めるとか。ただ、匂いはめったにない。ありますか。

——匂いはありますね、しばしば。

吉行　夢の中の匂いというのは、ぼくにとってはじつに珍しい。いままで三回か四回ぐらいしかない。しかし、それは匂いを感じなくてはいけないプロセスの夢を見ることがほとんどない、ということなのかな。いちばん最初は中学生のときで、建物の中に立っていると、エレベーターが眼の前に停ってドアが開いた。薄物を着た女性がぎっちり詰ってて、フワーッといい匂いがして、頭がクラクラッとして目が醒めた。これは、童貞の夢だね。こういう夢なら愉しいんだけど、怖いのが多くてね。十何年か前の怖い夢だけど、玄関から門の間のスペースが全部土俵になってて、ヤクザが相撲大会をやってる（笑）。外へ出るためにはそこを通らなければいけない。醒めてしまえばばかばかしいんだけど、そのときには真剣に悩んでいる。

——いや、その感じはわかりますね。

吉行　話題が夢から突然ヤクザに変ってしまうんだけど、漫画家の黒鉄ヒロシと話していたら、十年ぐらい前の麻雀の帰りに、帰り道だから車で送ってやるって言って、ぼくが運転して走っていたとき突然ブレーキをかけて、「あそこにヤクザがいる」って言うんだってね。黒鉄があたりを見たけど、何にもいない。雨の降る日の夜中のことだけど、百メートルぐらい向うで道を横切っている男がいる。それで、「あれはヤクザだから、いなくなるまで待っていよう」って言ったんだそうだ。黒鉄の言うには、臆病とか慎重っていうよりも、あそこまでいくとマニアだって（笑）。覚えてなかったけど、言われて思い出した。蜘蛛《くも》とか蟹とか特定のものにひどく怯える男がいるでしょう。あれと同じように、意味なく怖いときがある。そのくせ、現実にひどい目にあったことは、ほぼないわけですよ。実際の被害にあったのは、終戦直後の昭和二十年の末ごろかなあ、新宿の道端に靴直しの集団が並んでいて、歩いている男の靴を無理矢理に脱がして、裏皮を剝がして……、あのころ半張りっていうのがはやっていた。いまはああいうことしないね、豊かになって。あれすら打たないでしょう。

——ああ、鋲をね。

吉行　靴の底が減らないように。あれは新しい靴を買ったら必ず打ってた。それで靴の底を傷んでいなくても剝がしてしまって、黒い皮をおおざっぱに張り付けて、それで金をむりやり取る。それにヤラれたことがある。それを断った若い男が、壁に押しつけられて殴られたりなんかしてる。拒否できないんだよ、あれはヤクザの集団だろうね。家へ帰って見たら、その半張りの皮がスルメなんだ。その話をしたら、いまの若い人が、皮よりスルメのほうが高いじゃないかって言う。おれもその瞬間わかんなくなってね。あとでゆっくり思い出したら、あのころスルメは主食替りの配給だったことがあるんだ。皮よりスルメのほうがずっと出回っているものだから、それに靴墨塗って黒くして皮に見せかける。そこまでやるなら、スルメのまま、足十本付けたままにしておけばいいのにね。どうせ、一種の恐喝なんだから。ま、これはカスリ傷程度の被害でね。そのあと、裏街をずいぶん歩きまわったけど、一度も怖い目に遭ったことがない。なぜ無事だったのか、不思議な気がする。

――暴力バーの体験はありませんか。

吉行　それは、二度ほどあったけれど、あまり被害感覚がなくてね。昭和三十年ごろかな、あのときは遠藤周作とか庄野潤三なんかがいたと思うけど……。ラジオの原稿を書いてて、月三万円ぐらいの収入を得てて、「ラジオ王」と自称していた。安岡章太郎なんかは計算違いして毎月三十万だと思って、いまのうちどっかに土地買っておけとかね。そういう時期に四人ぐらいで新宿の裏のクラブみたいな店に入って、なんか気配が厭なんで十五分ぐらいで帰ろうとしたら、勘定が当時の四千円ぐらいだったかな。だから、あれは暴力バーだろうけど、でもラジオ王だからね（笑）。これはちょっと危ないところだなあ、と思ったぐらいで、簡単な気分で支払った。もう一つは、昭和三十年代の終りごろかな、一時間ほど時間をつぶそうと思って、上野の小さいキャバレーに一人でぶらっと入った。そうしたら、「ああ、よくいらっしゃいました」って、ぼくの名前を言う。女の子がビールを半ダースぐらい持ってきて、「これはお店からです」って言って、全部栓を抜いてしまった。そのポンポンポンポンて抜かれたときの感じは厭だったよ。でもまあ、こっちの名前を言って店からビールを……、それはどうせ勘定につくだろうけれど、たいしたことにはならないだろうと思って。三十分いて八千円ぐらいだったか。だからまあ、暴力バーのBの下ぐらいに入ってるような感じだね。もっとひどい目にあっている人がいるでしょう。

――ええ、ボーナス全部取られちゃったとかね。

吉行　だから、ほとんどショックはなかった、その二つは。あとは何もない。

――吉行さんがヤクザというものを意識したのは、いつごろなんですか。

吉行　子供のころ、講談本や映画で、清水次郎長とか国定忠治とかアル・カポネとかを知ったわけでしょう。だけど、それは実体を見てないので、実感がないんだ。あるときは、ひどく怖くなったり、あるときはアッケラカンとしていたり。ヤクザにたいしての気分がそのときどきの「点」だけで、「線」として把握できない。このごろようやく、その実体が摑めたとおもっているけれど……。戦後混乱期には、なんかカッコのいい存在だというふうに思ったときがある。あのころしょっちゅう酔っぱらってて、終電の一つ前ぐらいで、ほかの雑誌社の友人と東京駅から一緒に乗ったら、いかにもヤクザというのがいた。ぼくが話しかけて、「あんたヤクザでしょう」って（笑）。「さすがに、渋いいい顔してる」なんて、やたら褒めたんだね。相手は薄笑いのままずっと黙っている。ぼくが市ケ谷で中央線を降りた瞬間に、その友人がワッと言って降りてきた。「どうしたんだ」って言ったら、「あれはヤクザだから、あのまま電車に乗っていたら危ない。それで逃げたんだ」って言う。後で聞いたら、その友人は阿佐ケ谷あたりでヤクザにひどい目にあったばかり、ということがわかった。実体験があるわけだ。……一つには、素人にはアダをしないっていう意識があったんじゃないかな。

―― なるほど、昔風の考え方で。

吉行 うん。ぼくは新宿二丁目にしょっちゅう出入りしてて、仲通りっていう道の片側が赤線地帯で、もう片側がヤクザの巣窟なんだ。その怖いほうもウロウロして、夜中にスタンドバーなんかへ入っても、一度もひどい目にあったことがない。一方、のべつヤクザにからまれている男がいるでしょう。これはなぜか、いろいろ考えたんだけど。

―― ちょっと理屈になるかもしれませんが、ヤクザのほうで吉行さんを見たときに、戦友意識みたいなのが出てくるんじゃないんですかね。

吉行 でもねえ、同類だとは思わないと思う。

―― 同類の意味じゃなくて。要するに、自分たちに対してエリート意識を持っている人間というのはわかりますでしょう。そういうことがない相手という……。

吉行　なるほど、別の意味の同類かもしれないけど。五木寛之の話によると、額がひどく狭くて生え際が三角形になっているとからまれるっていう（笑）。何年か前、彼と鮨屋で偶然一緒になって、その話になった。彼も被害を受けたことがないそうで、長い時間そのことについて話し合った。あまり説得力はないけど、おもしろいね。それから、何か得体が知れなくて、ナマコを食うのが厭だっていう、そういう感じを相手が持つんだという説もある。いろんな説があって、結局わかんないですよ。単に運がよかったのかもしれないし。

――ぼくがこんなこと言っておかしいですけれども、吉行さんがヤクザにからまれないというのは、当然だなと、理屈ではないんですが、感じとしてはそう思うんですよね。

吉行　うーん……。

――何かね、明るい町の通りじゃなくてね、もうちょっと暗いところを一人で歩いても、吉行さん自身は何となく体でなじむようなものがあるから……。

吉行　町の裏に溶け込んじゃっているっていうことはあるかもしれない。だから、そういう意味じゃ反感をそそらないっていう……。

――たとえば鳩の街とか玉ノ井とか新宿二丁目ですね、そのところで自然にどっかで身につけているような……。

かなかった。

吉行　そう言われれば、鳩の街で懇意にしていたおやじってのは元ヤクザで、指が何本

――やはり、差別意識みたいなものがなかったんじゃないのかな。

吉行　われわれの職業だと、ヤクザの女との接触問題にもなってくるね。差別意識があると、その女が後で男をけしかけるっていうことが起る。今おもい出したけど、こういうことがあったな。もう二十年以上前のことだけど、用事で福岡のほうに行った。宿が繁華街から車で四十分あまり離れた温泉地でね、それは結構なんだけど売春防止法以後数年後のことなんで、どうにもならない。あれはK書房の仕事だったな、背の高いほうのTさんを誘って、タクシーで中洲まで出た。運転手はこちらの肚の中が分っていて、「いいところに案内する」と言う。そのころ、中洲には何度か行っていて、運転手経由の娼婦にはヤクザが付いている、という知識があった。街で拾う女にだって付いているのだろうけど、その女たちのほうが荒っぽくないんだ。だけど、面倒くさいから運転手に委せると、旅館に連れて行かれて、女が二人あらわれた。これが、ブスとはいわないが、まったく感興をそそらない女でね。

だけど、あきらめることにして、

「酒でも飲もうや」

と、Tさんと女たちと四人で一つの部屋に集まって、酒盛りをはじめた。冗談ばかり言

って騒いでいると、二十分ほどして、女の一人が不意にまじめな顔になって、言うんだ。「ほんとは、ここらで怖い男が出てくるところなんだけど、あんたたち、気分がいいから許してあげるわ」

――怖いじゃありませんか。

吉行　でも、許してやる、と言ってるから（笑）。しかしね、怖い男が出てくるというのは、美人局《つつもたせ》だろう。運転手経由の売春でそんなことをするとは考えられないから、あれは女の冗談かもしれないな。

――そのとき、そう考えたのですか。

吉行　いや、あとでそう考えたんだ。そのときには女の言葉どおりに受取っていた。

――それでどうしました。

吉行　Tさんとべつべつの部屋に分れてね。成行きだから仕方がない。

――本当は大胆なんじゃないかなあ。

吉行　いや、そんなことはけっしてないよ。昭和四十年ころだったかな。知らない男から電話がかかってきて、「わたしは、刑務所から出たばかりなんですが」と、いきなり言うんだ。だけど、「ムショから出たばかりでね」とスゴむ感じではないし、その声も控え目なむしろ感じのいい声音だった。もっとも、ジャーナリズム関係者の声はすぐわかるのだが、それとは全く異質の声音でね。そこで事情をきいてみると、刑務所の中で書いたくわしい日記があるので、よかったら買ってほしい、それを更生資金の一部にあてたい、という。ぼくは資料を使って書くタイプじゃないし、もしその日記を買うとしても大した金額にはならないですよ、と言うと、それは承知している、という。そこで、会いましょう、ということになって、当時住んでいた北千束の家にきてもらうことにしたんだ。

――ふつう、そういうときには断るものですがね。ヤクザが怖いんでしょう。

吉行 さっきも言ったように、怖い状態と平気なのとが、周期的にまわっているんだ。好奇心もあったし。ロイド眼鏡をかけた、律義そうな一見電気器具屋のおやじという中年男がやってきてね、納豆と梅羊羹を手土産にもってきた。藁苞《わらづと》に入った納豆で、ぼくはこれが好きでね。近県のヤクザの親分だそうだが、賭場を開いているとき手入れをくって、二年間刑務所ぐらしをした、という。大学ノート十冊ばかり、丁寧な文字で日記をつけているので、ざっと見たけど、検閲があるせいもあるのか内容は平凡でね。それで、「これは買えないけど、拝見料だ」といって、そのころの二万円渡した。更生して、とりあえず小さいライスカレー屋をやりたい、と言っていた。

――だけど、それは本もののヤクザでしょうか。

吉行 それなんだけど、ノートに検閲の印が捺してあった……。十年以上経ったころ、三井、三菱クラスの大きな組織のしかるべきポストになったという長い手紙がきたりして……、だけどここらは割愛したい。小企業の親方のころが面白味があるんでね。とにかく本ものだということは、実証されたわけだ。この親分がね、そのあと、ときどき訪ねてくる、納豆を持って。額に汗をかきながらやってきて、上衣を盗まれてそのポケットに財布が入っていたので、汽車賃がなくなったから貸してください、なんていう。そこで、また二万円渡すんだけど、こういう金は返ってはこないよ。そういうことが、三度ほどつづいたかな、いつも納豆を持ってくる……。

三度目のとき、その男がへんにあらたまって、

「先生、ヤクザとつき合うときは、もうここらでと、あるときピシャリとやらないといけませんよ。そうしないと、いつまでもずるずるつきまとわれますよ」

と、言うんだ。

ぼくは思わず吹き出しそうになったけど、

「おや、そうですか」

と言って、その日もまた二万円、なにか理屈をつけられて渡した。

そのあと、その男はふっつりこなくなってね、一年ほど経ってから、ライスカレー屋開店のチラシを送ってきた。

この男は訥々《とつとつ》と話をするんだが、なかなか面白くてね。その話の一部を、以前書いたものから再録してみよう。

「悪いヤクザが隣の町にいましてね」

と、彼が言う。

素人衆《しろうと》をひどい目にあわせるやつだから、悪いヤクザだというのだが、そのヤクザを懲《こ》らしめようということになった。

そこで出入りがあり、相手の親分を謬《あやま》って刺してしまった。どうやら死んだらしい、と分ったが、ともかく病院に運んで行こうということになり、タクシーを停《と》めた。運転手があわてて

彼が、頭のほうを持ち、子分の一人が脚をもって車の中に担《かつ》ぎこんだ。運転手があわててドアを閉める。そのドアに子分が脚をはさまれて、

「痛いっ」

と、叫んだ。

この一声が、幸運をもたらしたのである。運転手の耳には、担ぎこまれた人間が、「痛いっ」と叫んだと聞えた。そのように、証言した。

運転手の言うとおりだとすれば、死体が叫んだことになる。しかし、死体が叫ぶわけがない、と証言を聞いた側は、そう考える。したがって、車内に担ぎこんだときには、まだ息があった、という判断が下された。

車内に担ぎ込んだとき、すでに死体だったのと、そうでなかったのでは、雲泥《うんでい》の差ができてくる。もしも、そのとき死体だったとしたら、「殺人罪」になる。「痛いっ」と叫んで、その後で死体になったのなら、「傷害致死罪」ということになる。

その差は莫大である。死体が叫んでくれたおかげで、ずいぶん罪が軽くなったわけだ。

だけどね、出入りで相手の親分を殺して、それからタクシーをとめて……、というのはいかにも零細企業だなあ。こういうあたりが、愛すべき感じなんだけど。ところで、この引用部分を含む文章を、ある週刊誌の連載エッセイのうちの一回に書いたら、その男から電話がかかってきて、「先生、あの話書いたね」と言うんだ。

（引用おわり）

——怖かったでしょう。

吉行　怖い周期のときに思い出すと怖いんだけど、そのときはべつに何も感じなくて、「ああ、書いたよ」と言うと、それで済んじゃった。

——しかし、その親分との対応の具合を聞いていると……。シロウトはなかなかそうはできませんよ。お父さまの血の影響みたいな、また大袈裟ですけども。

吉行　このへんもおもしろい問題ですね。ぼくの祖父というのは一種のヤクザかもしれないから。

——ああ、土建業ですか。

吉行　うん。ヤクザの親戚みたいなもんだね。

——と思いますね。

吉行　と、思うでしょう（笑）。その血が動くときもあるのかもしれない。

――しかし、われわれ編集者が小説家と会って、ヤクザの話になるというのはないねえ。

吉行 オヤ、そうですか。

――まず、ないですねえ。

吉行 その発言には意表を突かれたけど。いまの小説家ってそうなの、そういうものかねえ、驚いたなあ。

十九

吉行 西鶴というのは、たとえば「好色五人女」というと、かならず「お夏清十郎」のお夏が処女を失ったときの「腰つき平たくなりぬ」というのが色気があるとかいうことになる。ところが「腰つき平たくなりぬ」というのは具体的に言えばどういうことか、と考えるとわかんなくなる。

いまここで、話し合ってもいいんだけど、それについての武田百合子さんとの会話が、ぼくの訳した「好色五人女」の「あとがき」に出てくる。こういう話は、相手が女性のほうがいいから、まずそれを再録します。

武田 それから、「おもいなしか、男を知ったお夏の腰つきが、平たくなったようだ」

っていうの。あれは印象に残りますね。

吉行　でも、一体どういうことなんだろうと考えてみたわけ。ぼくは、男を知ったので、腰つきが女っぽくなったのだろう、とおもってそれ以上考えなかった。百合子さん、どう解釈しますか。

武田　びっくりしましたよ。ヘエー、女の腰って、男を知ると途端に平たくなるのか、わたし、自分の腰ってよく見たことないから……。きょう、吉行さんに訊こうと思ってきたの。

吉行　じゃあ、それについて御返事しましょう。出典があるのね。「処女を失うと尻つきが平になる」という俗説による、「俳諧類船集」に「世ごころつける姫ごぜの尻のひらめになるこそはぢらはしけれ」とある。つまり、一週間ほど平たくなるという意味じゃないかな。

武田　はあ、そうか……。

吉行　女性は幅ったい感じが一週間ほど続くんだってね。

武田　ふーん……。

吉行　幅ったいっていうのは、からだの中が。で、歩くときも、ちょっとがに股になる。と、腰つきも四角ばってくるんじゃない、一週間だけ。

武田　少しヨロヨロと八の字に歩くような……。人によって、一週間の人も二週間の人もあると思う。

吉行　やはり、ヴァージンというのは、ふくよかではないよ。丸みを帯びた腰つきってあるじゃない。つまり、平たくなった時期を経過して丸みを帯びる、と。今度初めて、これに気がついた。勉強になった。

武田　男ってイヤだねえ、見てるんだねえ。清十郎は見てたのねえ。西鶴が見てたのかな。（引用おわり）

そのあとで、画家の佐々木侃司さんにその話をしたら、「女性は年取るとお尻がまるくなりますね」と言う。その言葉について考えれば、処女を失った後の女性は臨戦態勢に入って、腰をガッと構える。そこに、女としての角張る感じが出てくる、平たくなる。年取って、臨戦態勢つまりキャッチャーミットである必要がなくなった場合に、また丸くなるという解釈ができるわけですよ。彼は西鶴の話とは無関係に、画家の目としてそう言っているわけね。どっちなんだろう、臨戦態勢だろうかね。

――そんなような気がしますけれどもねえ。

吉行　ねえ。がに股っていうのもおもしろいんだけどね。原文では、「思ひなしか、はやお夏、腰つきひらたくなりぬ」とあって、この「はや」は、「もう一人前の女の仲間入りをして」ということなのかしら。「類船集」の「……尻のひらめになるこそはぢらはしけれ」という言い方は……。

——かなりエロチックな感じですね。

吉行　がに股説も捨てがたい。しかし、「はやくも大人の女になってしまったところが、恥ずかしい」という考え方のほうが、どうやら正しいみたいだなあ。「好色五人女」のことは、それでもうやめちゃおう。あ、そうだ、森銑三という人物がいて、独学者の雄とでも呼んだらいいのかな。ことごとに学界に反論する人なんだけど、聞くべきところは多々あるんですよね。どうも、森銑三のほうが正しいと思えることもある。

——正しいというのは、吉行さんが解釈すると、ということですね。

吉行　そうそう、ぼくという独学の人間の考えとして。一方、正しくないんじゃないかと思えるところも多々ある。だいたい、「好色一代男」の翻訳というのは、小さいシャベルで土を井戸に入れて埋めていくような作業だったわけで、問題点をあげればキリがなくなるけどね。

——そういえば、今そこにお持ちの岩波文庫（「好色一代男」の原文）はボロボロになっていますね。

吉行　韋編三絶《いへんさんぜつ》、ですよ。セロテープであちこち修理して、辛うじて本のかたちを保っている。それで森銑三説というものの一つは、「好色一代男」しか西鶴の作ではないと一貫して主張している。当然、「好色五人女」も違うことになるわけで、この二つの作品を比べてみると、文字の使い方にも違いがあるのがわかる。しかし、言葉の使い方は、一人の作家でも変ることとありますよ。

それから、「一代男」の板下《はんした》は、西吟という西鶴の弟分で同じく西山宗因の門下生が書いているわけね。今度、くわしく読んでいて気がついたことが幾つかある。その一つに、京都の烏丸はふつう「からすま」って言うが、「からすまる」とルビが彫ってある。大阪と京都っていうのは、やっぱり昔は近いっていっても遠い、だから西吟が勝手にルビを付けて「からすまる」となったのか、あるいは当時「からすまる」と呼んでいたのかどちらだろうと思ってたら、「五人女」では「からすま」ってルビを彫ってある。板木を彫って、ルビまで彫るわけでしょう。ああいう作業をやると、誤植、この際は誤彫というのかな、それはあり得たろうか。

──まちがって彫るということよりも……。

吉行　板下の字がまちがっているほうか。

──そうですねえ、あんまり誤彫というのはないような気がしますけれどもねえ。

吉行　彫る職人は別にいるんだよね。

──機械的に彫るわけでしょう、簡単に言えば。

吉行　うん、手で、オートマティックに。字が曖昧だと違ってくるかもしれないね。「からすま」の下に墨がたれたりしてたら……(笑)。森さんは西鶴は原文で読まなきゃいけないっていつも言うんだけれど、ふつうはそう簡単には読めないし、そうなると離れて捨ててしまうでしょう。だから、もし西鶴を愛するならば、とにかく西鶴に取りつく通路を作るっていうことに対する評価っていうのはあっていいと思う。原文で読めとばかり言ったって、シロウトの場合「五人女」ぐらいなら読めるけれど、「一代男」となるとこれは読めない。森さんは、これは「一代男」の中で随一の名文句、っていうのが好きで、幾つもあるんだ、随一が。その随一の名文句を現代語訳して駄目にしているとも言うんだけれど、ではどういうニュアンスかっていうのは一切説明してくれない。そうそう、さっきの誤彫の問題だけど、「女郎というのはこういうタイプがいちばんいいっていうのを、廓の又市が言った」という意味のところがあって、これはあらゆる註解書に廓は女郎屋のことで、その主人の又市が言った、とある。原文でも「くるはの又市」と彫ってある。それを違うっていって、ぼくの訳が攻撃されたんだ。これは、くつわの久一だと、断固言ってる。

―― 森さんは何か確証があって言っているんですか。

吉行　そういうことを言わない人でね。結論だけ言うわけだ。「吉行氏は誤記して、廓の主人が言ったことにしてしまっていた。轡を廓と吉行氏は誤ったのであるが、女衒《ぜげん》は身分などは言うに足りなくても、平素女を見つけていて、それでかような名言を吐いたというのがおもしろいのである」と。しかし、「又市」であるところを「久一」と彫ってしまったということがあるかなあ、「つ」と「る」の彫りちがいだけならともかく。こういうところを、その根拠をもっとくわしく言ってくれるとありがたい。「くつわ」というのを、森さんは漢字で書いているんですよ。原文は平仮名です。たしかに、女衒のほうが感じが出てはいるんだが。暉峻康隆氏とか野間光辰氏とか、これはもう大専門家だね。そういう人はみんな「廓」なんです。ここは森さんだけが言うことで、だから「吉行氏」と言っているのは、その奥に学界がある。ぼくというシロウトが矢面《やおもて》に立たされているわけだ。でもね、森さんにはずいぶんいい意見があるんですよ、そこはありがたくうけたまわって、今度の全集のときに訂正しておいた。

――ところで、吉行さんが西鶴の現代語訳に関心を持ったというのは……。

吉行 やっぱり、世之介ですよね。世之介というのは、わが国では「源氏物語」の光源氏と、「伊勢物語」の業平《なりひら》と並ぶもので。しかし、光源氏は帝《みかど》だし、業平は……。

――皇族ですね。

吉行 世之介は平民ですね、町人。やっぱり世之介に親愛感があって、気になってて、一度はっきりした世之介像っていうものを調べてみたいと思っていた。昔、現代語訳を二度ぐらい読んだんだけど、頭に入ってこないんだね。若いころってのは、人によって違うけど、考えることが多くて、本読んでも他所事をすぐ考えたりするんだ。そういうこともあって、どうもぼくの中にうまく入ってこなかった。今度、たまたま時間をたくさん使えることになったので、原文に当たって読んでみた。一時間に原稿用紙四百字の四分の一くらいのペースだったけれど、その結果、考えてた世之介像とはかなり違いましたね。ぼくの祖母の実家は、岡山県の草生村《くそう》という田舎で、そこで庄屋をしていたらしい。士族ということになっていて、苗字は成廣《なりひろ》というんだ。祖父も同じ村の生まれなんだけど、墓参りのとき、ついでに成廣家の墓にも行ってみた。墓石のうしろ側に文字が彫ってあって、ナリヒロ家は在原業平の末裔で、業平が訛ってナリヒロになったなんて。なんで名前のほうがなまって苗字にならなきゃいけないいんだ。

――しかしおもしろいですね。

吉行　在原というならともかく、業平がナリヒロ、怪しげな話だ。

――でも、何となく、吉行さんが世之介のことをやるということは、みんな違和感を持たないんですよね。

吉行　世之介というのも貧乏時代が長くてね、戦後の赤線地帯のような下級なところをウロウロしてたんだよ。

――でも、「一代男」は、もっと太夫のちゃんとしたところと、いろいろお金も積んで関係をもつということがあるでしょう。

吉行　それは巻五からそうなってんだけど、このことについては、現代語訳の「覚え書」のところにくわしく書いたから、関心のある方はそれを参照してもらうことにしましょう。それよりも、もう一つ、世之介に自分を重ねてみる部分もあるけれど、オヤジの投影も見てしまうんだな。

——なるほど。しかし淳之介という名は、世之介にあやかろうという……。

吉行　祖父は「陽之助」とつけたかったらしくて、オヤジと意見が対立したそうだ。これは、近年気がついたんだが、薄田泣菫《すすきだきゅうきん》（一八七七〜一九四五）という詩人の本名が淳介でね。この人は岡山生まれだったけれど、その象徴詩人にたいする気持になにかがあったかどうか。芥川龍之介はオヤジにとっては、どういう存在だったか、そこらはわからない。オヤジ自身カムバックして、「カザノバ回想録」風のものを書く気があった、という説も死後に聞いたことがある。また、そんな気はなかった、という説も聞いた。いずれにせよ、カザノバとはスケールが違うが、それにしてもオヤジは有名女性との噂が沢山あったらしい。その一つに、東洋のマタハリ・間諜X27・川島芳子とのこともある、真偽は不明だけど。オヤジは何度か中国に遊びに行っているから、そのときにとか、川島芳子が日本にきたときにとか。今年（昭和五十九年）になって、上の妹の和子がふしぎな電話をかけてきてね。話の内容によく摑めないところがあるのだけど、清の西太后の寝室の赤い琥《こ》珀《はく》についての伝説があって、「幻の宝石」といっているんだそうだ。その琥珀を持っている一人が川島芳子で、それをオヤジが貰ったんじゃないか……。

——ちょっと待ってください、話の成行きがよくわかりませんが。

吉行　一つのデータを落していた。和子が四歳くらいのとき、オヤジが石を二つヒョイとくれたんだそうだ。和子はそれをオハジキに混ぜて遊んだりして、結局父親の遺品だということで、今まで持っていたそうでね、ぼくは初耳だったけど。和子は甲府の奥のほうに縁故疎開していたから、その二つの石も焼け残ったわけだ。大人になってから気がつくと、一つは瑪瑙《めのう》で、もう一つは琥珀だったけど、それが黄色くなくて、なんともいえない無気味な赤い色をしている。オハジキにしていたから、傷だらけだけど、赤い大きなまるい石なんだそうだ。

——なにか、異様なお話ですね。

吉行　今のところ、話はここまでで、ここまでのままのほうがいいかもしれないな。つまり、吉行エイスケというのは小カザノバでね、それにからんで、川端康成の長い手紙が残っている。オヤジは筆を折ったとき、あらゆる文学関係のものを焼却してしまった。その中には横光利一の手紙なんかもあって、惜しいんだが。

ぼくは中学二、三年くらいのとき、おやじが、「今日偶然、伊東からの汽車の中で川端さんに会ったが、あの人はやっぱりいいな」と言っていたのを覚えている。川端康成のほうが七歳年上で、文学の上でも当然先輩なんだ。なにか、川端さんのその手紙だけは焼きたくなかったんだろうな。その当時（昭和六年）、封書の郵便料金は三銭だったけど、長い手紙なので三銭切手が二枚貼ってある。晩年の川端さんは大きなたくましい字を書いたけど、その手紙の字は、原稿用紙四枚の分量だけど、一つの桝目に二つくらい入る小さい字で書いてある。「雪国」の主人公は、島村という舞踊に関心をもつ中年男という設定だが、あの島村の言葉に似た文章もある。しかし結局は、浅草のカジノフォーリー（水族館）というレヴュー小屋で、天分豊かな踊り子を見つけた、というだけのことなんだ。

――川端さんは、なにを言いたかったんでしょう。

吉行 結局のところは、この踊り子の梅園龍子に手を出すな、ということも考えられる（笑）。それは、冗談だけどね。当時、オヤジは新宿の有名なレヴュー小屋「ムーラン・ルージュ」の顧問かなにかしていて、脚本も書いたことがある。そこのスターの明日待子と恋仲だったという噂もあったが、これは本当らしい。この手紙の内容から推察すると、梅園龍子を「ムーラン・ルージュ」に貸してくれ、とオヤジが「カジノフォーリー」に申し込む。それを、彼女の後見人だった川端康成が断った。川端さんは「天分豊かな踊り子」といっているけれど、レヴューではすでにスターだったんだ。それで、なぜ断ったか、という事情説明なのだろう。この手紙は「川端康成全集」の書簡の巻にも入っていないから、全文（句読点、漢字の字体は原文のまま）を引用することにしよう。

拝啓、昨晩は失礼いたしました、梅園龍子の件につき、もう少し詳しく小生の立場なり気持なりをお話申上げたかつたのですが、口頭では云ひにくいこともあり、他聞をはばかることもありますので、改めて一筆啓上いたすことにしました、貴兄の度々の御懇望にそ

むいた小生の諚言の一端であります、
　彼女に水族館を止めさせたのも、将來舞踊家として立つための勉強をさせてゐるのも、実は小生であります。今日に到る經路を一々申上げると長くなりますが、要するに、私の見るところでは、彼女はレヴィウ役者でもなく、ジヤズ・ダンサアでもなく、また浅草にはふさはしからぬところがあり、生きる途はクラシックの舞踊家としてであります。でなくとも、往年のオペラのスタア達の哀れな現状が殷鑑でありますが、基本練習なくしてジヤズを踊り、発声法も修めずして流行小唄を歌ひ、それも職業としては立派でありますが、レヴィウ娘の將來は寒心に堪えないものがあります。梅園龍子ばかりでなく、小生の好意を持つてゐるレヴィウ娘を見てゐると、小生はひとごとならず胸が痛むのです。右様のことをある機会に龍子に申しましたところ、彼女は実にあつさりと、レヴィウを止めてＡＢＣからやり直すから、家へ話して見てくれとのことでありました。彼女の家は前に彼女に連れられて行つたことがあるので知つて居りました。両親はなく、祖父母と彼女と三人切りの寂しい暮しです。従つて老人二人はただ龍子のために生きてゐるやうなもので、実は龍子が近頃「悪化」したことを、日夜一方ならず心配して、正月で興行物から足を洗はせようとしてゐた折からなので、小生の提言を喜ぶこと豫想外にて、これで私達も安心して死ねると云つた程であります。龍子もその当時は、自分の寿命を三年縮めるから舞踊が上手になるやう願かけてくれとか、上達しないなら若いうちに自殺した方がいいとか云

つてゐた程の決心でありました、

何分少女のこととて、その決心の動揺せぬうちに水族館を止さしたく、彼女の家から交渉したのですが、カジノも看板娘を直ぐ手放すわけはなく、正月までゐてくれとのことで、老人は窮し、結局小生が委任されて、水族館を休ませて貰つてやつたのです、小生の云分はとにかく彼女の将來のための大義名分でありますから、館でも仕方なく承知したのですが、その時の條件として、正月一興行附合ふことと、他のレヴィウ館へは出さぬこととを、小生が持ち出したのです。その約束のために、この正月は水族館へ出演する筈です。今後も何時でも龍子の体のあいてゐる時に、カジノで踊つてもいいことになつてゐます。カジノの多数脱退者のうち、退館手当を貰つたのは彼女一人といふ程少くとも表面は円満解決でありましたが、新宿は浅草を離れて居りますし、また黒田君がお手傳ひするやうなことになれば、元來黒田君が手塩にかけた子供であり、今でも小生の女の子でなく、黒田君の女の子でありますから、新宿出演が水族館への少しの食言になるくらゐは小生も差支へないのでありますが、彼女の祖父母と私との意向では、正月きりでレヴィウからは足を洗はせたことになつてゐますし、何分脆弱な少女のこととて修業の支障ともなりますので、お許しを願つたやうな次第です。彼女の家へも彼女にも、御好意の程は一應傳へておきましたけれども、お断りするのは小生の独断であります。

ついでに小生の愚痴も少々お耳に入れておきます。龍子が小生の言を用ゐる限り、小生は彼女の將來に軽からぬ責任を持つてゐるわけですが、小生がなんのために、またいかなる気持で彼女を世話するかは、彼女にも彼女の家にも一言も云つてないのであります。彼女がどう思つてゐるかは、小生の全然分らぬのであります。彼女を好きだとか嫌ひだとかいふ種類の言葉も云つた覚えはないのであります。勿論御賢察の通り、三年越しの小生の恋愛的な気持のまことに哀れにも遠廻しな現れに外ならないのでありませうが、結局のところ彼女に恋人が出來るまでの間、妙なお守りをしてるだけに終るらしく、小生も彼女をどうしようという気持は今のところないのであります、従つて世話と云つても、教師を紹介したり、進退を相談したりする程度で、金銭をむやみに與へるといふやうなことは、穏かでないので出來ず、また小生にさういふ余裕もなく、さりとてパトロンを捜してもやれず、全く不思議な関係であります、今の年頃で男が出來たりしては、舞踊家としての死滅に近く、また彼女が小生の女となつては今後いろいろな人に彼女のことを頼む場合に心やましいでせうし、しかしながら小生にほかの女が出來ては龍子のことを真面目に考へてゐられないでせうから、恋愛を禁ぜられたも同然、彼女も小生に恋愛的な気持を抱いて居れば理想的なわけですが、それが少しもないことは、実に明らかなのであります。水族館を止める直前は、彼女も小生に会ふことを喜んでゐましたが、この頃は逃げる算段ばかりしてゐるのであります。二人きりでは一歩も歩くことを厭がるやうな次第です。それも小生は差支へないわけで、彼女は到底小生などの手に合はぬ、欠陥だらけの性格の、ヒステリツクな我儘娘ですが、一脈非常に純潔なところがありますから、小生の好意は下心あつてのこと、世の中とはこんなものかと知らせることを、小生は恐れてゐるのでありますが、この妙な関係は意外に早く破局に達するでありませう。

日頃の小生の心的風景はまことに荒涼を極めて居りまして、好きな少女に彼女も好み小生も好む舞踊の道にでも進ませたら、せめて小生の日々の気持が少しでも引き立つかと思つたのが、今度のことの起りで、別に恋愛的な収穫を計算してのことではありませんが、目下のありさまでは、それも小生のささやかな楽しみになり得るかどうかも疑はしく、反つて彼女に急に大人びた鬱陶しさを味はせるに終るかもしれません、おまけに、彼女の師匠を捜してやるために、この秋の舞踊会は殆ど皆見たのでありますが、見れば見る程、舞踊といふものは藝術のうちで一番甘く下らないものでないかといふ疑ひが濃くなり、彼女の一生のためにもがつかりしたのであります、かと云つて、少し舞踊に目慣れたせゐか、レヴィウ小屋のダンスを見てゐて頭が痛くなるほどひどいものだと分りました、龍子が私の助言を耳に入れてゐる間は、彼女の藝術的良心を守つてやりたいと思つて居ります。

日頃の御友情と彼女への御好意にそむく心苦しさに、ついよけいなことまで申し上げました、右は別段秘密といふわけではありませんが、小生の性質の欠点のせゐで、龍子には勿論、黒田君にも詳しくは話してないことでありますから、御友人にお洩しの場合も、適宜に御取捨をお願ひいたします

十二月十六日　　　　　　　　　　　　　　　川端康成

吉行エイスケ様

二十

吉行　昭和六十年一月刊行の最終巻で、今度の全集の全二十巻が完結したわけです。この全集に入れた小説としては、十二の長篇と百二十六の短篇で、未収録のものに『夢の車輪』の十二の掌篇がある。しかし、これは昭和五十八年の刊行なので、版権の問題というか出版界のルールによって、入れることができない。ほかにも、「すれすれ」を入れないのが惜しかったとか言われたりするので、そういう作品について言っておいたほうがいいのかな。

――ええ、「すれすれ」とか、それから「コールガール」とか。

吉行　「夜の噂」、「唇と歯」、それに「浅い夢」という作品も、ぼくはわりあいに好きなんだ。そういう週刊誌小説に、ちょっと捨てるには惜しいというものがあるけれど。

――全集未収録のそういう作品ですね。

吉行　でも、結局ひとあじ違うものだから。ただ、かなり自分の内面に絡んではいるんで、まるで違いはしないんだけれど、これを全集に入れるとちょっと違和感があると思いましてね。

――『夢の車輪』について、もうすこし。

吉行 あの作品集には、「パウル・クレーと十二の幻想」というサブタイトルがついていて、一つの掌篇に一枚の絵がついている。これは、発表した雑誌（文藝春秋）の前からきまっていたスタイルによるもので、結局はその絵を取り払っても成立するんですね。その絵に激励されてエネルギーをつくったことは確かなんだけれど、絵に合せて作品を書いたわけではない。あれは、十二の作品がそれぞれ独立しているけれど、Aの作品とBの作品が反応し合うとか、AはFとも照応するとか、FはBととか、十二の作品を一つの塊として捉えてもらいたいというところがある。それで、「連作」という文字を付けたわけだけど。ここに、その十二の作品のタイトルだけ、並べておきたい。

途中の家
光の帯
白と黒
台所の騒ぎ
灰神楽
赤い崖
鏡の裏

笑う魚
秩父へ
影との距離
謎
夢の車輪

ということになるわけです。

ところで、話を仕事のことに戻すと、二年間ほぼ全集にかかりきってしまって、それを知らない人が見ていると、二年間の空白とおもわれかねない。しかし、この二年も片眼が見えないこともあってかなりの重労働でしたよ。全集出すときに、もう自分の過去のものだから適当にやってくださいと言って、編集部に任すこともできるわけだけど……。まあ、どうせだからっていうんで、かなり丹念にやりました。

――自分の過去の作品を読み返すというのは、大変でしょう。

吉行　自分の作品を読み返すのは絶対に厭だという人がいるけれど、ぼくはそんなに厭じゃない。ただ、そういう作業は、一つには文学生活を含めた自分の人生をある時期から辿り直すことになるわけでしょう。そうすると、他人には分らないデータだけど、その行間に隠れてるものにしばしば突き当たって、ガクッと疲れることになる。永井荷風が、これはすこし意味が違うかもしれないんだけど、晩年は一切他人の作品を読まないで、自分のすでに出た全集だけ読んでいたという話がある。朱を入れて加筆もしていたということも聞きますけど、これはやっぱり一生を振り返ってたんだろうね。もうそうなると、他人の一生なんか興味ないんだろう。われわれが知らなくて、荷風だけ知っていることが山ほどあるだろうね、その作品の行間に。

あとがき

昭和五十八年四月から六十年一月まで、私の個人全集二十巻（うち、別巻三冊）が講談社から刊行になった。その月報を集成したものが、この書物である。

同社の文芸第一出版部の徳島高義、小孫靖、および松本道子（第四章まで）の三氏が、私にインタビューをして、それを私がまとめた。例外として、大村彦次郎、徳島高義氏との対談が、それぞれ一章ずつあるが、これも私がまとめた。

書名の「わが文学生活」は、月報のタイトルをそのまま使った。ところで、昭和四十年五月に『私の文学放浪』という書物が講談社から刊行になっていて、それから二十年が経った。私としては、「続・私の文学放浪」をつくるつもりだったが、あらためて幼年期からこれまでを辿ることになった。

つまりこの書物は、『私の文学放浪』と対《つい》を成すものである。

昭和六十年　春

吉行淳之介

『わが文学生活』の誕生

解説　徳島高義

吉行淳之介さんには「わが文学生活」というタイトルの書物が二種類ある。

ひとつは今回三一年振りに文庫化される本書で、これは講談社版『吉行淳之介全集　全一七巻・別巻三巻』（昭和五八（一九八三）・四〜六〇（一九八五）・一）のインタビュー形式による月報二〇回分をまとめたもの。完結四ヵ月後の昭和六〇年五月に刊行された。

もうひとつは、潮出版社から出た単行本未収録の推薦文や「あとがき」などまで丹念に拾い上げた編年体のエッセイ全集一二巻の総タイトルで、各巻ごとにたとえば「なんのせいか」「男と女のこと」「雑踏のなかで」などと名付けられている。昭和五六（一九八一）年一一月から五八年七月にかけて刊行された。このうち「悩ましい時間」と「木馬と遊園地」二冊が、吉行全集の発刊と重なった。これら単行本、エッセイ集一二巻、全集二〇巻の一点々々を、長い間、吉行さんの装丁をつづけてきた前川直氏が手がけていて、細い線の網目模様にちょっぴり赤や青などのアクセントをつけ、細い黒枠で囲んだ繊細な装画が、吉行さんの作風を一層引き立たせている。

本書『わが文学生活』の「あとがき」に吉行さんはこう述べている。
〈(前略) 同社 (講談社—註) の文芸第一出版部の徳島高義、小孫靖、および松本道子 (第四章まで) の三氏が、私にインタビューをして、それを私がまとめた。例外として、大村彦次郎、徳島高義氏との対談が、それぞれ一章ずつあるが、これも私がまとめた。

書名の「わが文学生活」は、月報のタイトルをそのまま使った。ところで、昭和四十年五月に『私の文学放浪』という書物が講談社から刊行になっていて、それから二十年が経った。私としては、「続・私の文学放浪」をつくるつもりだったが、あらためて幼年期からこれまでを辿ることになった。

つまりこの書物は、『私の文学放浪』と対《つい》を成すものである。〉

私が勝手に「あとがき大家」(一一八ページ) と崇めた吉行さんらしい達意の文章である。さりげなく「私がまとめた」というが、そこには「座談の名手」といわれた話しぶりが、ずいぶん昔の編集者体験に裏打ちされて自在な表現となり、「流れ」を大切にしながら月報のゲラを再度あらためる慎重さも忘れぬ吉行さん一流の作法に「私がまとめた」と二度くりかえす自信の裏打ちとなったのではないだろうか。

長年、出版部で担当してきた小孫君の苦心のオビが本書の中身をうまく抽き出している。

〈幼年期から現在までを辿りつつ、まぎれもない一箇の芸術家の自画像を余すところなく語る——吉行文学の創造の源泉とその作家生活が鮮やかに浮かびあがる文学的自伝。〉

私が日本文学の主に純文学系の文芸第一出版部にきたのは昭和五六年七月で、松本道子部長と前出の小孫君が、全集刊行の準備をはじめるところであった。それから二年足らずの五八年四月、定年退職された松本さんの後を継いで私が責任者となる。期せずして吉行全集発刊と同じ月であった。

昭和二五年、二六歳の吉行さんは文学青年仲間の庄野潤三さんが大阪から上京し、東京駅で待ち合わせる直前、庄野さんが若い女性と立ち話をするのを目撃する。

〈あれが「群像」の松本道子さんという人だ、と教えてくれた。それがとても印象に残っている。それでね、早く「群像」に載るようになりたいものだと思った。〉

と吉行さんは第四章で語っているが、吉行さんにそう思わせた松本さんは、私が新入社員で「群像」に入った昭和三三(一九五八)年春、大先輩として在籍していた。一三歳上の大久保房男編集長とおっつかっつと知ったのは大分あとのことである。

入部早々、吉行さんの担当となり、私は長篇「男と女の子」の原稿を持って編集部へ現

吉行淳之介（1978年12月野間文芸賞贈呈式にて。宮城まり子と）

われた吉行さんを紹介された。三四歳、颯爽としていた。短篇は別にして、三年後の「闇のなかの祝祭」まで、立ち入った話は大久保さんが対応し、私は使い走りであった。その後、長篇では、「星と月は天の穴」「暗室」を、短篇では「鳥獣虫魚」が初めてであったが、「海沿いの土地で」「風景の中の関係」「童謡」から「百メートルの樹木」など十数篇を自分の手で受け取っていた。

一五年いた「群像」から翻訳出版部へ移り、日本語らしい翻訳を望んで、吉行さんにキングズレー・エイミスの『酒について』（林節雄共訳）を頼み、ロングベストセラーになると、吉行淳之介編『酔っぱらい読本』全七巻が、これ又、予想以上の売行きとなり（第一三章参照）、赤字の文芸雑誌に慣れていた私は、大躁状、そして鬱へ。吉行さんは主治医を紹介しようとまで心配してくれたが、ほどなく吉行全集刊行準備を始めようとする部署へ移った次第。公私ともお世話になりっ放しの吉行さんに少しでも役に立てればと、この異動を心中大いに歓こんだ。

吉行さんは本書最終回の第二〇章でこう振り返る。

〈話を仕事のことに戻すと、二年間ほぼ全集にかかりきってしまって、それを知らない人が見ていると、二年間の空白とおもわれかねない。しかし、この二年も片眼が見えないこともあって（白内障を患っていた—註）かなりの重労働でしたよ。全集出すときに、もう自分の過去のものだから適当にやってくださいと言って、編集部に任すこともできるわけだけど……。まあ、どうせだからっていうんで、かなり丹念にやりました。〉
そこで、インタビュアーが「自作を読み返すのは大変では」と念を押して訊くと、〈自分の作品を読み返すのは絶対に厭だという人がいるけれど、ぼくはそんなに厭じゃない。ただ、そういう作業は、一つには文学生活を含めた自分の人生をある時期から辿り直すことになるわけでしょう。そうすると、他人には分らないデータだけど、その行間に隠れてるものにしばしば突き当たって、ガクッと疲れることになる。（後略）〉

と貴重な作家の内面を吐露する。

『私の文学放浪』は四〇歳のときに書かれたが、中学生で父エイスケの急死にあい、戦時中、旧制静岡高校で文学に目覚め、詩作を始めるが、敗戦。東大を中退、六年間雑誌編集記者生活を送りながら同人誌活動。肺結核のため清瀬病院で手術入院中に芥川賞を受賞する。文壇に軽んじられ、苦しい「第三の新人」初期を経て、代表的長篇となる『砂の上の植物群』を書き上げたところで終るが、吉行さん自身は、

〈あのとき（『私の文学放浪』執筆中——註）はまだ半生記は早すぎるなんて厭味を言われたりなんかしましたよ。あれが読まれたのは、長いことしかるべき文芸雑誌に認知されないで、いろいろなことをやっているおもしろさだろうね。なかなか浮び上れないで喘いでいる、そういうところが、読者にアピールしたとおもう。でも、続篇になると、『砂の上の

植物群』の刊行のあとだから……。〉（第七章）

と、自分の文学的軌跡を冷静に分析して、『続・私の文学放浪』執筆に慎重にならざるを得ない時期が長く続いた上で、やっとこの生前文学全集としては最も本格的といわれた講談社版全集刊行時の月報として、インタビュー形式の「わが文学生活」をスタートさせることになったのだと思う。

『わが文学生活』が刊行された昭和六〇年五月を下限として、その二〇年前の『私の文学放浪』以降に出版された長篇、短篇集、翻訳書など主だったものを文芸文庫版『私の文学放浪』後付けの著書目録から年代順に列記すると次のようになる。（エッセイ集、対談集は省く）

長篇――『技巧的生活』（河出書房新社）、『星と月は天の穴』（講談社）、『暗室』（講談社）、『湿った空乾いた空』（新潮社）、『夕暮まで』（連作長篇／新潮社）、『夢の車輪――パウル・クレーと十二の幻想』（文藝春秋）。

短篇集――『赤い歳月』（講談社）、『鞄の中身』（講談社）、『菓子祭』（潮出版社）。

翻訳――ヘンリー・ミラー『愛と笑いの夜』（河出書房新社）、同『不眠症――あるいは飛び跳ねる悪魔』（読売新聞社）、キングズレー・エイミス『酒について』（林節雄共訳／講談社）、井原西鶴『好色五人女』（河出書房新社）、同『好色一代男』（中央公論社）。

ここに『酔っぱらい読本』全七巻も加えたいところだが、それはさて置き、主要作が網

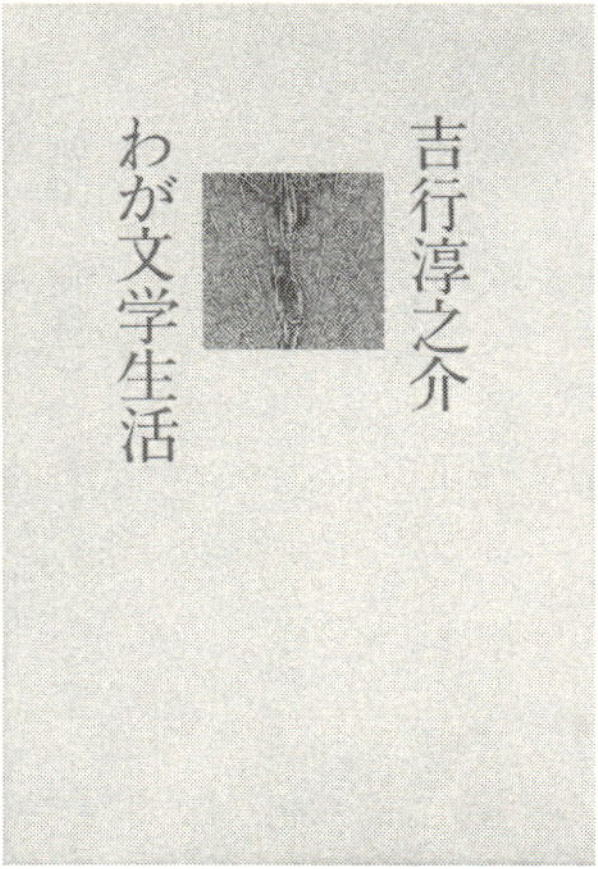

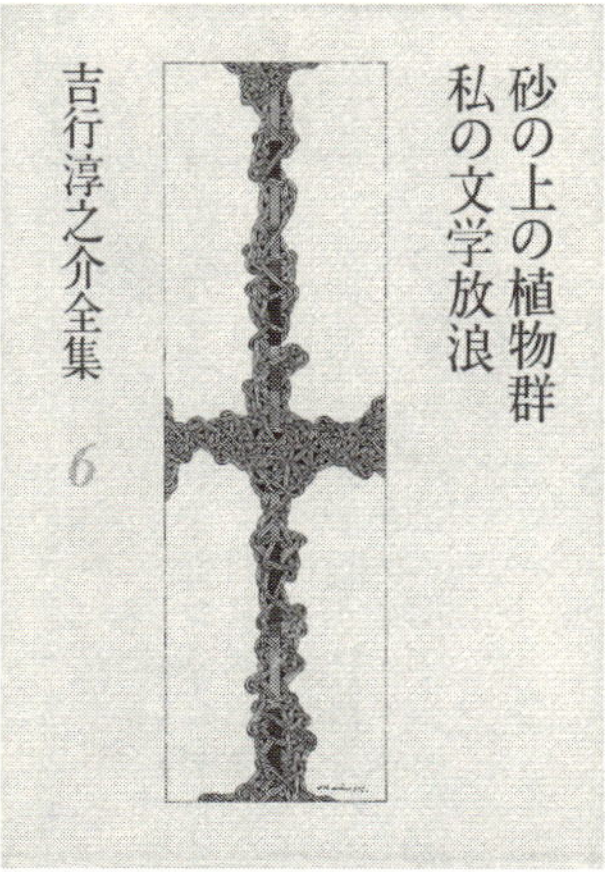

写真上　『わが文学生活』（1985年５月）カバー
写真下左　『吉行淳之介全集　第六巻』（1983年４月）函
写真下右　『吉行淳之介全集　第六巻』月報

羅されたこれらの作品群はほとんどが『わが文学生活』で語られている。そして、更にそこに女性の話や病気、酒、旅、ヤクザのこと等々が縦横にからんでくる。

吉行さんは「あとがき」で「私としては、『続・私の文学放浪』をつくるつもりだったが」と述べているが、本書を「続」と受け止めてもよいのではなかろうか。さいわい、新刊の本書の半年前に、同じく文芸文庫から『私の文学放浪』ワイド版が刊行された。この機会に両書を読みくらべ、楽しんでほしい。吉行さんも「対《つい》」となるとしているのだから。

最後に、本書親本をたびたび引用しながら吉行淳之介の人物像と作品をこの人ならではの筆で書き下ろされた村松友視氏の出色の評伝『淳之介流――やわらかい約束』(河出書房新社・二〇〇七・四／今は河出文庫)の一節を紹介して拙文を閉じたいと思う。いささか過褒で面映く、恐縮するのだが……。

第七章冒頭に出てくる一四年かけた『夕暮まで』の完成直後の吉行さんから、当時「海」編集部で担当の村松さんが、「続・私の文学放浪」にするか「好色一代男」の現代語訳にするかの二つを考えているのだが、と問われる場面である。

〈私は、吉行さんの提案を編集部へもって帰らず、即答(「好色一代男」を選ぶ―註)したのはよかったとあとで思った。講談社刊の『私の文学放浪』は読んでいたが、それを担当者としてこなすのは自分には無理だと思ったからだった。のちに、講談社の手だれの担当者が対談的な雰囲気でインタビューする『吉行淳之介全集』月報連載二十回分で構成された『わが文学生活』を読んで、私はそのときの判断が正しかったことを再確認した。あれほど緻密に、正確に、具体的に吉行淳之介の仕事を追って質問を向ける任など、とうてい私にはこなすことができるものではないのだ。〉

年譜

吉行淳之介

一九二四年（大正一三年）
四月一三日（戸籍では四月一日の早生まれ）、岡山市桶屋町四三番地に、父・栄助（新興芸術派の作家・吉行エイスケ）、母・安久利（美容家・吉行あぐり）の長男として生まれる。昭和一〇年、妹・和子（新劇俳優）、一四年、妹・理恵子（詩人・作家の吉行理恵）生まれる。大正一五年、二歳のとき父母とともに東京に移住。幼時は部屋で一人遊びをする子供だった。昭和五年、番町小学校入学、一一年同校卒業、麻布中学校入学。

一九四〇年（昭和一五年）一六歳
六月、腸チフスで隔離病室に入る。七月八日、父・栄助急死（狭心症）。病状が重かったので一〇月まで父の死を知らされず。一一月、退院するが、翌年四月の五年復学まで休学する。

一九四一年（昭和一六年）一七歳
一二月八日、真珠湾の大戦果を報告する校庭のスピーカーに蝟集する生徒たちを、ただ一人三階の教室の窓から見下ろしていた。「そのときの孤独の気持と、同時に孤塁を守るといった自負の気持を、私はどうしても忘れることはできない」（「戦中少数派の発言」）。

一九四二年（昭和一七年）一八歳
四月、麻布中学校卒業、静岡高等学校文科丙

類入学。翌一八年四月、心臓脚気と偽って休学。この頃、文学に関心を抱くようになり、フランス語教授岡田弘に習作を読んでもらい、以後知遇を得る。一九年四月、二年文科甲類に復学。八月、現役兵として召集令状を受け、陸軍二等兵で岡山の聯隊に入営。三日目に気管支喘息と診断され翌日帰郷（徴兵検査は甲種合格）。以後、生涯、喘息発作に悩まされる。

一九四五年（昭和二〇年）　二一歳

四月、静岡高等学校卒業、東京帝国大学文学部英文科入学。春に再度徴兵検査、また甲種合格。五月二五日の東京大空襲で家を焼失、焔の中を逃げる。このとき自作の詩約五〇篇を書きつけたノートを持ち出す。「後日これらの詩の大半は駄作であることを悟った」（自筆年譜）。八月の長崎の原爆で友人久保道也、佐賀章生を失う。

一九四六年（昭和二一年）　二二歳

終戦と同時に計画した同人雑誌「葦」を三月に創刊（七月二号、一二月三号で終刊）。七月、創刊時に同人となった「世代」で、いいだ・もも、小川徹、中村稔、日高晋、村松剛、矢牧一宏、八木柊一郎らを知る。窮乏のため家庭教師や女学校の講師をする。二二年、新太陽社でアルバイトをするが、会社からの誘いで大学を中退して正式社員となり「アンサーズ」その後、「モダン日本」の編集をする。この時の経験からだろう、締切りは生涯厳守した。七月、「新思潮」（第一四次）創刊時に同人となり嶋中鵬二、中井英夫を知る。

一九四八年（昭和二三年）　二四歳

「二十三年までの習作に、『遁走』『雪』『餓鬼』『路上』『星の降る夜の物語』『花』『藁婚式』などがある」（自筆年譜）。この年、平林文枝を入籍。二五年一月、「真実」発表の「『薔薇販売人』は散文としての処女作といってもよいもので、十返肇氏に激励されて書き、氏の推挙で活字になった。大井廣介氏に認めてもらい、嬉しかった記憶がある」（自筆年譜）。春、庄野潤三を知る。

一九五二年（昭和二七年）二八歳
一月、前年一二月発表の「原色の街」（「世代」一四号）が第二六回芥川賞候補、次いで七月、柴田錬三郎の推挙で「三田文学」（六月号）掲載の「谷間」が第二七回、続いて翌年一月、「ある脱出」（「群像」一二月号）が第二八回の芥川賞候補となる。一一月、左肺尖部に空洞が発見され、三世社（新太陽社の後身）を休職。この年春、安岡章太郎、三浦朱門、石浜恒夫、秋に阿川弘之、島尾敏雄らを知る。

一九五三年（昭和二八年）二九歳
二月から始まった新人の定期的会合〝一二会〟（後に〝構想の会〟）を通じて近藤啓太郎、小島信夫、結城信一、五味康祐、奥野健男、進藤純孝、服部達、遠藤周作らを知る。休職中の三世社に辞表を出し、小島信夫の紹介で春から夏にかけて千葉県佐原市の病院で療養。一一月、清瀬病院に入院。

一九五四年（昭和二九年）三〇歳
一月、「治療」（「群像」）を発表。左肺区域切除の手術を受ける。二月、「驟雨」（「文学界」）を発表。五月、原因不明の高熱と喘息発作により重態となる。六月、「薔薇」（「新潮」）を発表。七月、「驟雨」により第三一回芥川賞受賞。病状悪く、授賞式に出席できず。一〇月、退院。

一九五五年（昭和三〇年）三一歳
「たまたま芥川賞を受けたので、文筆で生計を立てることに決心した。もともと文学で生計は立ちにくいと考えていたし、自分の文学的才能の型からみても生計は立ちにくいと考えていたのであるが、それより他に方法のないところに追いこまれた」（自筆年譜）。二六年発表の短篇を長篇「原色の街」に改稿。一月、「黒い手袋」（「文学界」）、二月、「夜の病室」（「新潮」）、三月、「因果物語」（「文芸」）、四月、「焰の中」（「群像」）、五月、「水の畔り」（「新潮」）、六月、「夏の休暇」（「文学界」）、七月、「軽い骨」（「文芸」）、八月、「重い軀」（「別冊文芸春秋」）、一一月、「夕焼の色」（「小説新潮」）、「漂う部屋」（「文芸」）、一二月、「墓地のある風景」（「新女苑」、「墓地」と改題）他を発表。

一九五六年（昭和三一年）　三二歳

この年もほぼ病臥。体力不足のため一日に二、三枚ずつ小刻みに書く。二月、「水族館にて」（「婦人朝日」）、三月、「蘭草の匂い」（「新潮」）、四月、「華麗な夕暮」（「群像」）、五月、「悩ましき土地」（「小説公園」）、七月、「梅雨の頃」（「文学界」）、八月、「悪い夏」（「新潮」）、九月、「花嫁と警笛」（「オール読物」）、一〇月、「決闘」（「別冊文芸春秋」）、一二月、「さまざまな眉」（「別冊文芸春秋」）他を発表。

一九五七年（昭和三二年）　三三歳

「いわゆる『第三の新人』にたいする悪評があちこちの雑誌に出て、第一次戦後派と石原慎太郎氏などの新人との間の谷間に消え去るであろう、という発言もあった。心細くも思ったが、自ら恃むところもあった」（自筆年譜）。一一月、「若い女性」の鼎談「ファニー・フェイス時代」で宮城まり子を知る（吉行、宮城、秋山庄太郎）。四月、「子供の花火」（「別冊文芸春秋」、「尿器のエスキス」と改題）、六月、「崖の上崖の下」（「群像」）、一〇月、「武勇談」（「文芸春秋」）、一二月、「電話」（「宝石」）他を発表。

一九五八年（昭和三三年）　三四歳

「青春の手帖」を「若い女性」に連載（一月～一二月）。一月、「樹々は緑か」（「群像」）、四月、「童貞喪失記」（「オール読物」）、九月、「男と女の子」（「群像」）、一〇月、「娼婦の部屋」(「中央公論」)、一二月、「寝台の舟」(「文学界」)他を発表。
一九五九年(昭和三四年) 三五歳
初めての週刊誌小説「すれすれ」を「週刊現代」(四月一二日~一二月二七日)に連載。一月、「人ちがい」(「別冊小説新潮」、「白い神経毬」と改題)、三月、「鳥獣虫魚」(「群像」)、五月、「八重歯」(「オール読物」)、七月、「青い花」(「新潮」)、一〇月、「海沿いの土地で」(「群像」)、一二月、「未知の人」(「別冊文芸春秋」)他を発表。この年、娘・麻子生まれる。
一九六〇年(昭和三五年) 三六歳
「浮気のすすめ」を「週刊サンケイ」(三月二八日~一一月二一日)に、初めての新聞小説「街の底で」を「東京新聞」(夕刊・五月一九日~翌年一月二九日)に連載。一月、「青い映画の話」(「日本」)、「鳥へ行く」(「文学界」)、三月、「食欲」(「小説新潮」)、四月、「がらんどう」(「オール読物」)、「風景の中の関係」(「群像」)、九月、「蛸の話」(「新潮」)、一〇月、「ハーバー・ライト」(「小説中央公論」)他を発表。この年、大田区北千束で宮城まり子と一緒に住み始める。
一九六一年(昭和三六年) 三七歳
「コールガール」を「週刊サンケイ」(二月二七日~翌年一月一日)に連載。一月、「童謡」(「群像」)、三月、「くちびるの形」(「オール読物」)、七月、「家屋について」(「新潮」)、八月、「艶話ふたつ」(「小説新潮」)、一一月、「闇のなかの祝祭」(「群像」)、一二月、「探す」(「別冊文芸春秋」)他を発表。
一九六二年(昭和三七年) 三八歳
この年は仕事を控えた。現地取材で書く試みの小説「札幌夫人」(「小説中央公論」一〇月号)を執筆。初めての時代小説「雨か日和か」(「鼠小僧次郎吉」と改題)を「週刊現代」(一一月一八日~翌年四月四日)に連載。

一月、「初恋」（「マドモアゼル」）、四月、「子供の領分」（「群像」）、七月、「室内」（「文学界」）、「風呂焚く男」（「文芸」）、一〇月、「出口」（「群像」）、一一月、「暗い宿屋」（「オール読物」）他を発表。

一九六三年（昭和三八年）　三九歳

「前年とは逆に、能力体力の許す限界まで仕事を増やしてみる試み」（自筆年譜）で「砂の上の植物群」を「文学界」（一月号～一二月号）に、「変った種族研究」を「小説現代」（二月号～翌年一二月号）に、「赤と紫」（「女の決闘」と改題）を「中国新聞」（二月二三日～一〇月二日）他六紙に、「ずべ公天使」（「にせドン・ファン」と改題）を「マドモアゼル」（四月号～翌年三月号）、「夜の噂」を「週刊朝日」（七月一二日～翌年二月二八日）と、前年より継続の「雨か日和か」を加えて六本を連載。五月、河出書房新社の依頼で高見順、山本健吉と広島、九州へ講演旅行。胃潰瘍になる。九月、角川書店の依頼で有馬頼義と北海道へ講演旅行。五月、「花束」（「群像」）、九月、「西瓜を持つ女」（「別冊文芸春秋」）、一一月、「乾いた唇」（「オール読物」）他を発表。

一九六四年（昭和三九年）　四〇歳

「技巧的生活」を「文芸」（一月号～九月号）、「私の文学放浪」を「東京新聞」（夕刊・三月一二日～翌年二月二五日、週一回）、「痴語のすすめ」を「週刊文春」（五月四日～七月二〇日）に連載。四月より一年間、日本大学芸術学部講師として「ダダの歴史」を講義。一月、「追跡者」（「サンデー毎日」）、四月、「錆びた海」（「群像」）、五月、「痴」「香水瓶」「手品師」（『痴・香水瓶』）、六月、「騙す」（「別冊文芸春秋」）、九月、「皿の苺」（「オール読物」）、一一月、「紫陽花」（「風景」）他を発表。八月より九月中旬まで目的をもたぬ外国旅行（宮城まり子同行）。ニューヨーク、パリ、マドリッド等を見物、ラスベガス、モナコの賭博場へも行く。
一九六五年（昭和四〇年）四一歳
「唇と歯」を「週刊読売」（一月三日～九月二六日）に連載。三月、「風景」の編集責任者になる（～四一年一二月）。対談「人間再発見」を「週刊アサヒ芸能」（九月二六日～四四年八月一四日）に連載。一月、「窓の中」（「文芸春秋」）、三月、「食卓の光景」（「文芸」）、四月、「不意の出来事」（「文学界」）、五月、「車のなか」（「群像」）、七月、「日暮れどき」（「文芸」、「公園で」と改題、「夕暮まで」の第一章）、ヘンリー・ミラー原作「マドモアゼル・クロード」「初恋」の翻訳（「文芸」八月号、一〇月号）他を発表。一一月、『不意の出来事』で第一二回新潮社文学賞受賞。
一九六六年（昭和四一年）四二歳
「美少女」を「週刊文春」（五月三〇日～一二月二六日）に連載。一月、「星と月は天の穴」（「群像」）、「埋葬」（「文芸春秋」）、三月、「春の声」（「文学界」）、四月、「夢三つ」（「オール読物」）、五月、「雙生」（「新潮」）、一〇月、「きつね火」（「群像」）、一二月一四日、「貸しロッカー」（「毎日新聞」日曜版）他を発表。
一九六七年（昭和四二年）四三歳
「女の歳時記」を「主婦と生活」（一月号～一二月号）に連載。三月、『星と月は天の穴』で第一七回芸術選奨受賞。四月、「アサヒ芸能」の派遣で生島治郎、長部日出雄とバンコクへ旅行。「女の動物園」（「牝らいおんと豹」と改題）を「スポーツニッポン」（一〇月一日～翌年三月三一日）に連載。一月、「赤い歳月」（「新潮」）、二月、「廃墟の眺め」（「文芸」）、六月、「歯」（「話の特集」）、ヘンリー・ミラー原作「ディエップ＝ニューヘイヴン経由」の翻訳（「文芸」）他を発表。
一九六八年（昭和四三年）四四歳

「前年の五月頃より、身心ともに不調に陥り、再三入院して検査を繰返す。およそ一ヵ年半にわたり、ほとんど作品がない」（自筆年譜）。「堀部安兵衛」を「週刊朝日」（二月二三日～四月二二日）に連載。九月、バンクーバーからサンフランシスコへ旅行（日本航空招待）。七月、「鬱の一年」（「新潮」）、八月、「その魚」（「文芸」）、一一月、井原西鶴作「好色五人女」の現代語訳（『カラー版日本文学全集6　西鶴・近松・芭蕉』）他を発表。この年、大田区北千束より世田谷区上野毛に転居する。

一九六九年（昭和四四年）　四五歳

「暗室」を「群像」（一月号～一二月号）に、「恋の十二カ月」を「小説新潮」（一月号～一二月号）に、「浅い夢」を「毎日新聞」（六月二〇日～翌年三月三一日）に、「小野小町」を「週刊読売」（八月八日～八月二九日）に連載。一月一日、「二重写し」（「朝日新聞」、「化粧」と改題）他を発表。

一九七〇年（昭和四五年）　四六歳

二月二一日、赤坂の旅館〝乃なみ〟での麻雀で九連宝灯《チュウレンポウトウ》を和了《あが》る。一〇月、『暗室』で第六回谷崎潤一郎賞受賞（『闇のなかの黒い馬』の埴谷雄高と同時）。「裸の匂い」を「週刊明星」（一一月二二日～翌年六月一三日）に連載。六月、「花畠」（「話の特集」）他を発表。

一九七一年（昭和四六年）　四七歳

「湿った空乾いた空」を「新潮」（二月号～八月号）に連載。一月、「楽隊の音」（「文学界」）、二月、「電話」（「別冊小説宝石」）、八月、「待つ女」（「オール読物」）、一〇月、「百メートルの樹木」（「群像」）、「薔薇荘」（「風景」）、一一月、「網目のなか」（「新潮」）他を発表。

一九七二年（昭和四七年）　四八歳

前年末から極度のアレルギー症状のため半死半生の気分で暮す。一月に創刊の「面白半

分」初代編集長になる（〜六月号）。芥川賞選考委員（〜平成五年）、泉鏡花文学賞選考委員（〜平成四年）。二月、「薬」（「文芸春秋」）、「二日酔」（「週刊小説」）他を発表。

一九七三年（昭和四八年）四九歳

「ようやく人心地がついて日を送るが、白い原稿用紙を見ると恐怖を覚える」（自筆年譜）ために「スラプスティック式交遊記」（「悪友のすすめ」と改題）を「週刊小説」（四月一三日〜一〇月一九日）に口述加筆で連載。一一月、健康回復。「すすめすすめ勝手にすすめ」（「贋食物誌」と改題）を「夕刊フジ」（一二月一一日〜翌年四月一一日）に連載。一二月、「鞄の中身」（「すばる」冬号）他を発表。

一九七四年（昭和四九年）五〇歳

「吉行淳之介恐怖対談」を「別冊小説新潮」（四月〜五一年七月）に連載。四月一六日、「四畳半襖の下張」裁判弁護側証人として東京地裁に出廷。この折の事を「『四畳半襖の下張』裁判・法廷私記」（「野性時代」八月号）として発表。「苦心研究研究苦心対談」を「小説サンデー毎日」（七月号〜翌年六・七月号）に連載。川端康成文学賞選考委員（〜平成六年）。一月、「独語癖」（「新潮」）、五月、「スーパースター」（「群像」）、七月、「三人の警官」（「海」）、九月、「パーティー」（「文芸」）他を発表。

一九七五年（昭和五〇年）五一歳

「怖ろしい場所」を「日本経済新聞」（夕刊・一月一六日〜八月三〇日）に連載。二月、前年刊行の『鞄の中身』で第二七回読売文学賞受賞。ジョン・ベスター訳『暗室』英語版『The Dark Room』を講談社インターナショナルより刊行。一月、井原西鶴作「万の文反古」「世間胸算用」の現代語訳（『日本の古典10好色五人女』）、七月、「立っている肉」（「月刊PLAYBOY」日本版）、一一月、「暗闇の声」（「中央公論」）他を発表。

一九七六年（昭和五一年）　五二歳
「吉行淳之介の麻雀好日」を「毎日新聞」（一月四日〜一二月二八日）に週一回連載。一月より二度目の「風景」（四月号「舟橋聖一・追悼」号で終刊）編集責任者となる。「吉行淳之介の電話速談」を「週刊読売」（七月一七日〜翌年一月一日）に連載。一月、「あいびき」（「小説現代」）、三月、「片方の靴」（「面白半分」）、一〇月、「満月」（「小説サンデー毎日」）他を発表。

一九七七年（昭和五二年）　五三歳
「吉行淳之介のファンタジー」を「いんなあとりっぷ」（三月号〜翌年四月号）に連載。谷崎潤一郎賞選考委員（〜平成五年）。一月、「夜の警官」（「新潮」）、七月、「血」（「新潮」）、一二月、「すでにそこにある黒」（「海」）他を発表。

一九七八年（昭和五三年）　五四歳
二月、「百の唇」（「小説現代」）、五月、「夕暮まで」（「新潮」）他を発表。一二月、『夕暮まで』で第三一回野間文芸賞受賞。

一九七九年（昭和五四年）　五五歳
三月、作家としての業績に芸術院賞贈。六月、文芸春秋海外講演会講師として五味康祐とロスアンゼルス、サンフランシスコ、リマを旅行。一〇月、ベストドレッサー賞受賞。新潮社の仕事で篠山紀信らとヴェニス旅行。一月、「寝たままの男」（「小説新潮」）、二月、「菓子祭」（「文芸春秋」）、「煙突男」（「オール読物」）他を発表。

一九八〇年（昭和五五年）　五六歳
井原西鶴作「好色一代男」の現代語訳を「海」（一月号〜翌年四月号）に連載。円地文子、小田島雄志らとの座談「銀座サロン」を「銀座百点」（一月号〜平成二年二月号）に連載。一月、「葛飾」（「群像」）他を発表。

一九八一年（昭和五六年）　五七歳
「珍獣戯話」を「毎日新聞」（日曜版・九月六

日〜翌年八月二九日）に連載。一一月、日本芸術院会員になる。野間文芸賞選考委員（〜平成五年）。四月、「踊り子」（「小説現代」）他を発表。

一九八二年（昭和五七年）　五八歳

「パウル・クレーと十二の幻想」を「文芸春秋」（三月号〜翌年二月号）に、五八年、「小道具たちの風景」を「PENTHOUSE」（三月号〜翌年二月号）に連載。四月に刊行が始まった『吉行淳之介全集』（全一七巻別巻三巻・講談社）の本文をすべて再読して手を入れる。その作業に五八年、五九年を費やす（六〇年一月完結）。五九年は冬の大雪、夏の猛暑でアレルギーに苦しむ。一二月一八日、武蔵野日本赤十字病院で右眼の白内障手術を受ける。五九年一二月二日、「トワイライト・カフェ」（「日本経済新聞」）他を発表。

一九八五年（昭和六〇年）　六一歳

「あの道この道」を、「週刊宝石」（一月四日〜一二月二〇日）に連載。一月、「日暮里本行寺」（「新潮」）、六月、「人工水晶体——移植手術体験記」（「文芸春秋」）他を発表。六一年には「日日すれすれ」を「週刊読売」（五月一八日〜翌年五月三日）に連載開始と同時期に突然〝乾癬《かんせん》〟という原因不明で完治しない難病に罹る。七月、『人工水晶体』で第二回講談社エッセイ賞受賞。一一月、第一回パチンコ文化賞受賞。六二年は〝乾癬〟や好転するが、慢性肝炎とからんで病臥の日が多い。一二月に左眼白内障手術。六三年、『暗室』のポルトガル語訳『Oquarto escuro』をサンパウロで刊行。この年、肝硬変で要注意と言われる。八月、「大きい荷物」、一〇月、「目玉」、一一月、「鳩の糞」（いずれも「小説新潮」）他を発表。

一九八九年（昭和六四年・平成元年）　六五歳

虎の門病院に平成六年まで二、三ヵ月ずつ六回入退院を繰り返す。一月、「百閒の喘息」、四月、「いのししの肉」（ともに「小説新潮」）他を発表。平成二年から五年まで自筆年譜には「この年も病臥」の文字。二年、山口瞳との対談「老イテマスマス耄碌」を「小説新潮」（三月号〜五年一月号・五回）に連載。五月、肺切除手術の輸血が原因のC型肝炎と言われる。五月、「蝙蝠傘」（「文芸春秋」）他を発表。三年には虎の門病院の内科、皮膚科、放射線科、歯科に、北原アレルギー診療所、武蔵野日赤病院の眼科に通院。

一九九二年（平成四年）　六八歳

ほとんど病臥。夏、C型肝炎が原因の肝臓癌と診断されるが、宮城まり子と吉行和子相談の上、本人及び他の家族には知らせない事とした。五年の自筆年譜に「病気というのは忙しくて困る」と記すように入退院を繰り返す。だが、病床で文学賞候補作は熱心に読む。

一九九四年（平成六年）　七〇歳

インタビュー「ヘアヌードというより毛・毛・毛の話」（「サンデー毎日」一月二日）を発表。二月、遺言を認める。五月九日、虎の門病院に入院。七月の初めに医師から病名を知らされる。一瞬の間を置き、「シビアなことをおっしゃいますなあ」と呟く。七月一九日、聖路加病院に転院。二六日、知らせを受けて駈けつけた安久利、理恵、嶋中鵬二、阿川弘之、三浦朱門と宮城まり子に看取られ、病院長・日野原重明に脈を取られて死去。遺言で葬儀告別式は執り行なわず。

一九九五年（平成七年）

八月、ハーマン・メルヴィル原作「魔法にかけられた島々」の翻訳を「群像」に発表。平成八年七月、岡山の吉備路文学館で「特別展『吉行淳之介』」開催（一三日〜一〇月六日）。七月一九日、〝吉行淳之介さんを偲ぶ会〟（一周忌）が帝国ホテルで開かれる。

一九九七年（平成九年）

九月、『吉行淳之介全集』(全一五巻・新潮社)の刊行が始まる(翌年一二月完結)。
一九九八年(平成一〇年)
世田谷文学館にて、〃吉行淳之介展〃開催(一〇月一七日~一一月二九日)。
一九九九年(平成一一年)
五月一五日、静岡県掛川市ねむの木学園の傍に吉行淳之介文学館(中村昌生設計)オープン。
二〇〇〇年(平成一二年)
七回忌に当るこの年七月二四日、〃吉行淳之介を偲ぶ会〃が帝国ホテルで開かれる。
二〇〇六年(平成一八年)
十三回忌に当るこの年七月二五日、〃吉行淳之介を偲ぶ会〃が帝国ホテルで開かれる。
二〇一〇年(平成二二年)
十七回忌に当るこの年、岡山の吉備路文学館にて〃宮城まり子が選ぶ吉行淳之介作品展〃開催(五月一日~八月一日)。

(久米勲 編)

本書は『わが文学生活』（一九八五年、講談社刊）を底本とし、明らかな誤りは正し、多少ルビを調整しました。なお作中にある表現で、今日から見れば明らかに不適切なものもありますが、作品の発表された時代背景、文学的価値などを考慮し、そのままとしました。よろしくご理解のほどお願いいたします。